CONTENTS

婚約破棄された令嬢を拾った俺が、イケナイことを教え込む

美味しいものを食べさせておしゃれをさせて、世界一幸せな少女にプロデュース！

2

一章　イケナイごっこ遊び

夏の日差しが照りつける庭先で。

シャーロットは真剣な面持ちで喉を鳴らす。半袖のブラウスにすこし丈が短めのスカートと涼しげな装いだが、その身にまとう空気は緊迫していた。

「それじゃあ……行きますよ、ルゥちゃん」

「がうっ！」

彼女の硬い声に応えるのは、フェンリルの子供だ。

その真紅の目は爛々と輝き、日の光に照らされて白銀の毛並みが美しく光る。

先日、ひょんなことからシャーロットと仲良くなった稀少な魔物は、彼女の前に行儀よく座りながら出される指示を待っていた。

シャーロットは深く息を吸い込んで、告げる。

「最初は……お手です！」

「わう！」

シャーロットが差し出した手のひらに、フェンリルが前足をちょこんと乗せる。

「次はおかわり！」

「わふ」

「おすわり！」

「がうう」

「伏せ！」

「わん！」

すべての命令を、フェンリルは忠実にこなしていった。

一通り済ませた後、シャーロットは目を輝かせてその頭をわしゃわしゃと撫でる。

「すごいです！　よくできましたね、ルゥちゃん！」

「わんわん、わふっ！」

「さすがの早さだなあ……」

見守っていたアレンも、これには舌を巻くしかない。

片手に持っていた『魔物使い入門書』をぱらりとめくる。

旅行先からフェンリルを連れて帰った次の日に、街で買い求めてきた一冊だ。その最終章は『仲良くなった魔物に命令を聞かせよう』という内容である。

シャーロットはこの教本を読み、わずか一週間でマスターしてしまった。

「まあ、初対面で心を通わせるくらいだものな。おまえならこれくらいは朝飯前か」

「私じゃなくてルゥちゃんがすごいんですよ。どうぞ、ルゥちゃん。ご褒美ですよ」

「わん♪」

シャーロットはそう言って、フェンリルの子供――ルゥにおやつの骨を与える。

名前も付けたし、信頼関係もきちんと築けた。魔物使いとしてのスタートとしては文句の付けようもないだろう。

ルゥは満足げに骨をかじってごろごろする。

最初は親から離れてすこし寂しげだったが、この家にもすっかり慣れたようだ。

「よしよし、今後もシャーロットをよろしくな」

「わふー」

アレンが頭を撫でると、ルゥは目を細めて小さく鳴く。

気を許してくれてはいるものの、シャーロットに対するものより少しあっさりした反応だ。明らかに区別している。人を見る目があるなあ、とアレンはなおさら気分が良くなった。

そんな中で、シャーロットは小さく頭を下げて笑う。

「本当にありがとうございます、アレンさん。いろいろ教えていただいて」

「なに、気にするほどのことじゃない。俺にとっても興味深い題材だからな」

アレンはそれに、鷹揚に返してみせるのだった。

先日の旅行で、アレンたちはちょっとした騒動に巻き込まれた。

そこでシャーロットの秘められた才能が明らかになったのだ。いかなる魔物とも心を通わせることのできる、魔物使いの素質――彼女の前ではフェンリルばかりでなく、凶悪な力を秘めた地獄カピバラと呼ばれる魔物ですら恭しくこうべを垂れた。

『またぜひ遊びに来てくださいませ。儂ら一同、シャーロット様ならいつでも歓迎いたします』

『はい！　地獄カピバラさんもお元気で！』

『うわあ……』

地獄カピバラは気性こそ穏やかだが、滅多に人へ気を許さないことで知られている。

その生態を知るアレンだからこそ、丁重に別れを惜しまれるシャーロットを見てかなり驚いた。そして帰りの馬車の中でそれを説明すると……シャーロットは意を決したようにこう切り出したのだ。

『私の力って……魔物さんと仲良くなれる力ですよね。いったいどんなものなんでしょう？　きちんと学んでみたいです』

『ふむ、それじゃあ基礎から教えてやろう。魔物学なら俺もそこそこ知識があるからな』

『本当ですか⁉　お願いします！』

こうしてアレンが教鞭を執ることとなった。

魔物使い特有のスキルに、この世界に存在する魔物の種類などなど。

あまり最初から根を詰めても良くないので、今はまだ一日一時間程度のささやかな授業だ。それでもシャーロットは毎日ちゃんと予習復習を欠かさず、めざましい成長を遂げていた。

一度間違えたことはしっかり復習して次までには完璧に答えられるようにしてくるし、自主的に魔物の本なんかも読んでいる。

実に意欲的な生徒で、アレンとしても教え甲斐があるというものだ。

(興味を持つ分野ができたのは本当にいいことだよなあ……)

アレンが拾った頃、シャーロットには何の趣味もなかった。

それがこうして自ら意欲を持って取り組む事柄ができ、笑顔を見せる。

当初からは考えられないくらいの変化だ。アレンは相好(そうごう)を崩して提案する。

「もっとルゥがここでの暮らしに慣れてきたら、魔物使いの大会に出てみるのもいいだろうな」

「大会……ですか?」

「ああ、手懐けた魔物の品評会だ。きっとお前たちなら優勝間違いなしだろう」

「ゆ、優勝はわかりませんけど……でも、ちょっと気になりますね」

「わふ?」

シャーロットはルゥの頭を撫でて、ぼんやりと考え込む。

彼女は今現在、お尋ね者の身である。

街で見かける手配書は減ったものの、まだその身にかけられた懸賞金は健在だ。

目立つ行動は避けるべきなのだろうが……アレンは大きな目標を持ってもらいたかった。

ともあれ、決めるのはシャーロットだ。アレンはそのお膳立てをして、時と場合によって全力でサポートするだけである。

「まあ、その話はおいおいでいいだろう。まずは『お手』ができたお祝いだな」

「へ？　お祝い、ですか……？」

「わふー？」

不思議そうなシャーロットの手を引いて、アレンは庭の片隅に誘った。ルゥも軽い足取りでついてくる。

はたしてそこには……正方形型の小さなプールができていた。

人の膝くらいの深さしかないが、澄んだ水がこんこんと湧き出して見るからに涼しげだ。

「これから暑くなるし、ルゥ専用の水浴び場があった方がいいと思ってな。ちょっと作ってみたんだ」

地下水脈から水を汲み上げるだけでなく、きちんと濾過まで行う仕組みだ。飲用水にできるくらい綺麗な水なので、安心して遊ぶことができる。

そう説明すると、シャーロットは目を輝かせた。

「す、すごいです！　よかったですねえ、ルゥちゃん！」

「わふっ」

ルゥもどうやら気に入ったらしい。前足を水面に浸して、ちゃぷちゃぷと水の温度を確かめる。そうしてざぶんと中に入っていった。

「ほら、一緒に入って使い勝手を見てやってくれ」

「はい！」

シャーロットも靴を脱いでルゥに続く。ひとりと一匹は最初こわごわと水を楽しんでいたものの……すぐにルゥが慣れた。ごろんと全身で水を浴びて、ぶるぶる震えて水滴を飛ばす。

「あはは、ルゥちゃん。冷たいですよ」

「わふー」

キラキラとはしゃぐシャーロットたち。

アレンは木陰でそれを見守りながら、ぽつりとこぼす。

「平和だなあ……」

柄にもないことだとわかっていた。

だがしかし、この現状を言い表すのにこれ以上の言葉が見つからない。

いつまでもこの、変わらぬ日々が続けばいい。そんな益体もないことを考えていると
――。

「アレンさん！」

「うん？」

名前を呼ばれて顔を上げれば、シャーロットが満面の笑顔を向けていた。

「本当に、何から何までありがとうございます」

「何を今さら。言ったろう、お前にはありとあらゆる楽しみを教え込む、と。水遊びくらい些細なことだ」

「ふふ。プールだけじゃありませんよ」

シャーロットはくすくすと笑って、両手の指を組んでみせる。

「私、最近は朝が来るのが楽しみなんです。今日はアレンさんが、どんな楽しいことを教えてくれるのかな、って。以前までは……朝も夜も、全部怖いだけだったのに」

その顔にふっと翳(かげ)りが生じる。

しかしシャーロットはその陰を振り払うようにして、まばゆい笑みを浮かべてみせた。

「ありがとうございます、アレンさん。私、アレンさんに会えてよかったです」

「……」

そんな彼女に、アレンは言葉を失うほかなかった。

日差しのもとできらきらと輝くその笑顔を、網膜に焼き付くほど見つめてしまう。

だがしかしふっと正気を取り戻し、ぎこちない笑みを浮かべてかぶりを振った。

「礼もいいが……ルゥが呼んでいるぞ。俺なんかに構わずに遊んでやれ」

「わわ、ルゥちゃん、待ってくださいってば」

「がうがう」

袖を引くルゥにせがまれるまま、シャーロットはプールの奥へと進んでいった。

アレンはため息をこぼすしかない。

「俺に会えてよかった、か……」

心臓のあたりを押さえ、すこし速くなった鼓動を感じて……またため息。

最近、アレンは変だった。

シャーロットと言葉を交わしていると、ふいに心臓が大きく跳ねるのだ。

作業の手が止まる。思考が完全にストップする。

ほかには何も考えられなくなって、まんじりともできなくなる。

笑ってもらえれば嬉しいし、悲しんでいると胸が張り裂けそうになる。彼女の一挙手一投足がアレンの心を千々にかき乱す。

これまで彼は、浮ついた話とは無縁で生きてきた。

異性にうつつを抜かして研鑽を疎(おろそ)かにする同業者を鼻で笑い、なぜ無駄なエネルギーと貴重な時間を費やすのかと不思議に思っていた。

だがしかしこれだけの不可解な現象が続けば、さすがのアレンも察し始めていた。

(やはり俺は、シャーロットのことを好いているのか……?)

思えば最初から変だった。

いくら自分がお人好しだからと言って、見ず知らずの女子をここまで甲斐甲斐しく世話するはずがない。『一目惚れ』という陳腐な言葉ひとつで、すべてに説明がついてしまう。

しかし——認めるわけにはいかなかった。

(……俺がこの思いを自覚すれば、あいつの重荷になってしまう)

　シャーロットはようやく変わり始めた。

　そんな大事な時期にアレンができることといえば、そばで見守ることだけだ。

　もしもこの感情を自覚してしまえば、アレンはきっと我慢できなくなる。すぐにでもその手をとって『好きだ』と叫んでしまうはずだった。

　そうなれば、優しいシャーロットのことだ。

　その気がなくても、アレンの気持ちに応えようとしてくれるだろう。それは、自らの足で歩き始めた彼女が、再び意思のない人形に戻ることを意味している。

(それは本当に……いけないことだ)

　アレンがシャーロットに教えようと決めたのは、この世界に満ちあふれる喜びだけ。

　彼女の道を阻むようなことは、絶対にしたくなかった。

　だからアレンは自らの感情を封じることにした。

　何重にも鎖で巻いて鍵をかけ、心の奥底へとしまい込む。

「よし、俺はシャーロットの保護者だ。好きだとしても、父とか兄とかそういうポジション。手を出すなんぞ言語道断。その際は潔く命を絶つ。オーケー、よし、それでいい」

　自己暗示をぶつぶつ呟いてから、シャーロットの方へあらためて目を向ける。

　そうして……すっと目をそらした。

　水で濡れたせいで、シャーロットの服がかなり透けてしまっていたからだ。下着の色も丸わかりで、しかも当人は気付いている素振りがない。

封じたはずの気持ちが、さっそく顔を出しそうになる。

だがアレンは鉄の自制心でそれを蹴り飛ばし、震える声をかけた。

「……シャーロット、そろそろ上がったらどうだ。初夏とはいえ冷えるぞ」

「え、わぷっ」

アレンがぱちんと指を鳴らせば、虚空からバスタオルが降ってくる。

それをシャーロットは頭からかぶって、にっこりと笑った。

「それじゃ、そうします。ルゥちゃんはもう少し遊んでますか？」

「ぅるー」

「ふふ。では、先に上がりますね。ごゆっくりどうぞ」

プールの端に腰掛けて、シャーロットは髪を拭いていく。

アレンもまたその隣に並んだ。足を冷たい水に浸せば、煩悩がすっと抜けていった。

人心地ついたところで、シャーロットが小首をかしげて話しかけてくる。

「それにしても、ずいぶん広いお庭ですよね。もっといろんなことに使わないんですか？」

「む……まあ、畑を広げてみるのも悪くはないか」

庭は、もうひとつ屋敷が建てられそうなほど無駄に広い。

だが今のところはアレンが魔法薬の原料となる各種薬草を栽培している一角しか、まともに使われていなかった。家族が増えたことだし、野菜を育ててみてもいいだろう。

「だが、そうなると大規模な整備が必要だろうな」

庭を見渡してアレンはぼやく。

ここを買ったのは三年前だが、あのときよりもさらに雑草が勢力図を広げている。

草刈りや地ならし、小石の除去などなど……やるべきことは多そうだ。

「まあ、それはゆくゆく考えようか。前の持ち主も、庭にはほとんど手を付けてなかったようだしな」

「このお屋敷って、アレンさんの前にも住人さんがいらっしゃったんですか？」

「ああ。俺は会ったこともないが」

アレンは事もなげに告げる。

「どうも前の持ち主は、三十年ほど前に突然失踪したらしくてなあ」

「…………えっ？」

その物騒な単語によって、シャーロットがぴしりと凍り付く。だがアレンはそれに気付くことなく、水浴びを堪能するルゥを眺めながらぽつりぽつりと話を続けた。

三十年前、この屋敷には変わり者のエルフが住んでいたという。

街にも寄りつかず、人付き合いもせず、彼女は何かの研究に追われてひたすら机にかじりつき、紙とペンだけを友として暮らしていた。

だが、彼女はある日突然屋敷から姿を消してしまう。

己の生み出した魔道生物に食い殺されたとか。

異世界を渡る魔法を編み出して、この世界を旅立ったとか。

はたまた人間の男と許されざる恋に落ちて、心中を選んだとか。

「そんな噂があったおかげで、この屋敷は相場よりはるかに安くて……って、おい。どうした」

ようやくそこで、シャーロットが真っ青な顔をしていることに気付いた。

彼女はごくりと喉を鳴らしてから口を開く。

「こ、このまえ、本で読んだんです……」

「なにをだ？」

「なにってもちろん……幽霊屋敷ですよ！」

「はあ……？」

アレンは首をひねるしかない。

だがシャーロットは青い顔のままでまくしたてるのだ。

「心残りがあるまま亡くなった方が幽霊になって、お屋敷に取り憑くんです……！　それで訪れる人を祟るんです！　す、すっごく怖いお話でした……！」

「そういえば最近は大衆小説なんかも読んでいたなあ」

最近のシャーロットは勉強の本だけでなく、小説や一般教養の本にも手を伸ばしていた。

世界が広がるのはいいことだとアレンも奨励していたのだが……どんな本を読んでいるのかまでは知らなかった。

「は、はい。物置にいろんな本があったので……アレンさんのものじゃなかったんですか？」

「おそらく、その失踪したエルフの所有物だろうな」

「えええ⁉　ど、どうしましょうアレンさん……エルフさんの持ち物を勝手に触ったりして……お化けになって、怒ってたりしませんかね⁉」

「そんな馬鹿な。ここに住んで三年ほどになるが、ゴーストの類いには一度も遭遇したことがないぞ」

がたがた震えるシャーロットに、アレンは苦笑するしかない。

夜中に物音がしても、だいたいが風か野生動物だ。

おかしな超常現象にもお目にかかったためしがない。

「それに心配するな。万が一ゴーストが出たら、俺が退治してやる」

「えっ⁉　アレンさん、お化けも退治できちゃうんですか⁉」

「もちろんだ。あんなもの単なる死者の残留思念だぞ、生きている人間に敵うものか」

ごくごく稀に、生者を祟り殺すほどのすさまじい怨念パワーを有するゴーストが確認されるものの、この屋敷にはそんな気配はまるで感じられない。

万が一ゴーストがいたとしても、彷徨うだけで害のないものだろう。

「もし見かけたら俺に言うといい。一瞬で雲散霧消させてやる」

「そ、それはそれでちょっと可哀想です……」

シャーロットは引きつった顔で口ごもる。

怖いはずの幽霊にも同情するところが、シャーロットらしい。

アレンはくすりと笑う。

「というか、別に死んだとも限らんしな。エルフのような長命種族は気まぐれで、ふらっと姿を消すことも多いんだ。おおかたここでの暮らしに飽きたんだろう」

「そうなんですか……そっちの方が平和でいいですね」

「だろう？　だから――」

「わふっ？」

そこでルゥが奇妙な声を上げた。見ればプールの中で何かをくわえている。眉間にはしわが寄っていて、どこか困ったような表情だ。

「どうしたんですか、ルゥちゃん」

「がうー」

「おっと……なんだこれ」

ルゥが投げ渡したものをキャッチして、アレンは首をひねる。

それは真っ白なキノコだった。手のひら大で、かさの部分がボールのように丸くなっている。

よくよく見れば水面には他にも似たようなキノコが浮かんでいて、かなり異様な光景だ。

「地下で群生していたのを汲み上げたのか……？　ああ、ルゥ。間違っても――」

食べるなよ、と言おうとした……そのときだ。

ばこっ！

「こらーーーっ！」

「っ……⁉」

突如庭に響き渡る、女性の怒声。

アレンはとっさにシャーロットを庇って振り返り……目を丸くして固まってしまう。

なにしろ地面から、女性がひょっこり顔を出していたからだ。

埋まっているのかと思いきや、どうやらそこに地下へと続く隠し扉があったらしい。

浅黒い肌に、白銀の髪。

絶世の美女と呼んでも差し支えないほど見目麗しい顔立ちなのだが、分厚いメガネをかけていて、着ているのはだるだるに伸びたシャツ一枚。髪もぼさぼさだし、身だしなみに一切頓着しない性格らしい。

それがなぜか、アレンたちを親の仇でも見るように睨んでいるのだ。

彼女はこちらに向けて、びしっと人差し指を突き付ける。

「ボクの大事な食料を盗んだのは、おたくらっすね⁉」

「しょく、りょう…………？」

アレンはきのこを握ったまま、オウム返しをするしかなかった。

◇

「いやー、さっきはビックリさせちゃったっすねえ。申し訳ないですよ」

「はあ……」

「え、っと……？」

アレンとシャーロットは顔を見合わせ、生返事をするしかない。

ふたりがいるのは庭にあった地下室だ。

縄ばしごを下りた先には、小さな一室が広がっていた。

本棚にベッド、小さな文机。部屋の隅には簡単な調理セットが積み上げられているし、奥にはキノコの栽培部屋まであるらしい。

魔力の明かりが煌々と灯っていて、手狭ながらに居心地の良さそうな空間である。

ふたりを招き入れた女性は、にこやかにカップを勧めてくる。

だるだるのシャツは伸びきっていてお尻のあたりまでを隠すほど。それ以外には何も穿いていなかった。セクシーというより、ただシンプルにだらしがない。

「どうっすか、ボクの特製キノコ汁。なかなかいけますよ？」

「いや、遠慮しておく……」

差し出されたカップに満ちるのは、光の加減で紫や赤茶色に変化する謎の液体だった。

炎天下で数日放置した果物が発するような、苦くて甘酸っぱい臭いも漂ってくる。

あの無臭の白いキノコから、なぜこんな液体が生まれるのか。やや気にはなったが、毒味する覚悟はなかった。シャーロットもまた、無言でそっと目をそらしてみせる。

ちなみにルゥは地上で留守番だ。どうやらこの地下室からは得体の知れない臭いがするらしく、真顔で首を横に振って拒絶した。正直アレンも来たくはなかったが、やむを得まい。

件の女性はカップを片付け、肩をすくめてみせる。

「で、アレン氏……でしたっけ？　おたくらが地上にプールを作ったせいで、ボクのキノコが汲み上げられちゃったんすね。盗んだわけじゃないのはわかったっすけど……まったく迷惑な話ですよ」

「それについてはひとまず謝罪しておくが……」

アレンは小さく頭を下げる。

彼女の食料を台無しにしてしまったことは事実らしい。

だがしかし……問題は山積していた。アレンは女性を真っ向からにらみつける。

「……貴様、いったい何者だ？」

「んあ？　そういや自己紹介がまだでしたね」

女性は胸を張って名乗ってみせる。

「ボクはドロテア・グリ＝ム・ヴァレンシュタイン。気さくにドロテアさんと呼んでほしいっす！」

「いや、そういうことではなく……いつからこの地下室に住んでいたんだと聞いているんだ！」

部屋の様子を見る限り、ここ一日や二日の滞在ではないだろう。

庭に怪しい者が出入りしていれば、アレンは気配で気付く。今はシャーロットもいることだし、警戒を怠ったつもりはない。

それなのにこの不審者だ。怪しむなという方が無理な話である。

「まさか本当に……この不審者だ。屋敷に取り憑いた幽霊か？」

「ひえっ……！　や、やっぱりいらしたんですね……！」

シャーロットが怯えてアレンの腕にしがみつく。急な接触にアレンは少しばかり心臓が止まりかけるが、鉄の意志で踏みとどまった。

「ゆーれい？　なんの話っすかー？」

一方で女性――ドロテアは首をひねるばかりだ。そのまま腕を組んで考え込む。

「でも、いつから……っすか。実は全然わかんないんですよねえ」

「わからないとはどういうことだ？」

「ちょっと人から隠れる必要があったもんで、ずーっと引きこもってたんすよ。つーか、聞きたいのはボクの方っす」

ドロテアはじとーっとアレンを見つめる。

「あんたたちこそ、いったい何者なんすか？　なんでここにいるんです？」

「何者って、この上の屋敷に住んでいる者だが……」

「はあ⁉　ここはボクの家っすよ！　なに勝手に住み着いちゃってるんですか！」

「なにを訳のわからないことを……って、ちょっと待て」

そこでアレンはハッとする。

ドロテアのぼさぼさの髪……そこに隠れた耳をよく見れば、笹の葉のように長く尖っていた。明らかに人間ではない。あの耳は間違いなく――。

「まさか貴様……三十年前に姿を消した、前の住民のエルフか⁉」

「えええええ⁉」

「さん、じゅう……ねん？」

ドロテアはぽかんと目を丸くする。

しかしすぐに顎を撫でてしみじみと唸るのだ。

「へー、もうそんなに経ってたんすね。どーりで外の景色がちょっと変わってるはずっすよ」

「さ、三十年って……！　ドロテアさん、どう見てもアレンさんと変わらないくらいのお年ですよ⁉」

「まあ、エルフの老化は極めて遅いからな……」

ゆえに、エルフは時間の感覚が人間とはかなり異なっている。

彼女からしてみれば、三十年などあっという間の時間だっただろう。

「まさかとは思うが、三十年もの間ずっと……ここでキノコを食って暮らしていたのか？」

「そうっすよ。ボクたちエルフ族は燃費がバカみたいにいいもんでね」

ドロテアは事もなげに言ってのける。

「おまけにボクはエルフの中でもエリートと呼ばれるダークエルフっすからね。大気中の魔力を吸収すれば、飲まず食わずでも百年は余裕なんです」

「百年！　エルフさんってすごいんですねえ」

「いや、たしかにできる者もいると聞くが……」

素直に感心するシャーロットとは対照的に、アレンは眉を寄せるしかない。

エルフは自然に寄り添い生きる種族だ。

主に森の奥深くで集落を作って暮らしており、草花から生気を分けてもらうこともある。

だがしかし、彼らとて生物だ。菜食主義とはいえきちんと食事を取る。

飲まず食わずで百年……なんて芸当は、かなり力をつけた高位のエルフにしかできないことだ。

しかもダークエルフといえばエルフ族の中でも随一の希少性を誇る。

アレンですら実際に会うのはこれが初めてだ。

（そんな者が三十年も身を隠す必要に迫られるなんて……いったいどんな事情があったんだ？）

あまりにもキナ臭い。

訝しむアレンをよそに、ドロテアは小首をかしげてみせる。

「ってか、三十年も経ってるってことは……ひょっとして、地上だとボクってば失踪人扱い？」

「うっ……そういうことになる、な……」

アレンは目をそらすしかない。

（そうか……！　前の住民がまだ住んでいたとなると、非常にまずい……！）

間違いなく法的に揉める話だし、裁判までいく可能性だってある。

最悪の場合、アレンたちはこの屋敷から出て行かねばならなくなるだろう。

不動産屋から多少の見舞金はもらえるだろうが……金の問題ではない。

お尋ね者であるシャーロットが暮らすのに、この屋敷はちょうどいいのだ。街からも遠いし、訪れる者も少ない。ようやくここでの生活に慣れたところだし、ほかの場所に引っ越すなんて可哀想だ。

かといって森の中に別の屋敷を建てるのも名案とは言えない。

きっとシャーロットは莫大な建築費について気に病むことだろう。

引っ越すのもダメ、新築もダメ。

そうなるとアレンに残された道は交渉しかない。

「なあ、ドロテア。物は相談なんだが……」

「はいー？」

アレンは手短に、屋敷を譲ってもらえないかと交渉する。

するとドロテアは「ふむふむ」と考え込んでから、あっさりと首を縦に振った。

「別にかまわねーっすよ。ボクはこの地下室の方が性に合ってますからね。屋敷の方は好きに使ってください」

「た、助かる。それじゃあ、金額などは改めて話し合いを……」

「いや、お金なんかいりません」

「は？」

目を丸くするアレンと、首をかしげるシャーロット。

ふたりの顔をじっくりと見比べて、ドロテアは顎を撫でる。

「ふむふむ、俺様キャラっぽい青年と、可憐な少女……なかなかどうして面白い取り合わせじゃないですか。ボクのセンサーにビンビンくるっすよ」

「いったい何の話だ……？」

「なあに、ちょっとした交換条件を出させてもらおうかと」

そう言って、ドロテアは何やら神妙な面持ちをする。

「実はボク、ちょっと困っていることがありまして。そのせいで三十年も引きこもっちゃったわけなんです。それをアレン氏が見事に解決してくれれば、屋敷なんていくらでもあげちゃいます。いかがですか？」

「……金の方が手っ取り早くて助かるんだが？」

アレンは半眼で渋るしかない。

エルフが三十年も引きこもる悩みの種だ。間違いなく厄介ごとに違いない。

しかし、そこでシャーロットが控えめにアレンの袖を引いた。

「あの、アレンさん。ドロテアさん、お困りのようですし……力になってあげられませんか？」

「そうは言うが……絶対に面倒ごとだぞ？」

「わ、私も力になります！　何ができるかわかりませんけど……」

シャーロットは拳を握って意気込んでみせる。

困った相手は放っておけないらしい。

その真剣な目で見つめられると弱かった。

アレンはしばし逡巡してからかぶりを振ってため息をこぼす。

「わかったわかった……ひとまず話を聞かせてくれ」

「マジッスか、あざーっす！　シャーロット氏もご快諾くださるなら話は早いっすよ！」

「私にも何かできることがあるんですか？」

「むしろいてくれなきゃ始まらないっすよー」

ドロテアはニコニコと満面の笑みを浮かべるばかり。

そこに言い知れぬ不安を抱き、アレンはジト目をするしかない。

「それで、いったい何をすればいいんだ？」

「ふっふっふー……そんなの決まっています」

ドロテアはどこからともなくメモ帳とペンを取り出す。

そのペン先をふたりに向けて——意気揚々と宣言した。

「さあ、ボクの前でシャーロット氏と全力でイチャついてもらいましょーか！　稀代の小説家、ドロテアさんの新作のためにもねえ！」

「はあ⁉」

「はい⁉」

アレンだけでなく、シャーロットもすっとんきょうな声を上げたという。

◇

「…………えーっと」

「…………うむ」

いつものリビングの、いつものソファーにて。

アレンとシャーロットはいつも通りに並んで腰掛けていた。

しかし紅茶を飲むでも、談笑するでもない。ただじーっと固まってしまっている。

何かを話そうとして、結局言葉が浮かばずに黙り込む。相手の顔すら見ることもできない。そんなことをお互いに続けた結果、先のような意味をなさないやりとりばかりが無為に続いていた。

拷問に近い沈黙の中――。

「カットカットカーーーーット！」

威勢のいい声が響き渡る。

足音を響かせて乱入してくるのはもちろんドロテアだ。彼女は地団駄を踏んでまくし立てる。

「ボクはイチャつけ、って言ったんすよ！　それなのになーに黙りこくってくれちゃってるんすか!?　初対面の男女でももっとフランクにお話できますよ！」

「そう言われても……なあ」

「は、はい……」

ふたりはぎこちなく顔を見合わせるしかない。

すぐそばの日向では、ルゥがお気に入りの毛布の上で昼寝をしている。迷惑そうに一度こちらをちらりと見たが、すぐに目を閉じて夢の中へと戻っていった。アレンは心底羨ましかった。

ドロテアは腕組みし、うーんと唸る。

「変に意識せず、いつもどおりにしてくれた方がいいんすけどね。なにも目の前でチューしろとまでは言ってないんだし」

「ちゅ、ちゅー……!?」

シャーロットがぴしりと固まってしまう。

アレンも心臓が大きく跳ねるものの、なんとか正気を保つことができた。

「いやあの、ドロテア。どうやら大きな勘違いをしていると思うんだが……」

おずおずと手を上げてから、途切れ途切れに言葉をつむぐ。

「俺たちは……別にそういう、仲では、ない……のだが」

「はあー？」

ドロテアはあからさまに顔をしかめてみせた。

ふたりをじーっと見つめてみせて……ぽんっと手を打つ。

「なるほど、そういうパターンすか。じれじれ両片思いの牛歩ラブコメってやつ」

「じ、じれ……？」

「気にしないでほしいっす。ボクらの専門用語なので。いやー、それはそれで美味しいっすね」

ドロテアはにこにことメモ帳に何かを書き込んでいく。

楽しそうなのは結構だが、なんだかロクでもなさそうだった。

そんな彼女を見て、シャーロットはハッと気付いたように手を叩く。

「ひょっとして、物置にあった本って……ドロテアさんの書いたものなんですか!?」

「あ、見られちゃったっすかー。そうっすよ、ホラーにミステリー、歴史物。なんでもござれのマルチ作家だったんす」

ドロテアは目を細め、どこか遠くを見る。

人間の文学に感銘を受けて、単身エルフの里から出てきたこと。

初めて書いた原稿が運良く出版社の目に留まり、デビュー作が出たこと。

それ以降も数々の作品を生み出したこと。

そんな半生をつらつら語ってから……ふっ、と目をそらしてみせた。

「でも新作の恋愛小説を書こうとして超弩級のスランプに陥っちゃったんすよねえ。締め切りが近いっていうのに一文字も書けないもんだから……あの地下室に籠城したんです。いやあ、懐かしい話っす」

「まさかとは思うがおまえ……締め切りから逃げるために、三十年も引きこもっていたのか!?」

控えめに言ってもクズである。

白い眼を向けるアレンだが、ドロテアは意にも介さない。

「だってうちの担当編集、めっちゃ怖いんですもーん。白紙の原稿なんか見せたら絶対海に沈められていたっすよ！」

「むしろそのまま海の藻屑に消えてくれていた方が、俺としては助かったんだが……」

「あはは、アレン氏ってばおもしろーい。そんな怖い顔でジョークなんか言えるんすね！」

ケラケラ笑うドロテアだ。

アレンはこの上もなくイラッとしたが、屋敷の件があるため叩き出したいのをぐっと堪えた。

「でも三十年にもわたる、ボクのスランプもここまでっす！」

アレンたちにびしっと人差し指を突きつけて、ドロテアは吠える。

その目は爛々と輝いており、捕食者のような威圧を放つ。

「おふたりを見て、ボクはビビッときたんです！　この組み合わせは間違いなく次回作の参考になるってね！　そういうわけだから、ちゃっちゃとイチャついてほしいっす！」

「だから、そういう仲ではないというに……」

「だったら演技でもいいですから！　このとーり、お願いするっすよー！」

「そう言われても……」

アレンは言葉を詰まらせる。

イチャつけと言われても、どうしていいのか分からない。

ましてアレンはシャーロットへ抱く気持ちを封じたばかりである。下手に刺激してしまえば、それが表に出てきてしまう。そうなれば……きっと取り返しがつかなくなるだろう。

そこでハッと活路を見出した。

シャーロットの肩をぽんっと叩く。

「いや、やはり断らせてもらおう！　シャーロットも嫌だろうしな！」

「えっ？　わ、私ですか？」

「ああ。好きでもない男と、こ、恋人のふりをするなど……とうてい無理な話だろう？」

普通の女性ならまず間違いなく嫌なはず。これがおそらく義妹のエルーカあたりなら『は？　金銀財宝を積み上げられてもあり得ないんだけど』と真顔で言ってのけたことだろう。

だが、シャーロットはぽかんとしてから……わずかにうつむいてみせる。

そのまま、蚊の鳴くような声で言うことには。

「えっと……い、嫌じゃないですよ」

「そら、シャーロットもこう言って…………は？」

彼女の言葉が、すぐには理解できなかった。

錆びついたカラクリ仕掛けのように、ゆっくりと首を回してシャーロットを見やる。

その頬にはかすかな朱色が差していた。シャーロットはゆっくりと顔を上げ、上目遣いでアレンを見つめて――。

「あ、アレンさんとなら全然嫌じゃ……って、アレンさん⁉」

どごぉっ‼

リビングに物々しい音が響き渡る。

アレンが手近な壁に頭を打ちつけたからだ。ひと思いに、全力で。

おかげでルゥが起き上がって「がうっ！」と抗議の声を上げてみせた。

床にうずくまるアレンのもとに、シャーロットが慌てて駆け寄ってくる。

「どうしたんですか、アレンさん！　大丈夫ですか⁉」

「あー……すまない。すこし我を失いかけたから、応急処置をした」

「いったいなにが……おでこが真っ赤じゃないですか！」

「あ、ああ、うん。問題ない。大丈夫だ」

頭を打ちつけたおかげで若干冷静になれたものの、シャーロットが心配そうに顔を覗き込んでくるので心臓がバクバク鳴り響いた。身体中が火が出そうなほどに熱くなるし、呼吸もかなり乱れ始める。

固く封じたはずの感情が、今にも溢れてしまいそうだった。

（マズい……！　その場しのぎの応急処置すら効かないじゃないか……！）

これでは心臓を止めても無駄だろう。

まんじりともせず苦しむアレンをよそに、ドロテアは歓声を上げる。

「ひゃっほーう！　やっぱりボクのラブコメアンテナに狂いはなかったんすね！　こんな初々しい生のラブコメ、金を積んだって見れるもんじゃないっすよー！」

そのままキャッキャとはしゃぎながら、メモ帳に怒濤の勢いで文字を書き連ねていく。とても楽しそうだ。アレンは強めの殺意を覚えたが、鋼の意志でそれをなんとかやり過ごした。

ドロテアはひとしきりメモ帳に書き殴ったあと、アレンを見てニヤリと笑う。

「で、シャーロット氏は問題なさそうっすよ。アレン氏はどうなんすか？」

「どう、って」

「恋人のふり。お嫌なんで？」

ニヤニヤと放たれた問いかけに、アレンはぐうっと息を詰まらせる。

あまりにも卑劣な質問だ。『嫌』だと言った瞬間にシャーロットが傷つくことは手に取るように分かる。

だがしかし『恋人のふりをしたい』と断言することも憚られた。言った瞬間に何かが終わる。

アレンは逡巡に逡巡を重ねて……。

「ふっ、そういうことなら……」

覚悟とともに、シャーロットへ爽やかに笑いかける。

「こういう童心に返るようなごっこ遊びも……イケナイことの範疇だな！」

「そ、そうなんですか？」

「そうだとも！　だからひとまずやってやろう！　遊び故に他意はないからどんと来るがいい！　なあ！」

「……なんかよくわかんねーですけど、逃げられた気がするっす」

ドロテアはちっ、と舌打ちしてみせる。

だが、ひとまずこれで乗り切った。アレンはほっと胸を撫で下ろす。

（もうあとは適当にやろう……俺たちに恋人のふりなど無理な話だし……）

シャーロットもごっこ遊び自体は嫌ではないようだが、先ほどの固まり具合はアレンとほとんど同じだった。

いざ恋人のふりをしようとしても、何も行動できないだろう。万が一積極的にアプローチされたら……自分がどうなるのか、アレンはまったく予想がつかなかった。

ともかくいつものような態度を心がけよう。

そう決意したところで、ドロテアが軽い調子で言い出した。

「そんじゃ話がまとまったよーですし。これからはボクが指導するとーりにイチャついてくださいね」

「は⁉」

まさに青天の霹靂だった。

しかしドロテアはあっさりと言ってのける。

「だって当然でしょーよ。おたくらが自発的にイチャつくのを待ってちゃ、エルフのボクでも老衰死します」

「そこまでか⁉　長命種代表のエルフにそこまで言わせるほどか⁉」

さすがに年月をかけたら、多少はどうにかなる……と思いたかった。

しかしこの展開は非常にまずい。自発的にお互い何もできないだろうから安心していたのだ。

それなのに第三者の、しかもこのドロテアの指示があるとなるとロクなことにはならないだろう。

(だがしかし、従わなければ屋敷を追い出されるし……)

背に腹はかえられない。

アレンは断腸の思いでかぶりを振る。

「いいだろう……おまえの言うことに従ってやる。ただし！」

シャーロットを庇うようにしてドロテアに立ちはだかり、びしっと人差し指を突き付ける。

「公序良俗に反するような行為は、断固として拒否するからな！　シャーロットの尊厳だけは絶対に死守してみせる……！」

「次回作のテーマは純愛系っすよ。野暮なことは頼みませんって」

へらへら笑うドロテアだ。

信用ならないにもほどがあった。

彼女はジト目を向けるアレンにもかまうことなく話を続ける。

「ひとまず設定から詰めていきましょうか。うーん、ちなみにおふたりってどういうご関係で？」

「まあ、一応は雇用主と使用人といったところだが……」

細かい事情は省き、出会いからここ二ヶ月のあらましをざっくり語って聞かせてやる。

その間、「ひとつ屋根の下で同居中……？　なんでそれで何も起こらねーんすか……やべーっすよ現代の人間……」などというふざけたぼやきが飛んできたが、黙殺しておいた。

ドロテアは腕を組んで考え込んでから、ぽんっと手を打つ。

「よし、だったらこうしましょ。おふたりは紆余曲折を経て、三日前から付き合い始めました」

「はあ……」

「三日前、から……？」

「まあまあ、ひとまずどーぞ。おかけになってくださいな」

ドロテアに促されるままに、ふたりはソファーに並んで腰掛ける。

これで配置は元通りだ。

戸惑い、顔を見合わせるふたりの後ろから、ドロテアはまるで詩でも読み上げるように
して朗々と語る。

「さて、肝心の設定ですけどね。おふたりは前々から、お互いのことを想っておりました。

でも前に進む勇気が出ずに、思いを打ち明けられなかったんすね」

「勇気が……」

ドロテアの語る言葉が、耳に痛い。

アレンはシャーロットへの思いを封じた。

それは彼女のことを想っての選択であったが……本当にそれだけなのか。単に臆病風に
吹かれたせいではないか。自分でも己の心の奥底が読めなかった。

ごっこ遊びの設定だとわかっていても、アレンはドロテアの話に没入していく。

「そんなある日、シャーロット氏が事件に巻き込まれ、アレン氏の前から攫(さら)われてしまう
んです」

「なにっ……!?」

「わ、私、どうなってしまうんですか……？」

「もちろんアレン氏に助け出されますとも。ですがそれには並み居る障害が立ちはだかり――」

ハラハラするシャーロットに急かされて、ドロテアは物語る。

それは即興で作ったと思えないほどの波瀾万丈の冒険譚で、アレンもおもわず聞き入ってしまった。そしてとうとう、物語は無事に終盤を迎える。

「そういうわけで、アレン氏はシャーロット氏への思いを再認識。彼女を救い出して思いの丈を告白し、おふたりは見事結ばれた。そういうわけですね！」

「みごと……」

「む、むすばれ……」

さすがは小説家といったところか。ドロテアの話を聞いているうちに、アレンはまるで実際に事件に巻き込まれ、告白が成功したような心地になっていた。

シャーロットも真っ赤な顔で固まってしまっている。

「そして、今日がそれから三日後っす！　騒動が落ち着いて、ようやくふたりきりで落ち着いた時間を過ごせるわけですね」

「ここぞとばかりに設定を詰めてくるなあ……」

しかも、聞くだけで赤面待ったなしのシチュエーションだ。

（そんな恐ろしい設定で、いったいどんなことをさせられるんだ……？）

愛を囁けとか、告白しろとか言われたら心臓が破裂するのは間違いない。

アレンは死地に赴く覚悟で口を開く。

「それで……俺たちはどうしたらいいんだ」

「決まっています。さっきの設定を踏まえた上で……」

ドロテアはにっこり笑って、こう言ってのけた。

「手を握って、見つめ合ってほしいっす」

「……はあ？」

「手を握れ、って……本当にそれだけでいいのか？」

「はい！　まずはそれでお願いするっす！」

アレンの問いかけに、ドロテアはきっぱりとうなずく。

なぜかシャーロットはひどく動揺していたが、アレンはほっと胸を撫で下ろした。

「えっ、えっ……ええええ⁉」

手を握ったり、目を見て話したり。

そんなことはこれまでに何度も行っていたからだ。

(なんだ。前振りのわりに、ずいぶんあっさりした注文だな)

そう思ったからこそ、アレンはなんの躊躇もなしに行動に移る。

「それなら手早く済まそうか」

「ひゃっ……！」

すぐそばにあったシャーロットの手をそっと握る。

じんわりと熱を帯びた細い指先が、すっぽりとアレンの手のひらに収まった。すこしだけ気恥ずかしいが、これくらいなら耐えられる。

心の奥底にしまい込んだ禁断の箱も暴れ出すことはないだろう。

そう、気楽に構えていたのだが――。

「ほら、こっちを向いてくれ。シャーロ……」

シャーロットの顔を覗き込んだ瞬間、アレンはぴしりと固まった。

「は、うう……」

シャーロットは真っ赤な顔でアレンのことを見つめていた。

大きく見開かれた目は潤み、窓から差し込む光を反射し、いつも以上にきらめいている。

柔らかそうな唇からこぼれ落ちるのはとびきり甘い吐息だ。その吐息が頬を撫でた瞬間、アレンの心臓が大きく脈打った。

身体中の熱が顔に集まって、シャーロット以上に真っ赤に染まる。握った手のひらは緊張からかかすかに震えていて、それがことさらアレンの思考を奪った。

「ほーら、おふたりは気持ちが通じた後……っつー設定なんすよ。単に手を握るだけでも違うでしょ?」

ソファーの前に陣取って、悪魔がニヤニヤと囁いてくる。

「どうです、アレン氏。ご感想は?」

「あ、ああ……」

手を握って、見つめ合う。

たったそれだけのことなのに、思考を根こそぎ刈り取るような多幸感が後から後から湧き出してくる。

「……悪くは、ないな」

「かーっ！　いい反応っすね！　そんじゃシャーロット氏はどうっすか⁉」

「えっ、えっ……えっと、その……」

ドロテアに詰め寄られ、シャーロットは真っ赤な顔でうろたえる。

潤んだ上目遣いでアレンを見つめ、か細い声で絞り出すことには――。

「ど、ドキドキ……します」

「っ…………！」

その瞬間、雷に打たれたような衝撃がアレンの脳天を貫いた。

可愛い。

愛おしい。

今すぐにでも抱きしめたい。

そんな柄にもない感情が湧き出してきて止まらない。

（こんなもの……無理に決まってるだろうが‼）

ついにアレンは観念して、心の中で絶叫する。

それと同時にあれだけ厳重に封印したはずの禁断の箱が勢いよく飛び出してきた。あっさり蓋が開かれて、中に詰まっていたものが溢れ出す。それはまるでこの世のすべてを洗い流す大洪水のようだった。

ようやくアレンは己の思いを自覚し、認めた。

シャーロットのことが……好きだということを。

感情の激流に翻弄されながら、アレンはぼんやりとシャーロットを見つめる。

「ひゅーひゅー！　ドキドキするって具体的にはどんな感じです？」

「あ、あの……どう言っていいのか分からないんですけど……」

ドロテアに先を促され、シャーロットは律義に言葉を探す。

「これまで私、怖いドキドキしか知らなかったんですけど……あったかくて、嬉しいドキドキ……ですかね」

「ひゃっほーう！　めっちゃいいっすね、それ！　いただきです！　これなら新作も速攻校了間違いなしっすよ！」

「そ、そうですか？　よくわかりませんが……お役に立てたのならよかったです」

そう言って、シャーロットはふんわりと微笑んだ。

その笑みがアレンの心に突き刺さる。

決して恵まれているとは言えない半生なのに、彼女は他人のために心から微笑むことができる。その強さに強く惹かれた。

認めてしまったが最後、思いは留まることがなかった。

声が好きだ。

笑顔が好きだ。

小さな手が好きだ。

ともに過ごす時間が、何気なく交わす言葉が、ふとしたときの沈黙が……なにもかもが愛おしい。

シャーロットはアレンと手を繋ぎ、ドキドキするという。

アレンも全く同じだ。今にも心臓が破裂しそうなほどに高鳴っている。

ならばシャーロットも……アレンとまったく同じ気持ちを抱いているのでは?

(両思いなら遠慮はいらない……! これはもう、やるしかないのでは!?)

アレンがシャーロットへの思いを封じようと決めたのは、重荷になるのが嫌だったからだ。彼女が同じ思いを抱いているのなら――アレンのことを好いてくれているのだとしたら障害はない。

自重や様子見といった言葉は、彼の辞書に存在しなかった。

即断即決。やると決めたら徹底的にやる。

それがアレン・クロフォードという男だった。

「シャーロット!」

「ひゃっ!?」

突然アレンが大声を上げたものだから、シャーロットは肩を跳ねさせる。

しかしすぐにアレンが真剣な顔をしていることに気付いたようで、小さく首をかしげてみせた。

「え、えっと……なんですか、アレンさん」

「大事な話があるんだ。聞いてくれ。シャーロット！　俺は、おまえのことが――」

直球勝負に出ようとした、そのときだ。

ドガッシャアアアアア!!

突然の轟音と砂埃がリビングを襲い、一世一代の告白を遮った。

「げほっげほっ……！　なっ、なんだ……!?」

「ひっ、ひえぇ……!?」

シャーロットを胸に抱いて庇いつつ、音の方向に目を向ける。

見れば家の壁に大きな穴があいていた。日の光が差し込むその先に立っていたのは……見知らぬ人物だ。

黒いスーツを着込み、黒髪を撫で付けた仏頂面の青年。

それが、ぽかんとするアレンたちに折り目正しく頭を下げる。

「気配を察知して参りました。突然の訪問、失礼いたします」

「は……？」

アレンもシャーロットも、目を瞬かせるしかない。

だがしかしドロテアの反応は違っていた。

「でっ、で……出たあああああああ⁉」

そんな悲鳴を上げて脱兎のごとく逃げ出そうとするのだが――。

「させません」

「はうっ⁉」

素早く回り込んだ青年に手刀をくらい、ドロテアはどさっと倒れてしまう。そのまま彼はどこからともなく取り出したロープで彼女を手早く縛り上げた。ひどく慣れた手つきである。

明らかな事案なのだが、アレンは助け船を出すでもなく見守ってしまう。

芋虫のように転がるドロテアを見下ろして、青年は淡々と言葉を紡ぐ。

「どうもお久しぶりです、ドロテア先生。三十年と四ヶ月、十日ぶりですね」

「あ、ああ……はい……お久しぶりっすね、ヨルさん……」

「いやはや、まさか原稿をせっついた次の日に失踪なさるとは。あれは担当編集として一生の不覚でしたよ」

やれやれ、と大仰に肩をすくめてみせるものの、その表情筋は微動だにしなかった。

「エルフの里はあちこち虱潰しに探したのですがね。まさかご自宅にいらっしゃるとは盲点でした」

「あはは……ヨルさんにバレないよう、籠城した地下室は厳重な封印をしましたからねえ。

どんな手練れだってボクの気配を感じ取れなかったはずっす！　すごいっしょ！」

「その労力を原稿に費やしていただければ、私としても三十年も無駄な時間を使わず済んだのですが？」

「ひいいいいいっ！　ごめんなさい！　ごめんなさいっすー！」

ついにドロテアはべそべそと泣き出してしまう。

しかしどう考えても自業自得なので、アレンは一切同情心が湧かなかった。

「どうもお騒がせいたしました。こちら壁の修理費です。お納めください」

「はあ……」

青年はアレンに分厚い封筒を手渡して、よいしょっとドロテアを担ぎ上げる。

完全に人さらいの現行犯だ。おかげでドロテアは悲痛な声で助けを求める。

「いいいいやあああ！　助けてくださいアレン氏！　このままじゃ海に沈められるっす！」

「なにをおっしゃいますやら。大事な担当作家にそんなことをするわけがありませんよ」

「えっ、ほんとっすか……!?　なーんだ、ヨルさんもこの三十年でずいぶんと丸くなって――」

「海なんて生ぬるい。とりあえず手始めに火口に参りましょう」

「死ぬ!!　エルフのボクでもマグマは死ぬっす！」

「はっはっは。作家は何事も経験してこそでは？」

「火口での臨死体験を恋愛小説にどう生かせと⁉」

　ぎゃーぎゃー騒ぐドロテアを担いだまま、青年は壁の大穴をくぐってあっさりその場を去っていく。それから数秒後、人影をくわえた巨大な黒竜が飛び立っていくのが窓から見えた。

　ルゥはすやすやと寝入ったままだ。どうやら無駄な騒動にも慣れたらしい。

　おかげで一気にリビングが静まり返った。

　ぽかんとしたままのアレンだったが、か細い声が鼓膜を揺らす。

「あっ、あの……アレンさん……その……」

「へ……あ、ああ。すまない」

　シャーロットをずっと抱き寄せていたことに気付いた。

　ぎこちなく体を離して、手も放す。シャーロットは頬を赤らめたままぽーっとしていたが、やがてハッと気付いたように小首をかしげてみせた。

「えーっと……先ほどのお話って、なんだったんですか？」

「いや……いい」

　さすがのアレンでも、こんな空気で言えるわけがなかった。

　深く息を吐いて顔を覆う。疲労感はすさまじいが、失望感は一切なかった。

　告白は失敗したものの……まだチャンスはいくらでもあるからだ。

（むしろ邪魔が入って助かった。こんな成り行き任せではなく……もっとちゃんと準備し

よう）

ロマンチックな景色。

心のこもった贈り物。

胸がときめくような言葉。

そうしたものを引っさげて、告白を成功させる。

アレンはそう決意を固めた。

「あのな、シャーロット」

「はい？」

「俺はやるぞ。だから……すこし待っていてくれ」

「は、はあ……わかりました？」

真剣なアレンに、シャーロットはきょとんと目を丸くするばかりだった。

二章　いけないことと、イケナイ告白

その日、アレンたちは街の冒険者ギルドを訪れていた。

広い屋内にはダンジョン帰りの者や、依頼を探す者、モンスターから剝ぎ取った素材などを査定してもらっている者などでごった返している。

奥の方には酒場も併設されており、冒険者の稼ぎを吸い上げることにも余念がない。

「わあ……強そうな人がいっぱいですね」

「……がう」

外出用に髪を黒くしたシャーロットは興味深そうに、ルゥは警戒するようにあたりを見回す。アレンは何度か訪れた場所だが、ふたりを連れてくるのは初めてだ。

「あれ、大魔王さんじゃねーか」

「む……なんだ、お前たちか」

ふたりのことを微笑ましく見つめていると、酒場の方から声がかかった。

見れば隅の方で、見知った顔が雁首を揃えている。

メーガス率いる岩窟組と、グロー率いる毒蛇の牙(サーペントファング)の一行……合わせて三十名ほどだ。

以前街でいろいろあった際、アレンがボコボコにしたチンピラ集団である。

岩人族のメーガスは人間よりも体が大きいせいか床に直座りで片手を上げて、ペットの毒蛇を首に巻いたグローもそれに倣ってこちらに手を振る。

その他のゴロツキ連中はアレンの顔を見て、一斉にガタッと席を立って頭を下げた。

「ちーっす！ 本日もお疲れ様っす！」

「女神様もごきげんいかがっすか！」

「今日もまた一段とお美し……ってその魔物、まさかフェンリル……!?」

そのうちのひとりがルゥに気付き、大声を上げる。

おかげであたりの注目が一気に集まった。シャーロットは視線に怯えてアレンの背中に隠れてしまうし、ルゥは低い唸りを上げる。

アレンはルゥの頭をぽんぽん撫でて、肩をすくめる。

「こいつはシャーロットの友達でな。今日は同伴許可を取りに来たんだ」

魔物使いは、従えた魔物を何でもかんでも街に連れて来られるわけではない。

生半可に躾けられた個体が街に入っては、最悪の事態を招きかねないからだ。

ゆえに冒険者ギルドに魔物を連れてきて、危険性がないか、主人の命令に必ず従うか等々の審査を受ける。そうしてようやく連れ歩く許可を得ることができるのだ。

「い、いつの間にそんなやベー魔物を……」

「さすがは女神様っす！」

「そ、そんなことはないですよ」

シャーロットは困ったように眉を下げて笑う。すこしは落ち着いたらしい。

アレンはそのまま奥の窓口を指し示す。

「ほら、あっちが窓口だ。話はつけてあるから行ってくるといい」

「は、はい。頑張りますね。行きましょう、ルゥちゃん」

「がうがうー！」

かくしてふたりは周囲の注目を浴びたまま、意気込んで窓口へと向かって行った。審査は一時間くらいかかる本格的なものだが、シャーロットとルゥなら問題なく突破するだろう。

それを見送ってアレンは外に出ようとするのだが、そこをメーガスたちに引き止められた。

「待てよ、それなら大魔王さんは暇なんだろ」

「たまには一緒に飲もうぜ！」

「こんな昼間からか……？」

おもわずアレンは顔をしかめてしまう。

シャーロットたちを待つ間、書店を覗くつもりだったのだが……ふと考え直すのだ。

「まあ、おまえたちに意見を聞いてみるのも悪くはないか」

「ええー、なんすか？　珍しいっすね」

「なに。大した話じゃない」

メーガスの隣に座れば、一行は何だ何だとアレンに詰め寄ってくる。

これまで雑用を言いつけたり、稽古と称してしごいたり等々はあったが、アレンが意見を聞くようなことは一度もなかった。だから彼らも興味を惹かれたのだろう。

注いでもらった安酒にすこし口をつけ、アレンは軽い調子で尋ねてみる。

「実はそろそろシャーロットに告白しようと思うんだが、どんなシチュエーションがいいだろうか」

どんがらがっしゃーーーーーーん!!

テーブルが砕け、酒瓶が宙を舞い、並み居るゴロツキたちが全員そろってすっ転んだ。

突然の惨劇に、アレンはすこしばかり目を丸くしてしまう。

「急にどうした、おまえたち。もうそんなに飲んだ後なのか？　いかんぞ、酒は飲んでも飲まれるな、だ」

「酔いなんか一発で吹き飛びましたよ!?」

盛大にすっ転んでテーブルを破砕したメーガスが、悲鳴のようなツッコミを叫ぶ。ほかの面々もよろよろと起き上がり、なぜか怯えたような目を向けてくる始末。

ぽかんと口を開いて固まる蛇をなだめつつ、グローがおずおずと問いかけてくる。

「えっ、参考までに聞かせてもらいたいんすけど……あんた、女神様に何を告白するって？」

「もちろん愛の告白だが？」

「ひ、開き直りやがったよ、この人……！」

ともあれ全員であたりを片付けてから、再びアレンを囲む会が始まった。

アレンのポケットマネーで全員に新しい酒を用意したのだが、誰も口をつけようとしない。

全員が全員押し黙り、まるでお通夜のような空気を醸し出した。

アレンは眉をひそめて集団の顔をじろりと睨む。

「なんだ。俺がシャーロットに告白して、貴様らになにか不都合でもあるのか」

「不都合っていうか……」

「この展開は正直予想外というか……」

メーガスとグローは神妙に顔を見合わせる。

その他の三下たちも、ひそひそと言葉を交わし合った。

「おいおい……こんなに早い展開、誰か賭けてたか……？」

「いや、最短で三年後とかだった気がする」

「俺なんて一番の大穴『十年後くらいにその場の勢いで手を出してしまって責任を取る』に有り金全部賭けてたのに……！」

「貴様ら後で表に出ろ」

本音を言えばすぐにでも制裁を加えてやりたかったが、話が進まないのでひとまず保留だ。

　メーガスは顔を覆って天井を仰ぐ。

「しっかしマジかー。ぶっちゃけ、大魔王さんは無自覚のままいくのかと思ってましたよ」

「いったいどんな心境の変化があったんすか……」

「それは、その……いろいろだ」

　手を握って見つめ合っただけとは、さすがのアレンも言えなかった。気恥ずかしかったのもあるが、なんとなくまたテーブルを粉砕される予感があったからだ。

「ともかく俺はシャーロットに告白する。貴様らは色恋沙汰とは無縁そうだが、枯れ木も山の賑わいと言うだろう。無い知恵を絞ってアドバイスしてみせろ」

「人にものを頼む態度じゃねーんだよなあ……いつものことだけど」

「……」

　半笑いのメーガスだった。

　だが一方で、グローの方は難しい顔で口をつぐむ。

「なんだ、グロー。なにか言いたそうだな」

「……俺はあんまりよくは知らねえんだがよ」

　グローはため息とともに口を開き、アレンをじろりと睨め付ける。

「ぶっちゃけ女神様、訳ありの身だろ。あんたはその事情を知った上で匿ってる。違うか？」

「……その通りだ」

アレンはそれを素直に認める。

するとほかの面々が、気まずそうに視線をそらした。

グローやメーガスたちは、腐っても冒険者だ。

このギルドにも多くの手配書が貼られていて、中には当然シャーロットのものもあっただろう。彼らがそれを目にしていないはずはなく、いくら髪を染めているからといってもその正体に気付かないわけがない。

それなのに、これまで誰もシャーロットに関して言及しようとも、捕らえようともしなかった。

むしろ日に日に街の手配書が減っていく始末。アレンがこっそり処分したものより、それは明らかに数が多かった。アレンはそのことにうっすらと気付いていたが……これまでそっとしておいたのだ。

そんな不可侵の領域にグローは踏み込んだことになる。

彼はアレンを睨んだまま続けた。

「そんな女を口説くなんてよ……立場を利用して関係を迫るようなもんじゃねーのかよ」

「お、おい、グロー。そいつは言い過ぎだろ」

メーガスが慌てたように口を挟む。

「この方はたしかにクソほど横暴だが……お嬢ちゃんに対してだけは真っ直ぐじゃねえか。

そんな人じゃねえよ」

「わかってるっつーの。でも、言わずにはいられねえだろ」

ちっ、とグローは舌打ちしてそっぽを向く。

しばし場に沈黙が落ちるが……アレンはふっと笑う。

「たしかにおまえの言葉はもっともだ。傍目から見れば、俺はろくでもない卑劣漢だろう」

「……なら、女神様を諦めるのか?」

「まさか!」

アレンはニヤリと笑って断言する。

もちろんそれは危惧したことだ。シャーロットは立場があるからアレンの告白を断れない。アレンが望むとおりの恋人を演じようとするだろう。

だからこそ……アレンは決意を固めていた。

「俺はあいつを、必ずや幸せにしてみせる。立場やしがらみといった、くだらぬものを忘れられるくらいに」

それこそ人生を丸々捧げたとしてもかまわない。

すべての障害を取り除き、世界一幸せにしてみせる。

「その上でもまだ俺を受け入れられないのなら……大人しく身を引こうじゃないか」

アレンは嘘を見抜くことができる。

シャーロットがどう自分を偽ろうとも、その本心は手に取るようにわかるだろう。そのときはすっぱり諦める。アレンの望みはシャーロットを苦しめることではなく、ただ幸せにすることだから。

「たとえ選ばれなくても、あいつが幸せなら俺は――」

「いや、もういい」

アレンの言葉を遮って、グローが片手をかざしてみせる。

そのまま彼は顔を両手で覆って、ゆっくりとかぶりを振ってみせた。

「わかったから……もう勘弁してください……」

「む。まだ語り足りないくらいなのだが」

「ダメだって、グロー」

グローの肩をぽんっと叩き、メーガスはアレンに生暖かい目を向ける。

「この人、初恋で完全にハイになってやがるんだから……下手に刺激したら、ダメージ受けるのは俺らだぞ」

「……なぜ貴様、これが俺の初恋だとわかったんだ？」

「わからいでか」

真顔で返すメーガスだった。

一方で聴衆に徹していたはずのゴロツキたちもまた、なぜか頭を抱えていた。

「俺ら、さっきからいったい何を聞かされているんだ……？」

「正気に戻るんじゃねえ。ここはアルコールで脳を守るんだ」

「ううっ……こんなに味がわからない酒、俺初めてだよぉ……」

そうして全員が全員、競い合うようにして酒を呷り始めた。なんだかヤケクソだ。

複雑そうな面々を見回して、アレンはため息をこぼす。

「しかし貴様ら、やはりシャーロットのことに気付いていたんだな」

「そりゃまあ……手配書の似顔絵、やたら上手かったですし名前もまんまだし」

グローは歯切れ悪くうなずいてみせる。

ほかの顔ぶれも似たような反応だ。だが、グローはすぐに苦笑を浮かべる。

「俺らはあんなの信じちゃいねえよ。だから何も言わねえでいようって決めたんだ」

「……助かる」

アレンは軽く頭を下げる。柄にもなく胸を打たれる思いだった。

(あいつを信じてくれる人間が……こんなにも増えたんだなあ)

しかもそれはシャーロット自身の行いによるものだ。

どんどん彼女の世界が広がっていることに感慨深くなりながら、ふとアレンは首をひねる。

「だが、そこまでシャーロットを慕っているんだろう。俺が告白するのを止めないのか?」

「俺らはそういうのとは違うんだよ。アイドルのファンっつーか、なんつーか……」

「そもそも大魔王が相手ですしね……」

「まずあの子、俺らなんか眼中にないでしょうし……」

あちこちから飛んでくるのはうっすらと恨みのこもった眼差しだ。

なんだか気分が良くなって、アレンは鷹揚にうなずいてみせる。

「それはよかった。俺も見知った顔を闇に葬らずに済むからな」

「もうやだよ、この人」

「すんませーん。酒の追加お願いできますか。できたら店で一番強いやつを」

かくして酒が追加され、ようやくまともな酒盛りの様相を呈し始める。

アレンも軽くアルコールを入れて、勢いのままに切り出した。

「で、話を戻すが告白をしたい。どこかいい場所はないだろうか。贈ると喜ばれそうなプレゼントなどでもいい」

「プレゼントって言われてもなあ……」

「女が喜ぶってなると、花とか宝石とか？」

「花はともかく、シャーロットが宝石を喜ぶかな……」

あまり高価なものは気後れさせてしまいそうだ。

それよりはむしろ、以前街の露天商から買い求めた髪飾りのようなものの方が喜ばれる気がした。今でもあれは毎日つけてくれている。

ひとまず贈り物は保留だ。

そう決めた折、メーガスがぽんっと手を打つ。

「あ、でも場所ならいいところがありますよ」

「ほう……？　言ってみろ」

「ここから北西の方にトーア洞窟っつーダンジョンがあるんですけどね、その手前に花畑があるんすよ」

「あー、あそこか」

グローたちも顔を見合わせてうなずき合う。

彼らの話では、この近くにはそこそこ難易度の高いダンジョンがあるらしい。

腕に覚えのある冒険者たちは、その洞窟に潜って鍛錬を積み、魔物を狩って日銭を稼ぐ。

そして街からそこにたどり着くまでの道中に……小高い丘があるのだという。

今の季節は色とりどりの花が咲き乱れて、野うさぎなども姿を見せる。ダンジョンが近いため一般市民はあまり立ち寄らないが、魔物もそこまでは出てくることがないので穏やかな場所……らしい。

その光景を想像して、アレンは膝を叩く。

「おお、なかなかいいじゃないか。シャーロットが喜びそうだ」

「でしょ？　ピクニックとか言って誘い出しちまえばいいんすよ」

アレンとゴツめの男たちは酒の力を借りてロマンチックな告白シチュエーションについてわいわいと騒ぐ。かなり異様な光景だ。おかげで周囲は遠巻きにその一団を見守った。

話していくうちに仔細が決まっていく。

ひとまず花畑にシャーロットを誘い出し、素晴らしい景色を堪能。

その後夕暮れをバックに告白する。

無粋なアレンでもわかるほど、ロマンに溢れた計画だ。

おかげでテンションもうなぎ登り。アルコールの力もあって、アレンはガタッと椅子を立ち、天高く拳を突き上げ吠える。

「よーし！　こうなったら明日勝負を仕掛ける！　俺はやるぞ！　やってやる！」

「ひゅー、マジっすか！」

「俺らも応援してます！」

「いっそもう早く幸せになっちまってください！」

一行はそんなアレンをやいやいと囃し立てる。

場の盛り上がりは最高潮だ。そこに人影が近付いていることに、誰ひとりとして気付くこともなく――。

「なんのお話ですか？」

「うおわっ⁉」

おもわず全員の口から奇怪な悲鳴が漏れてしまった。

恐る恐る振り返れば、そこにはシャーロットが立っている。おもわずアレンはごくりと喉を鳴らしてしまった。

「しゃ、シャーロット……もう審査は終わったのか……？」

「はい！　ルゥちゃん、とってもいい子でしたから」

ルゥは得意げに、首に巻いた白いスカーフを見せつける。魔石のピン留めがされたそれは、ギルドに認められた魔物の証しだ。

「そ、それはよかった。ところで……」

シャーロットの目を覗き込み、アレンは低い声で尋ねる。

「今の話……聞いていたか？」

「いいえ、内容までは……何か大事なお話でしたか？」

「とんでもない！　天気とか政治とか、そういったつまらない話だ！」

アレンはほっと胸を撫で下ろす。

きちんと準備して告白するつもりなのに、こんな場所でバレてしまっては元も子もない。

飲み代として金貨を数枚テーブルに置いて、シャーロットを外へと誘う。

「それじゃ審査を通ったお祝いといこう。ルゥにステーキを食わせてやろうじゃないか」

「で、でも、みなさんとお話中なんじゃ……」

「気にしないでくれよ、お嬢ちゃん」

「そうそう。女神様はそっちのフェンリルを労ってやってくれって」

「そうですか……？　ふふ、それじゃお言葉に甘えましょうか。ルゥちゃん」

「がうー」

ご機嫌で喉を鳴らすルゥと、それに微笑むシャーロット。アレンはそんなふたりを伴って、冒険者ギルドを後にする。

メーガスとグローたちは、その後ろ姿を生暖かい目で見送った。

三人の姿が消えた頃になって、誰からともなくため息がこぼれた。

「いや、まさかあの人が決心するとはな……」

「人間の可能性は無限大だなあ……」

しみじみと語り合う彼らの語り口は、父親の再婚を見守る子供のようなそれだった。

どこかほのぼのとした空気が満ちる。

だがしかし……それは突如として物々しい騒動によって切り裂かれた。

ギルドの扉が乱暴に開かれると同時、悲鳴が上がる。

「助けてくれ！　誰か、回復魔法に長けた者はいるか……！」

「うっ、うう……」

重装の女性冒険者と、彼女の肩を借りた男性冒険者がギルドに転がり込んでくる。男性の方は満身創痍（そうい）で息も絶え絶えだ。まとう鎧も完全に砕けてしまっていて、剣も半ばで折られていた。

回復術士たちがそちらに慌てて駆け寄っていく。

それ以外の者たちは眉をひそめて言葉を交わした。

「またトーア洞窟の怪物か……」

「だろうな……」

「ただでさえ厄介なダンジョンだってのに、最近やたら強いのが住み着いたんだっけ？」

「そうそう。ランクCプラスからAマイナスに格上げだってよ」

もちろんそのやり取りは、メーガスたちの耳にも届いており。

「……おまえ、知ってたか？」

「……いや」

彼らは沈痛な顔を見合わせる。最近はバイトやボランティアに忙しかったので、冒険者稼業がかなり疎かになっていたのだ。

当然、トーア洞窟まわりがそんな物騒なことになっているなんて、誰も知らなかった。

しばし全員口をつぐむが……。

「ま、大魔王さんなら大丈夫だろ」

「だな。間違いねえや」

結局はそう結論づけて、あとは普通の酒盛りを再開した。

だからこのとき、ボロボロの男性冒険者がこぼしたうわ言を聞きつけた者はいなかった。

もしも誰かひとりでもその単語を耳に入れていれば、血相を変えてアレンを追いかけ、明日の計画を立て直すように必死に助言したことだろう。

男性冒険者は、懸命な手当てを受けながら呻く。

その頬には犬猫よりも大きな動物の足跡が、くっきりと刻み付けられていた。

「うう、なぜあんな場所に……地獄カピバラが……」

◇

夏の日差しが照りつけるこの日は、絶好のピクニック日和となった。

「わあ、ほんとに綺麗な場所ですねえ」

「がう！」

シャーロットは感嘆の声を上げ、ルゥも隣でご機嫌そうだ。

この日、三人が訪れたのはトーア洞窟からほど近い名もなき丘だ。

一面に色とりどりの花畑が広がって、何匹もの蝶がふわふわと飛んでいる。

真っ青な空には雲ひとつ浮かんでおらず、風もゆるやかだ。

そのぶん日差しがきついので、シャーロットは麦わら帽子をかぶっている。身にまとうのは白いワンピースだ。このあたりは人がいないので髪を染める必要もないため、金の髪にその出で立ちがよく似合っていた。

シャーロットはルゥの頭を撫でて、背後を振り返る。

「ありがとうございます、アレンさん。こんな素敵な場所に連れて……アレンさん？」

そこで、シャーロットはきょとんと目を丸くした。

数メートル離れた場所で、アレンが顔を覆って立ち尽くしていたからだ。シャーロットはおずおずと近付いて、声をかける。

「あのー……どうかしましたか？」

「……はっ⁉」

アレンは弾かれたように顔を上げる。

至近距離で目が合って、心臓が大きくはねた。

シャーロットはそんなことにも気付くことなく、気遣わしげに小首をかしげてみせる。

「大丈夫ですか、アレンさん。なんだか顔色がお悪いようですけど……」

「あ、ああ、うん。問題ない」

アレンは手を振ってぎこちなく笑う。

しかしその目は血走っていて、顔は土気色だ。ゾンビの方がまだ健康的だろう。

シャーロットは眉をひそめてアレンの顔を覗き込む。

「ひょっとして風邪ですか？　お熱は……ちょっと失礼しますね」

「っ……！」

シャーロットがそっとアレンの額に触れる。

細い指先からほんのりとしたぬくもりが伝わって、ぶわっと全身から汗が噴き出した。

顔が近い。宝石と見紛うばかりの瞳もすぐそこだ。

甘い香りも鼻腔をくすぐって、頭の中がたったひとつの思いで埋め尽くされる。

好きだ。

「だ、大丈夫だとも！　ただの寝不足だ！」

ついついその言葉が口をついて出そうになって、アレンは慌ててその場から飛び退いた。

ぽかんとするシャーロットにしどろもどろで言い訳する。

「その、昨夜は寝付けなくてな……すこし昼寝したら多少はよくなると思う」

「そうなんですか……？　無理はなさらないでくださいね」

「平気だ。おまえはルゥとそのあたりを散歩してくるといいさ」

「……それじゃ、何かあったら呼んでくださいね。近くにいますから」

「がうっ」

シャーロットはルゥを連れて、花畑へと向かっていった。

かなり心配そうだったが、アレンがゆっくり眠れるように気を使ってくれたのだろう。

その思いやりが心臓に痛かった。

ふたりが十分に離れてから、アレンは盛大なため息とともにその場で腰を落とす。

「いや、無理だろ……これは無理すぎるだろ……」

昨日の意気込みはどこへやら。

アレンは完全に、いっぱいいっぱいになっていた。

昨日の夜、シャーロットをピクニックに誘ったところまではよかった。

だがしかし自室にこもって、いざ告白の言葉やプレゼントを考えたところ……猛烈に不安になったのだ。

たとえこの感情を受け入れてもらえなくても、シャーロットが幸せなら満足だ。メーガスたちに語った、その思いに嘘はない。

だがフラれたら……間違いなくショックを受ける。

へたをすると再起不能になるかもしれない。

そんな確信めいた予感が浮かんだ途端にもうダメだった。

結局昨夜は一睡もできず、朝から何も喉を通らない。

二十一年も生きてきて、緊張で吐きそうになった経験はこれが初めてだ。

「め、女々しいにもほどがあるぞ、俺ぇ……いつもの調子はどこにいったんだ……」

アレンは頭を抱えて呻くしかない。こんなことでは完璧な告白など夢のまた夢だ。

「やはりここは先延ばしに……む」

挫（くじ）けかけた、そのときだ。

鈴を転がすような笑い声が聞こえてきて、アレンはふと顔を上げる。

丘をすこし下った先で、ルゥがぴょんぴょん跳ね回っていた。その首には昨日つけてもらったスカーフと、花輪が飾られている。どうやらシャーロットに作ってもらったらしい。

「ふふ。気に入ってくれましたか、ルゥちゃん」

「がうがう！」

「やっぱりルゥちゃんも女の子ですし、おめかししたいですよねぇ」

「わう！」

「あはは、くすぐったいですよ」

ルゥに頬を舐められながら、シャーロットはくすくすと笑う。

その笑顔は太陽の輝きすら霞むほどに、アレンの目に強く焼きついた。

しばしぼんやりとその光景を眺めて、アレンはぼやく。

「……やっぱり、好きだな」

照れも恥じらいも何もない。

その思いは単なる事実としてアレンの胸にストンと落ちた。

ため息交じりにぼりぼりと頭をかく。

「こうなってくると早急に言うしかないな……でないと締まりのないタイミングで言ってしまいかねん」

先ほどのように、少し距離が近くなっただけで想いが溢れてしまうのだ。意図せずぽろっと告白してしまう可能性は十分に考えられた。

たとえば朝の挨拶をしたときに。

『おはようございます、アレンさん』

『ああ、おはよう。好きだ』

『……はい？』

たとえば街で買い物をしているときに。

『うーん、どうしましょう。アレンさんはリンゴとオレンジ、どっちが好きですか？』

『どちらかといえばシャーロットが好きかな……』

『えっ……？』

たとえば夜に。

『それじゃ、おやすみなさ――』

『好きだ！』

『えええええっ⁉』

どんなシチュエーションを思い描いても、やらかす未来しか見えなかった。アレンとしてはそんな事故めいた告白などごめんだし、シャーロットを困惑させることも避けたかった。

そうなれば……今日この場で、なんとしても告白するしかない。

アレンはぐっと拳を握って意気込んで――。

「いやでも、何て言えばいいんだ……気の利いたセリフなんて俺には無理だぞ……」

そのまま、また頭を抱えて悩み始めるのだった。

ふつうに『好き』と言うだけでは芸がない。

かといってこんな場合に使えるボキャブラリーなど皆無だ。慣れないなりに、アレンは必死になって頭を絞る。

必ず幸せにする。

……それはもう、会ったその日に言ってある。

俺と一生を添い遂げてほしい。

……一発目でこれは重いのでは？

おまえにこの世のすべてを捧げよう！

……完全に悪役のセリフだし、やはり重い。

ろくなセリフが浮かばず、ああでもないこうでもないと悩み続けていると――。

「アレンさん！」

「うおっ」

そこで慌てたような声がかかった。

顔を上げれば、シャーロットが慌てた様子で駆け寄ってくるところだった。

そのそばにルゥの姿はなく、ただ事でない様子が見て取れる。おかげで浮ついた気分が一瞬で吹き飛んだ。

「お、お休み中のところすみません……！　でも、大変なんです！」

「いったいどうした。ルゥに何かあったのか？」

「ルゥちゃんなら大丈夫です。でも、あの、私じゃどうにもできなくて……」

シャーロットは肩で息を切らせて、途切れ途切れに言葉をつむぐ。その顔色はアレン以上に真っ青だ。花畑の向こうを震える指で示し、彼女は悲痛な面持ちで叫ぶ。

「向こうの方に、怪我をしたドラゴンさんがいるんです！」

シャーロットの案内のもと、アレンは花畑を突っ切った。

すると小高い丘のただ中。すこしだけ窪地になった場所にルゥがいて、その視線の先に小さなドラゴンがうずくまっていた。

小さいと言っても、ドラゴンの平均サイズに比べれば……の話だ。

身の丈およそ三メートル。薄緑色の鱗に覆われたその身を丸め、か細い声で鳴いている。

その姿を目の当たりにして、アレンは小さく感嘆の声を上げた。

「おお……ノーブルドラゴンの子供か。これはまた珍しいな」

「そうなんですか?」

「うむ。平たく言うと、魔法をはねのけてしまう種族でな」

ゆえに、アレンのような魔法使いにとっては天敵である。

普段は洞窟のような穴蔵で静かに暮らす種族なので、外で見かけることは極めて稀だ。

近くにあるというダンジョンから出てきて、怪我をして帰れなくなったのかもしれない。

(……しかし外傷は見当たらないな?)

見る限り、ノーブルドラゴンは傷ひとつ負っていなかった。

しかし数メートルの距離まで接近しても動かないとなると、不調以外には考えられない。

「ひとまず……《治癒(ヒール)》」

アレンは簡単な治療魔法をドラゴンにかけてみる。淡い光がその体を包み込むものの
──。

「グルル……!」

ドラゴンが低い声で唸ると同時、治癒の光は霧散してしまった。

アレンは肩をすくめてみせる。

「この通り生半可な魔法は通用しない。家から魔法薬を持ってきた方が早いだろうな」

「だったら、私がお話ししてみましょうか？」

「たしかにそれも悪くはないが……」

ルゥのときのように、シャーロットが説得すれば大人しく治療を受けてくれるかもしれない。

「だが相手は野生の魔物だし……って、うわっ！」

「アレンさん⁉」

背後から強い衝撃を受けてアレンはその場でたたらを踏む。

すわドラゴンの攻撃かと思いきや、そこにいたのはルゥだった。体当たりをかましたらしい。

「いたた……なんだ、どうした。ルゥ」

「がぅ……！」

ルゥは鋭い目でアレンをねめつけ、ノーブルドラゴンを顎で示す。

それはまるで『気をつけろ』と忠告しているようで……。

シャーロットも不思議そうに小首をかしげるのだ。

「ルゥちゃん、さっきからずっと変なんです。ドラゴンさんに唸ったりして……フェンリルさんって、ドラゴンさんと仲が悪いんですか?」

「いや、特に天敵というものでもないが……」

アレンは顎を撫でてノーブルドラゴンを見つめる。

ドラゴンは相変わらず、もの悲しげな声で鳴くばかり。だがしかしその声は単調そのものので、まるで獲物を誘う餌のように思われて……なんとなく、嫌な予感がした。

(これは……下手に近付かない方がいいか)

アレンはそう決め、ルゥに目線をやる。

ルゥも声なく小さくうなずいて、それでふたりの意思疎通は完了した。さりげなくシャーロットを左右から挟み、そっと退却を促す。

「よし。やはりここは――」

戻って出直そう。

そう切り出す寸前だった。

「ひゃっ……!」

「っ……シャーロット!」

突き上げるような揺れが三人を襲った。立っていられなくなるほどの地鳴りと轟音が響き渡り、足下の地面に亀裂が生じていく。アレンは咄嗟にシャーロットへ手を伸ばすのだが――。

「かぴー」

「なっ……!?」

どこからともなく現れた黒い影が、彼女を攫っていった次の瞬間。

地面はあっけなく崩壊し、アレンは奈落の奥底へ突き落とされた。

◇

「うっ……シャーロット！」

ガバッと跳ね起きてあたりを見回す。

果たしてそこは瓦礫の山だった。

天高くに青空が見え、四方を切り立った断崖絶壁が取り囲む。どうやらあの花畑の地下に、坑道のような洞窟が通っていたらしい。空からのぞく太陽の位置から、落下してそう時間が経っていないことがわかったが……あたりにシャーロットの姿はなかった。

「くそっ……！《飛……!?」

飛翔魔法を使おうとするが、数センチすら浮き上がることはない。

魔法が発動しないのだ。

アレンは愕然とするしかない。そういえば落ちる寸前、咄嗟に魔法を使った覚えがある。

だがしかしこうして地下に落ちているということは、それも発動しなかったのだろう。

焦りと不安が一瞬で爆発した。

目の前が真っ暗になりかけるが、すんでのところで堪えて叫ぶ。

「くそっ！　いったい何がどうなって……シャーロット！　どこだ！　頼む！　返事をして――」

『うるさい』

「へぶっ⁉」

凄まじい勢いで突き飛ばされ、アレンはずざざっと地面を滑った。うつ伏せのままがばっと顔を上げて、目を丸くすることとなる。

「る、ルゥ……？」

『おちつけ』

倒れ込んだまま顔を上げたところ、額をぺしっと踏まれた。

そんなフェンリルの姿を目の当たりにして――アレンは呆然と口を開く。

「……おまえ、公用魔物言語が喋れたのか？」

『もちろんしゃべれる。なにか問題でもあるのか？』

「いや……これまで一度も使ってなかっただろう、おまえ」

アレンがわかるのは低ランクの魔物が広く使う公用語のみだ。

ドラゴンやフェンリルといった魔物は種族ごとに言語が異なる場合が多く、人間には習得が難しい。心を通わせることで彼らと対話できる魔物使い以外には、意思の疎通が難しい。

アレンもルゥと話すのはこれが初めてだった。

ルゥは首をかしげてみせる。

『どうしてルゥがおまえに合わせなきゃならないんだ？　ママとはふつうにお話できるし、ひつようないだろ』

「…………ママとは、まさかシャーロットのことか」

『あたりまえだろ。母上は母上だし、ママはママだ』

ふんっ、と鼻を鳴らすルゥだ。

母上というのはフェンリルの母親のことだろう。懐いているのは知っていたが、まさか二人目の母親として慕っているとは思いもしなかった。

（そりゃ、俺にはあっさりした対応になるよな……）

アレンはしみじみと納得してしまう。

だが、おかげですこし冷静さが戻った。

アレンはゆっくりと立ち上がって天井にあいた大穴を睨む。

「どうだ、ルゥ。シャーロットはこの上にいるのか」

『……いない』

ルゥはゆるゆるとかぶりを振る。とはいえそれは想定内だ。

思い出されるのはこの地下に落ちる直前に見た、大きな影。

アレンは額を押さえて唸る。

「ならばあいつは……攫われたんだな?」

『………そうだ』

ルゥは苦しげにかぶりを振ってみせた。

ふたりの間に重い沈黙が落ちる。

アレンは指先が痺れるほどに拳を握りしめ……大きく息を吐いて、力を抜いた。

猛省はいつでもできる。今すべきことは、シャーロットを救うことだ。思考を切り替えて顎を撫でる。

「ひとまずここを出よう。手伝ってくれるな?」

『もちろん。ママのためだ』

「よし。しかし犯人はいったい何者だ? ニールズ王国のやつらか、はたまた賞金稼ぎか……」

それにしては、アレンが一切気配を察知できなかった。

かなりの手練れであることは間違いないだろう。

おまけに魔法が使えないことも気にかかった。ある一定区間内で魔法の使用を制限する術はいくらでも存在する。だが、それなりの下準備を必要とするのだ。偶発的に起こることなど滅多にない。

(ちっ……まったく手の込んだ真似をしてくれる)

おそらく敵はしばらく前から機をうかがっていたのだろう。あのノーブルドラゴンも間違いなく囮だ。アレンがぶつぶつ考え込んでいると、ルゥが小首をかしげてみせる。

『いがいと冷静なんだな。もっととりみだすかと思っていたぞ』

「まあ、シャーロットが無事なのはわかるからな」

『は……？』

「いやなに。最近あいつもよく出歩くようになったからな。防犯がてら、いつもの髪飾りに特別な魔法をかけておいたんだ」

いわば目印のようなものである。

アレンからどれほどの距離にいるか、命の危険に瀕していないかがざっくりとわかる。

それによるとシャーロットはそこまで離れてはおらず、怪我もしていない。今はまだ無事……ということだ。

そう説明すると、ルゥは感嘆の声を上げるかと思いきや……なぜか、ドブネズミでも見るような目をアレンに向ける。

『おまえ、しばらくママにちかづくな』

「なぜだ⁉」

『うるさい。きもちわるい』

そのまま後ろ足で砂までかけてくる始末。

思春期の娘ができた気分だった。まだ告白にも成功していないのに。

ルゥはやれやれとかぶりを振ってから、ため息をこぼす。

『だけどそれなら安心だ。てきのねらいも、わかった気がする』

「……どういう意味だ？」

『ルゥは、はんにんを知っている』

「っ、なに……!?」

暗がりにアレンの声がこだまする。

ルゥは沈痛な面持ちで喉を鳴らして続けた。

『前にルゥがたすけてもらった、どうぶつえんがあるだろう』

「は……？　あ、ああ。それがどうしたんだ」

『ママをさらったのは、あそこの――』

「……待て」

ルゥの言葉を遮って、アレンは唇の前に人差し指を立てる。

それでルゥもぴたりと口をつぐんだ。

ふたりがじっと押し黙る中、奥の暗がりから、いくつもの足音と何かを引きずるような音が聞こえてくる。

「何か……来るな」

『このにおいは……』

やがてその姿が露わとなった。

「グルァアアア……」

それは、色濃い緑色の鱗を有する竜だった。

体長およそ十メートルをくだらない、成体のノーブルドラゴン。

それが何十匹と集まって、アレンとルゥを取り囲んでいた。

「なるほど。これなら生半可な魔法は発動しないよな」

『かんしんしている場合か？』

ぽんと手を打つアレンのことを、ルゥは冷ややかな目で見つめるのだった。


アレンとルゥが絶体絶命のピンチに瀕している頃。

シャーロットは、この世のものとも思えないような歓待を受けていた。

「ぴぎーっ」

「え、えーっと……ありがとうございます？」

「ぴっぴぴー♡」

差し出された果物を前に、シャーロットはおずおずと頭を下げる。

運んできたスライムは嬉しそうに体をくゆらせ、ぽよぽよ転がって去っていった。

それを見送って、シャーロットはあたりを見回す。

「ここ、いったいどこなんでしょうか……」

巨大な円柱状の空間だ。

四方を岩肌で囲まれており、それを埋め尽くさんばかりにツタが生い茂っている。天井を見上げれば突き抜けるような青空が広がっていて、陽の光がふんだんに降り注ぐ。

そしてその緑の壁には、オーダードラゴンなどの魔物たちがいくつも巣を作っていた。

シャーロットがいるのはその最下層だ。

緑の絨毯が敷き詰められており、気付いたときにはそこで眠っていた。

最初は魔物たちに食べられてしまうのではないかと怯えたが……彼らは一向に襲いかかってくる気配を見せず、それどころか順々に果物や花をプレゼントしていく始末。

おかげでシャーロットはすこしばかり落ち着いていた。

ここはひとまず安全そうだ。それよりも、もっと気がかりなことがある。

「アレンさんとルゥちゃんはご無事でしょうか……」

『無論』

「っ……！」

ハッと背後を振り返る。

するとそこにはいつの間にやら、一匹の魔物がいた。

茶色い体毛に覆われた、ずんぐりむっくりとした大きなネズミだ。四本の足は短く、額にはバツ印の古傷が刻まれている。ぽけーっとしたその顔に、シャーロットは見覚えがあった。

「あ、あなたは……動物園のふれあいコーナーにいた地獄カピバラさん？」

『左様。お久しゅうございます、シャーロット様』

地獄カピバラはぺこりと頭を下げてみせた。

ほんの一ヶ月ほど前、アレンと旅行したときに出会った魔物の一匹だ。

(で、でも……どうしてこんな場所に？)

ぽかんとするシャーロットに、地獄カピバラは細い目をさらに細めて続ける。

『地獄カピバラは我が種族の名。我が真名はゴウセツと申します。以後、お見知り置きを』

「ゴウセツさん……ゴウセツさんが、私をここに連れてきたんですか？　アレンさんやルゥちゃんは無事って、本当ですか⁉」

『ご心配には及びません。すべてお話しいたしましょう』

ゴウセツの口調は穏やかだ。

もとよりゆるい見た目のため、そうしているとまるで老人のような空気を醸し出す。

だがしかし、シャーロットは言いようのない不安を感じていた。ゴウセツはゆっくりと歩み寄ってくる。そうして目の前で、丸っこいこうべを深く垂れてみせた。

まるで忠誠でも誓う騎士のように、厳かに告げる。

『おいたわしや、シャーロット様。ですがもう心配はいりませぬ。儂が必ずや、あなた様をお救いいたしましょう』

「えっ……？」

シャーロットは、わけがわからずぽかんとするしかない。

だがしかしゴウセツの言葉は凄みを帯びており、冗談などではないことがすぐにわかった。ゴウセツはかまうことなく語り続ける。

『儂はあの動物園で、静かに余生を過ごす身でございました』

かつては数々の強敵と死闘を繰り広げ、武者修行に明け暮れる日々を過ごしていた。

しかし年を取り、多くの縄張りを弟子に譲ったことをきっかけにして隠居を決意。

ユノハ魔道動物園と交渉し、ふれあいコーナーの頭目としてほかの魔物たちを監視しつつ、五十年以上もの間のどかな日々を送っていた。

『そこであなた様と出会ったあと、動物園で新聞を目にする機会があったのです』

「し、新聞って……まさか」

『はい。あなた様が祖国を脅かしたという、根も葉もない悪評の数々が書かれておりました』

ゴウセツは淡々と語り、ゆっくりと顔を上げた。

『あなた様は悪女などではない。陥れられたのだとすぐに理解しました』

「……はい」

それは、かつてアレンに言われたのと似たような言葉だった。

あの日のことを思い出してシャーロットは胸を押さえる。

祖国でいわれのない罪を着せられ、何もかもを失くしてたったひとりきりで逃げてきた。

その果てでもらった言葉が、どれほど嬉しかったことか。

だがしかし、そのあたたかな記憶はすぐに消え去ることになる。

『ゆえに儂は静かな日々を捨て……封じたこの力を、再び振るうことを決めました』

「力、って……っ！」

シャーロットが顔を上げたその瞬間。

まばゆい光が視界を走り、背後で轟音が爆(は)ぜた。

「きゃっ⁉　な、なに……⁉」

慌てて振り返った先。

蔦に覆われていたはずの岩壁に、巨大なバツ印が刻み付けられていた。

砂塵が舞う中で言葉を失うシャーロットに、ゴウセツは淡々と続ける。

『秘剣、枝払い……手慰みに編み出した、我が奥義のひとつでございます』

ゴウセツが咥(くわ)えていたのは、単なる木の枝だ。薄い光を帯びており、ひりつく空気をまとっていた。

シャーロットはごくりと喉を鳴らす。

脳裏に浮かぶのは、アレンに教えてもらった魔法の授業だ。

彼が言うには、魔法はおおまかに分けて二種類あるという。

ひとつは魔力を用いて奇跡を起こす魔法。

もうひとつは、魔力を肉体や物に込める魔法だ。

後者は力加減が難しく、並の術者が手を出せば暴走することもあるという。だがその分、小さな魔力で絶大な力を生み出すことも可能……らしい。

『優れた使い手なら、たった一本のナイフでドラゴンを仕留めることも可能なんだ』

アレンはたしかそう言っていた。

その優れた使い手というのは、間違いなくゴウセツのような者を指すのだろう。

いつしかあたりはしんと静まり返り、魔物たちがじっとこちらを見つめていた。

ゴウセツの目はまっすぐに澄んでいる。

だからこそ、シャーロットは背筋を流れ落ちる嫌な汗を止められなかった。

ゴウセツは枝をくわえたまま、あたりを見回す。

『ここはトーア洞窟と呼ばれるダンジョンでございます。かつて、我が弟子に譲った縄張りのひとつでしてな』

誇るでも謙遜するでもない。

ただ事実を述べるようにして、ゴウセツは続けた。

『世界中に、このような古巣がいくつもございます。儂が声をかければ……この何百倍もの規模の魔物たちが、たちどころに揃いましょうぞ』

「ま、魔物さんを集めて……いったい何をなさるんですか⁉」

『無論、ひとつしかございません』

ゴウセツはひどくあっさりと告げる。

『あなた様のかわりに、我らがかの国を……ニールズ王国を、焦土と変えてご覧に入れましょう』

「なっ……!?」

『あなた様を陥れた者に死を。見捨てた者に絶望を。手を差し伸べなかった者に、あなた様が味わった以上の屈辱を。すべての一切合切を灰燼に帰し、屍山血河を見事に拓いてみせましょうぞ』

ゴウセツが並べ立てるのはおぞましい言葉の数々だ。

それが静寂に染み渡り、あたりの空気を凍らせていく。

シャーロットは痺れた舌をなんとか持ち上げて、震える声をつむぐ。

「ど、どうして……そんな、ことを……!」

『なに、簡単なこと。単なる義憤でございますよ』

ゴウセツはゆるゆるとかぶりを振る。

『儂は、ただ我慢がならなくなった。あなた様のような方が苦しみ、搾取される世界など力によって正されるべきでしょう』

「それでも……それでも、ダメです！」

シャーロットは力の限りに叫ぶ。

自分を虐げ、すべてを奪った者たちに思うことはある。恨みとか怒りとか、まだそこまではっきりした感情は抱けないものの、胸がもやもやするのは間違いない。

だからといって……国を滅ぼすなんて恐ろしいことを、見過ごせるはずがなかった。

「私はそんなこと望んでいません！　やめてください！」

『これはまた、異な事をおっしゃいまするな。あなた様は被害者でございましょう。報復は自然なこと』

「それでもダメです！　無関係な人たちまで巻き込むなんてことも……絶対ダメです！」

『まったくお優しいことだ……嘆かわしいほどに』

ゴウセツはため息交じりに天を仰ぐ。

『やはりあの魔法使いのせいですかな』

「っ……アレンさん、ですか？」

『左様。あの若造のやり方は……儂から言わせれば、ぬるいとしか言いようがない』

やれやれ、と肩をすくめるゴウセツだ。

泰然としたその声に、初めて苛立ちのようなものがにじむ。

『ここしばらく、あなた様方の様子を見させていただきました。あの若造はあなた様を幸せにすると嘯きながら、あの国へなんら報復措置を取ろうとしない。ただ日々を漫然と過ごすだけ。怠惰としか言いようがない』

「怠惰、って……」

『ほかに言い表す言葉がありますかな。奴はあなた様を救うのではなく、堕落させているだけでございましょう』

厳しい言葉の数々に、シャーロットは目を見張る。指先が冷えて、頭の奥がじんと痺れた。

昔ならこんなとき相手に何も言い返せなかった。だがしかし、今のシャーロットは違う。

まっすぐにゴウセツを睨みつけて、告げる。

「それは、違います」

『……なに』

「アレンさんと一緒にいて、ようやく私は生きることができたんです」

恐れるもののない、静かな日々。

それでいてすこしずつ変化があって、どんな時間も大切だった。

笑ったり泣いたり、怒ったり。感情を表に出せる日が来るなんて、思いもしなかった。

そして、自分がそんなふうに変われたのはアレンのおかげだ。

「それを否定するのは、いくらゴウセツさんでも許せません！」

『……それはあなた様が、あの若造に誑かされているだけでございます。儂だけが、正しくあなた様をお救いできる』

ゴウセツの目に迷いはない。

その口元に薄い笑みを浮かべてみせる。

『じきにそれがわかることでしょう。あの若造と離れれば、否が応でも』

「っ……アレンさんに何をしたんですか⁉」

『なに。ご心配には及びませぬ。五体満足でございますよ。ですが我が計画の邪魔になるため……フェンリルともども、ノーブルドラゴンを見張りにつけて捕らえております』

「そんな……！」

魔法が効かないドラゴンたち。

アレンにはきっと最悪の敵となることだろう。

(私のせいで、アレンさんとルゥちゃんが危ない目に……!)

絶望で意識が遠のきそうになるシャーロットをよそに、ゴウセツは上機嫌そのものだ。

『いかにして、あなた様をあの男から引き剝がすべきかと思案しておりましたが……近くまでいらしてくださるとは僥倖でございました。おかげで儂も駒を一気に進めることができます』

そう言って、ゴウセツは恭しく前足を差し伸べる。

『さあ、ともに参りましょうぞ。あなた様のために作る地獄、どうかご堪能くださいませ』

「ひっ……! いや、来ないでください……!」

シャーロットはかぶりを振って後ずさる。

しかしすぐに断崖絶壁に阻まれて、退路を断たれてしまった。

あたりの魔物たちも静かにシャーロットへとにじり寄り、包囲網を狭めていく。

膝ががくがく震えて、涙が溢れそうになる。だが、そんな折――脳裏に浮かぶ言葉があった。

『悪夢に囚われようと、俺が必ず助けに行く。だから何も心配するな』

かつて悪夢を見た夜。

アレンが投げかけてくれたその言葉が、シャーロットに勇気を与えた。

あらん限りの力を込めて、叫ぶ。

「助けて……！　アレンさん！」

その声は縦穴の壁に反響し、高い青空を震わせた。

次の瞬間——。

「もちろんだ！」

「っ……！」

天上より降り注ぐ、いつもの声。

はっとして見上げれば……縦穴の縁に、アレンが不敵な笑みを浮かべて立っていた。


「アレンさん⁉」

「すまない。遅くなったな」

目を丸くするシャーロットに、アレンは軽く片手を上げてみせる。

見る限り怪我はなさそうだ。ほっと胸を撫で下ろすが、その目尻に涙の雫が浮かんでいることに気付いて、カッと体の芯が熱くなった。

アレンが激情をぐっと抑える中。

シャーロット以上に目をみはり、ゴウセツが吼(ほ)える。

『バカな……！　あれだけの数のノーブルドラゴン、いったいどう切り抜けた！』

「どうって、そんなの決まっているだろう」

アレンは肩をすくめて、ぱちんと指を鳴らす。

次の瞬間、狼の遠吠えとともに、空から大きな物体がいくつも降り注いだ。轟音を上げて縦穴の底に叩きつけられるのはノーブルドラゴンたちである。すべて目を回して昏倒しており、か細いうめき声を上げるだけでびくともしない。

アレンの隣にルゥが並び立ち、縦穴の奥底を睨め付ける。

「このとおり、倒した。それだけだ」

静まり返る一同に、アレンはニヤリと笑ってみせる。

そのついでに呪文を唱え、大きな光の玉を生み出した。縦穴の中にはまだまだ何匹ものノーブルドラゴンが存在するため魔力の光は弱くちらつくものの、光源としては問題ない。

「たしかにノーブルドラゴンは魔法を無効化する。だったら……それを上回る魔力でゴリ押ししてやればいいだけだ」

『はっ……面白いですな』

ゴウセツは枝を咥えて、ゆらりとアレンを睨み上げる。

その身から迸るのは純然たる殺気。それに当てられるようにして周囲の魔物たちも気色ばむ。

一触即発の空気が流れる中で、シャーロットは慌てたように叫ぶ。

「アレンさん！　ゴウセツさん、ニールズ王国に乗り込むつもりなんです……！」

「ふむ、予想通りだな」

「へ……？」

シャーロットはぽかんと目を丸くする。

彼女をさらったのが、動物園の地獄カピバラであることはルゥから聞いていた。

ならば自ずと目的も判明する。

「地獄カピバラが固執するものにはふたつある。食糧と……義侠心だ。やつら、気に入った生き物にとことん肩入れする性質でな」

それだけならば義に厚い魔物だ。

だが、往々にしてやりすぎるきらいがある。

主人の望む以上のことをしでかす厄介なトラブルメーカーなのだ。

「動物園で、おまえが気に入られていたのは知っていた。だが、やつらが人間を主人とする例は滅多にないからと……対策を講じなかった俺のミスだ。すまなかったな」

「そんな……アレンさんが謝ることじゃないですよ！」

『その通り』

ゴウセツはアレンを睨め付けながら、低い声で唸る。

『貴様にはシャーロット様と言葉を交わす資格もない』

「ふん、齧歯類風情が大きく吠えたものだな」

あからさまな敵意を前に、アレンは鼻を鳴らす。

「シャーロットを苦しめた元凶を滅ぼせば……本当にこいつが救われると思っているの

か？」

『当然であろう！』

　ゴウセツが吠え猛る。それと同時にほかの魔物たちが一斉に動いた。空を飛べるものは宙を舞い、ほかのものは壁を駆け上がってまっすぐこちらを目指してくる。

「頼むぞ、ルゥ！」

『ちっ……しかたないな』

　アレンがその背にまたがると同時、ルゥは全力で跳躍した。

「《零凍槍(フリージングランス)》！」

「ガッ……！」

　向かってきたノーブルドラゴンに向けてアレンは魔法を解き放つ。

かざした手のひらから放たれるのは青藍(せいらん)の光線。それらの光の帯が彼らの翼を違(たが)えることなく撃ち抜いた。自慢の翼は一瞬にして凍りつき、あえなく地へと落ちていく。

だがしかし、息つく間もなく次々とほかの魔物たちが襲い来た。

「はっ、数が多いな……！」

『もうへばったか！』

「まさか！　憂さ晴らしにはちょうどいい！」

　魔法を連打し、敵の猛攻をかいくぐる。

　縦穴を揺るがすほどの轟音と火花が舞い散って、あたりに色濃い煙が満ちる。

「アレンさん！」

「っ……！」

ルゥが体をよじった一瞬ののち、ふたりのすぐそばを熾烈な斬撃が切り裂いた。

手近な魔物の巣に着地したアレンたちに向けて、気配が猛スピードで突っ込んでくる。

ゴウセツだ。咥えた枝を猛々しく振るい、ふたりの頭上に躍り出る。

『貴様のやり方は生ぬるい！　それであの方が救えるものか！』

「やかましい！　生ぬるくて何が悪い！」

真っ向からの目にも留まらぬ苛烈な斬撃。

それをアレンはすんでのところで受け止める。得物は魔力を束ねて作った光の剣だ。怪物退治にはもってこいの武器だろう。猛攻をさばきながらアレンは叫ぶ。

「貴様の言う復讐とやら、俺も考えた！　あの国に乗り込もうと、何度思ったことか……！」

シャーロットを傷付けた者たちが、今ものうのうと暮らしている。

その事実が脳裏をよぎる度に、胸にどす黒いものが湧き上がった。

好きだという思いを自覚してからは、なおさらそれが強くなった。だがしかし、アレンはそれをぐっと堪え続けている。

「俺はあいつにこの世の楽しみ、すべてを与えると決めた！　それは……報復の機会ですら例外ではない！」

シャーロットはこれまでの人生、あらゆるものを奪われ続けてきた。

だからアレンは彼女から何も取り上げない。

すべてを与えて、見守り続ける。そう固く誓っていた。

「だから俺は、あいつが決断するまで待つ！　貴様のように勝手な復讐を行っても、シャーロットが苦しむだけだ！」

『悪を裁くことの何が悪い！　シャーロット様も心の奥ではそれを望んでおられるはずだ！　それがあの方の幸せに違いない！』

「ならばますます見過ごせんなあ……！」

『なにっ!?』

アレンは力の限りに吠え猛る。

シャーロットがほかの誰かのもとで幸せになれるのなら、アレンは喜んで身を引くつもりだった。だがしかし、いざ彼女の幸せを他人の口から語られると……はらわたが煮えくり返る自分がいた。

ルゥの背を踏みつけ、跳躍。

そのままアレンは渾身の力を込めて光の剣を振り抜いた。

「惚れた女を……シャーロットを幸せにするのは、この俺だけの特権だあ!!」

『ぐあっ……!?』

一瞬のせめぎ合いの後。アレンの放った一閃はゴウセツの得物を切り飛ばし、毛むくじゃらの体軀を勢いよく弾き飛ばした。

そのまま壁に激突して巨大なクレーターを刻む。

ずるずるとくずおれるゴウセツだが死んではいない。アレンが手加減したからだ。とはいえ、もう戦う余力は残っていないだろう。

ボスが倒れたことで周囲の魔物たちもどよめき、アレンから距離をとった。

「ふう。これにて成敗完了だな」

アレンは光の剣を消して、額の汗をぬぐう。

適度な運動で憂さ晴らしができたため、やたらと晴れやかな気持ちに包まれていた。

そのすぐそばに、ルゥがおずおずと近付いてくる。

なぜか気遣わしげにアレンを見上げて、くーんと鳴く。

『いやあの、おまえさあ……今の、いいの？』

「なんだ。やりすぎだとでも言いたいのか」

『それじゃない……それじゃないんだよなあ』

ルゥは歯切れ悪くかぶりを振ってみせる。

そのおかしな反応に首をひねりつつも、アレンはシャーロットのもとまで駆け寄った。

「シャーロット！　大丈夫か！」

「あ…………」

「すまない。俺が付いていながらこんなことになるとは……これからはもっと注意して

「……おや？」

シャーロットは、なぜか顔を真っ赤にして固まってしまっていた。ぽかんと目を丸くして、息さえ忘れているようだ。尋常ならざるその様子に、アレンは慌てて彼女の顔を覗き込む。

「どうした、シャーロット。まさか、どこか怪我でもしたのか⁉」

「い、いいえ、その……大丈夫、です……」

シャーロットはさっと俯いてしまう。

たしかに怪我はなさそうだが、どうも様子がおかしい。

その理由がアレンにはまるで理解できなかった。

あたりに満ちるのは生暖かい空気だ。今しがた戦っていたはずの魔物たちもまた、なぜか見守るような目線を投げかけている。

『ふっ……これはしてやられましたな』

「っ、貴様」

そんな中、ゴウセツがゆっくりと起き上がった。

シャーロットを背に庇って、アレンは真っ向から敵に対峙する。

「まだやる気か。無駄な抵抗はやめた方がいいぞ」

『まさか。耄碌した老体ではございますが……一度打ち合えば、力の差くらいは理解できますからな』

ゴウセツはゆるゆるとかぶりを振って、ぺこりと頭を下げてみせる。

『完敗でございます。お見それいたしました』

「そ、そうか？」

アレンは目を丸くしてしまう。地獄カピバラは執念深い。一度こうと決めたことは、何があってもなかなか曲げないのだ。だがしかし、ゴウセツの言葉に嘘はなさそうだった。

「ふむ……地獄カピバラのわりに物分かりがいいんだな」

『何を仰いますやら』

好々爺じみた笑い声をこぼし、ゴウセツはなんということもなく告げる。

『愛し合う若者たちの邪魔をするのは、いくらなんでも無粋というものでございましょう』

「…………うん？」

『先ほどのお言葉、この老いた胸にもいたく響きましたぞ。貴殿はその気持ちを封じたまいるのかと思っておりましたが……儂のあずかり知らぬところで伝えておられたのですなあ』

「いったいなんの話…………………………あっ⁉」

そこでようやく気付いた。

今しがた、自分が何を口走ったのかを。

（惚れた、女って……言ったな俺⁉）

カーッと体中が熱くなる。

そんなアレンを見て、ルゥはやれやれとため息をこぼしてみせた。

『おまえがママのことすきなのは知っていたけどさ……まさか、あんなかたちで言うなんてな』

『ひょっとして、今のが初めての告白というやつでございますか？　え、まことに？』

「やめろ貴様ら！　畳みかけるな！」

周囲の魔物たちも『うそー……』だの『カッコ悪いなあ』だの『いやでも、一周回ってありなんじゃない？』だのと、好き勝手な批評を投げかけてくる。

アレンはあたりを一喝して頭を抱えるしかない。

だがしかし、言ってしまった事実は変えられない。

気の利いた言葉とプレゼント、そして最高の景色。

そんなものを引っさげて告白しようと思っていたのに、全部台無しだ。

（……まあでも、こっちの方が俺らしいか）

ここまできたら開き直りが肝心だった。

くるりと体を反転させてシャーロットに向き直る。

シャーロットは真っ赤になって固まったままだ。

先ほどのアレンの言葉をきちんと理解していることがありありとわかる。

だが、ここでアレンが日和って誤魔化せば、ちゃんと無かったことにしてくれるのだろう。

だから、アレンは逃げないと誓った。

「えっと、シャーロット……そういうわけだ」

まっすぐにシャーロットを見据えて、ありのままの思いを告げる。

「好きだ。愛している。俺と……付き合ってほしい」

何ら飾り気のない、シンプルな言葉。

それがアレンの思いの全てだった。

シャーロットは真っ赤になったまま、その告白をじっと聞いてくれた。

アレンはただ、返事を待つ。五秒。十秒……一分。とうとう五分が経過しようとする頃、ようやくシャーロットがゆっくりと口を開いた。

か細い声が、柔らかな唇からこぼれ落ちる。

「ご……」

「ご？」

「ごめんなさい……！」

シャーロットはアレンのそばをすり抜けて、ルゥの背中に飛びついた。

「お願いします！　ルゥちゃん！」

『へ？　えーっと、うん。わかった』

そのままルゥに乗って壁を駆け上り、縦穴から一瞬で姿を消してしまう。アレンはそれを追いかけることもできず、見送ることしかできなかった。

「…………え？」

『いやあの、うむ。どんまいでございますぞ、アレンどの』

フラれたばかりのアレンの背を、ゴウセツがぽんっと短い前足で叩いてみせた。

夕暮れに沈む花畑。

そのただ中で、シャーロットは座り込んでいた。膝を抱えて顔を伏せたまま、微動だにしない。

すぐそばにはルゥがそっと控えている。

気遣わしげな鳴き声は『いいの？』と尋ねているようだった。

それでもシャーロットは顔を上げない。石像になったかのようにじっとしている。そんな背中に、アレンは軽く声をかけた。

「おい、そろそろいいか？」

「っ……！」

シャーロットの肩がびくりと震える。

アレンがゆっくり近付いていっても、顔を上げる気配はなかった。

ルゥが困ったようにふたりを交互に見比べてから、そっと離れていく。すれ違いざまにちらりとアレンに目線を投げて、低く唸る。

『ママを泣かせたら、かじってやるからな』

「もちろんわかっている」

その脅し文句に、アレンは鷹揚にうなずいてみせた。

顔を伏せたままのシャーロットの前にしゃがみ込み、やれやれと肩をすくめてみせる。

「フラれたばかりの相手に顔を見せるのは、さすがの俺でも少々堪えるんだがな。言わなければいけないことがあって来た」

「……」

「俺は他人の嘘を見抜くことができる……というのは以前言ったたな？」

他人にこっぴどく裏切られた末に学んだ処世術。

それがまさかこんな場面で生かされるなんて思いもしなかった。

「だから俺にはわかるんだ。さっきの『ごめんなさい』は嘘だとな。違うか？」

シャーロットは何も言わない。

だがかすかに息を呑む気配が伝わり、肯定だと読み取れた。

アレンはため息をこぼすしかない。

「……どうして嘘なんかついたんだ」

「っ……だって、だって……！」

シャーロットが弾かれたように顔を上げる。

その顔は涙でぐしゃぐしゃで、悲痛なまでに歪んでいた。

「私は、国を追われた身です……だから、いつかはアレンさんから、離れなきゃ、いけないって思って、いたのに……！」

涙と同じくらい、溢れ出る言葉は止まらない。

「あんなこと言われたら、もう戻れなくなっちゃうじゃないですか……！　私は言わないようにって、決めてたのに……これ以上、アレンさんの重荷にだけは、なりたく、ないのに！　なんで、どうして……！」

そのままシャーロットは顔を覆って泣き崩れてしまう。

「この思いは、本当にいけないことだって、わかっていたのに……！」

魂からの叫びが、彼女の口からこぼれ出る。

アレンはそれをじっと聞いてから吐息をこぼした。

「まったく……そんなところじゃないかと思ったんだ」

こんなパターンも想定しなかったわけではない。

シャーロットは己を低く評し、他人のことを一番に考えすぎる。

アレンのことを考えた結果、自分の気持ちを封じることだって十分にあり得た。それこそ、アレンがそうしようと一度は決意したように。

だからアレンは彼女の前にしゃがみ込み、目を合わせて告げる。

「いいか、おまえは自分のことを重荷だと言うが……それは違う」

「えっ……」

「おまえは俺にとって光そのものだ。俺の人生を変えてくれた」

ただ無為に日々を送るだけだった退屈な人生。

それがシャーロットに出会ってから激変した。

さまざまな人々に出会い、体験をして、毎日に彩りが生まれた。

たとえ学園で教師を続けていたとしても、ここまで実りの多い人生は決して得られなかったことだろう。

それはすべて、シャーロットが隣にいてくれたからだ。

「俺は、おまえが幸せならそれでいい。でも……我が儘を言わせてもらえるのなら」

震えるその手をそっと握る。気恥ずかしさと愛おしさがない交ぜになって言葉が詰まりそうになるが、それでもアレンは噛みしめるようにして伝えた。

「できれば俺のそばで、幸せになってほしい。俺の人生をこの先もずっと照らしてくれ」

「ほんとうに……私なんかで、いいんですか？」

「いいも何も、それだけが俺の望みなんだ」

不安そうに声を震わせるシャーロットに、アレンは苦笑する。

その言葉に嘘はない。彼女以外には何もいらなかった。

だから告白をやり直す。今度もまた目を見つめてまっすぐに。

「もう一度聞かせてくれ。好きだ。俺と付き合ってほしい」

「…………私も」

今度の逡巡は短かった。

シャーロットは顔をくしゃっとさせて、掠れた声で告げる。

「アレンさんが……好き、です」

「……ありがとう」

アレンは彼女をそっと抱きしめた。肩口に顔を埋めたままシャーロットはすすり泣く。

その体温と涙を、アレンはいつまでも受け止めた。これからもずっと、彼女がここで泣けるように。

『いやはや、儂も昔の頃を思い出しますなあ。かつては幾多のオスをはべらせて、逆はぁれむな日々を送ったものでございます』

『いや。反省しなよ、じじ………おまえメスだったの!?』

いつの間にかやってきて静かに笑うゴウセツに、ルゥはぎょっと目を丸くするのだった。

三章　イケナイ初デート

その日。

メーガスとグローは冒険者ギルドの扉をくぐって、目を丸くした。

「わはは、それでよぉ……あれ？」

「お？　どうし……」

「親分たち、何かあったんす……か」

あとに続いた子分たちも、中へと足を踏み入れて口をつぐむ。

全員の注目は冒険者ギルドの酒場──その片隅に注がれていた。

「…………」

そこでは小さな一人がけのテーブルで、アレンがひとり酒を呷(あお)っていた。

たったそれだけなら普通の光景だが、問題は彼の顔色だ。

暗い。あまりにも暗すぎた。

目は落ち窪み、何を見ているかもわからない。

ただただ壊れたカラクリ仕掛けのように、度数の強い酒を口へと運び続けている。それでいて一切酩酊している様子がない。まるで死者へと手向ける酒席だ。

その一角だけ張り詰めた緊迫感が漂うせいで、ほかの客が寄り付かずぽっかりと席が空いていた。メーガスたちは顔を寄せ、ひそひそと言葉を交わし合う。

(お、おい、ありゃなんだよ……！　大魔王さん、お嬢ちゃんに告白したはずだろ⁉　なんであんな死にそうになってやがるんだ⁉)

(俺が知るかよ……！　あれから一回も会ってなかったんだからよぉ！)

告白の相談に乗ったのが、一週間ほど前のこと。

あれから彼らは一度もアレンたちと顔を合わせていなかった。全員、特に話題に上げもしなかったが『付き合いだして浮かれてるんだろうなー』という共通認識を有していた。

しかし、現実にはこの通り。

アレンの顔には死相が色濃く浮き上がっている。

「ってことは、まさか……」

「ああ……その『まさか』かもな」

メーガスとグローは顔を見合わせ、深くうなずき合う。

そうしてふたりは意を決したようにアレンのもとへと近付いていった。部下たちも無言でそれに倣う。彼らの心はひとつだった。

「よう。大魔王さん」

「飲んでるなら俺たちも交ぜてくれよ」

「…………なんだ、おまえらか」

明るく声をかけるメーガスたちに、アレンはちらりと視線を投げるだけだった。

彼らはおかまいなしに椅子やテーブルを移動させ、アレンを囲む酒盛りを始める。わいわいと騒ぐものの、その盛り上がりはどこかぎこちないものだった。

全員がグラスを持ったのを見計らい、メーガスがぽんっとアレンの肩を叩く。

「まあ、その。なんだ、大魔王さん。元気出せよ」

「そうそう。女はこの世に星の数ほどいるんだからな」

グローもそれにうんうん頷く。手下たちもみな神妙な面持ちだ。

しかしアレンは思いっきり眉をひそめてみせた。

「……藪から棒にいったいなんの話だ？」

「えっ、だってあんた、お嬢ちゃんにフラれたんでしょ」

「俺らはそれを慰めてやってるんじゃねーか」

「…………おまえらは何を言っているんだ」

アレンは手酌で一杯やりつつ、ぶっきらぼうに続ける。

「告白は成功した。俺とシャーロットは、今や恋人同士だ」

「は」

「へ」

全員が一斉に凍りつく。

アレンはおかまいなしに、同じペースで酒を呷るのだが——。

「「はあああああああああああ!?」」

「うわっ」

一同が示し合わせたように同時に絶叫したせいで、酒がわずかにこぼれてしまった。

テーブルをざっと拭きながら、アレンはその場の面々を睨みつける。

「なんだ貴様ら。静かに酒も飲めんのか」

「いやいやいや!? 逆にあんたはなんでこんなところで暗い顔して飲んでんだよ!?」

「そうだそうだ！ 告白が成功したんなら、今が幸せ絶頂のはずだろ!?」

「……俺だって最初はそう思っていたとも」

アレンはふっ……と自嘲気味な笑みを浮かべてみせる。

言葉の通りだ。シャーロットと結ばれたならば、バラ色の未来が待っているに違いない。

アレンはそんな確信を抱いていたのだが——。

「だが、とある重大な問題が発生してな。その対応に悩まされている次第なんだ」

「も、問題……？」

「ああ……さすがの俺もこれには対処しきれなくてな」

ゴクリと喉を鳴らす一同だ。

アレンの口ぶりから、その深刻さを理解したらしい。

固唾（かたず）を呑んで見守る彼らを前にして、アレンは震える両手で顔を覆い——叫ぶ。

「付き合うって……いったい何をどうしたらいいんだ!?」

どんがらがっしゃあーーーーーん!!

テーブルが砕け、酒瓶が宙を舞い、巨体のメーガスがすっ転んだせいで床に大きな穴があいた。

周囲はにわかにギョッとするのだが、騒ぎのもととなったメンツの顔を確認してすぐに興味を失ってしまう。

またあいつらか、という空気だった。

一同は手慣れた調子で片付けを終え、また改めてアレンを囲む。

全員が全員『帰りたいなあ』という心の声が顔に出ていたが、口に出す者はいなかった。

壮絶な表情で酒を飲み続けるアレンが、あまりに怖かったからだ。

「えーっと、ひとまずは……」

「おめでとうございます……?」

「ああ。おまえたちのアドバイスがあったおかげだ」

戸惑い気味の祝福に、アレンはぶっきらぼうに返す。

そのまま一週間前の顚末を話し始めた。

あの日、花畑でシャーロットに告白しようとしたこと。

地獄カピバラの絡む紆余曲折の騒動がありつつも、告白を果たしたこと。

無事、シャーロットと恋人という関係になれたこと。

おめでたいはずの報告を、アレンはこの世の終わりを見てきたような顔で語った。

「それで……シャーロットは今、地獄カピバラの同伴許可をもらいに行っている。奴もうちに住むことになってな」

「フェンリルの次は地獄カピバラかよ……」

「どんどんヤバくなるな、大魔王軍……」

メーガスたちは青ざめた顔を見合わせる。

地獄カピバラといえば、この世界の冒険者なら誰もがその悪名を知っている。味方にできれば心強いが、滅多なことでは従属しない。優れた魔物使いだろうと、仲間にすることはほぼ不可能なのだ。

あの一件が片付いたあと、地獄カピバラ――ゴウセツは折り目正しく頭を下げて、こう頼んできた。

『ご迷惑をかけたお詫びに、シャーロット様の身辺警護をたまわりたい。どうかお側に置いていただけませんでしょうか』

『いや、動物園に帰れよ』

アレンは真顔で反対したが、ゴウセツはテコでも動かなかった。

かなり悩んだものの、目のつくところに置いておいた方がいいかと判断して、しぶしぶ定住を許可したのだ。

今ではシャーロットの従者その二として、彼女の自室をねぐらにしている。まさかのメスだからまだよかったものの、これが万が一にもオスだったら、アレンは容赦なく叩き出していただろう。ひとまずルゥに見張らせているが、今のところ怪しい気配はないらしい。

ちなみに件の動物園に問い合わせたところ『ゴウセツさんを無理やり連れ戻すとか無理です……そちらでお引き取りください』というにべもない返答が来ていた。

まあ、それはともかくとして。

「それで、話は戻るが……付き合うとは、いったい何をすべきものなんだ？」

「いや、そんなのふつうにイチャつけよとしか……」

「その作法がわかったら苦労せんわ！」

アレンはだんっとテーブルを叩く。

あれから一週間である。

恋人になりたての一週間といえば、甘くとろけるような期間であるはずだ。

だがしかし、そんな展開は一切なかった。

たとえば朝一番で顔を合わせて。

『あっ、お、おはよう』

『お、おはよう、ございます……』

『…………飯にするか』

『は、はい』

たとえば日中に、ふと手が触れてしまって。

『きゃっ……！』

『す、すまん……！　わざとじゃないんだ！』

『い、いえ、大丈夫……です』

たとえば寝る直前に。

『えーっと……おやすみ』

『は、はい。おやすみなさい……です』

一事が万事、そんな調子なのである。

イチャつくどころか会話すら減っていて、まともに目を合わすこともできずにいた。

原因は火を見るよりも明らかだ。お互いに意識しすぎている。それだけである。

とはいえ、これはこれで甘酸っぱくて悪くはない。会話をしなくても同じ空間にいるだけで心が満たされるのを感じて、たしかに以前よりも幸福度は増した気がする。

だが……恋人になったのだから全力でイチャつきたい。

それはもう、誰もが目を覆いたくなるくらいにはイチャイチャしたい。

アレンは恋愛方面に極めて鈍い男ではあるものの、そういう欲求は人並みにあった。むしろ日照りが続いた分、人並み以上に欲が強いかもしれない。

だがいかんせん恋愛初心者。何をどう切り出せばいいのかが、全くわからないのだ。

「恥を忍んで……おまえたちに聞きたい」

居並ぶ男たちを見回して、アレンは真剣に問いかける。

「おまえたちは恋人と普段どんなふうに接しているんだ？　参考までに聞かせてほしい」

「えっ………？」

一同はなぜか言葉を失ってしまう。

アレンが首を傾げていると、メーガスやグローはすこし目をそらしてボソボソと告げる。

「いや……そりゃまあ、あれだろ。あれ。なんかこう、デートしたりとか」

「うん。やっぱデートだよな。たぶん。そんで花とかアクセサリーっぽいものとか贈る……でいいんだよな？」

「デートするなら、手を繋いでみたりしたいっすね……」

「膝枕とかしてもらいてーな……」

ほかの面々も、なんだかふわっとしたことしか言わないし、誰とも目が合わない。

アレンはしばし考え込んで、ぽんと手を打つ。

「さては貴様ら、誰も恋人がいないな？」

「ああそうだよ！　モテなくて悪いか！」

「彼女がいたら、こんな真っ昼間から野郎だけで酒場になんか来ねーんだよ‼」

「いやうん、すまない。さすがにこれは俺が悪かった」

泣き崩れる男たちに、素直に謝罪するアレンだった。

この場唯一の恋人持ちということで心の余裕が生まれたおかげでもある。

「非モテの貴様らには答えづらい問いかけだったよな。次からは配慮しよう。いやはや、まさかこの場で恋人持ちが俺ひとりとは。ふっ……そうかそうか」

「くそっ……ちょっと元気になってんじゃねーですよ！」

「根本的なメンタルは俺らと同じで非モテタイプだろ、あんた！」

あちこちから上がるブーイングが耳に心地よい。

いくぶん顔色のよくなったアレンだが、問題は依然として解決していない。

顎を撫でてしばし考えて、ぽつりとこぼす。

「だがまあ、先ほど貴様らが出した案。あれはいいかもしれないな」

「っていうと……？」

「無論……デートだ」

デート。

恋人同士がともに出かけるイベントのことだ。

アレンもさすがにそれくらいは知っている。自宅で過ごすのもデートと呼ぶようだが、すでに同居中の身なのでノーカンにしておこう。

(うむ、デートか……断然アリだな。家だとルゥやゴウセツもいて、ふたりきりになることがないし……)

一応二匹とも気を使って距離を取ってくれてはいるものの、やはりどうしてもふたりだけの時間というのが少ない。デートと称して出かければ、それも解決するはずだ。

「とりあえず先ほどの話をまとめれば、ふたりきりで出かけて花束などを贈る、でいいんだな？」

「まあ、そんなんでいいんじゃないですかね」

「あ、表通りに若い女性が行列を作ってるパンケーキ屋がありましたよ。女神様もきっとよろこんでくれるんじゃないっすか？」

「ふむふむ、なるほどなあ……」

あちこちから飛んでくるアドバイスを、アレンはメモ帳に書き連ねていく。

前回の告白シチュエーション会議のときと同様、大の男たちが真面目にデートについて話し合う光景はかなり異様で、ウェイトレスですら近付くことを避けていた。

だがしかし、たったひとりの人影だけは違った。

会議がだいたいまとまりかけた折、ため息交じりの声が響く。

「いやはや……どれもこれも噴飯もののアドバイスですにゃあ」

「む？」

アレンが振り返ってみれば、そこには制服姿のミアハが立っていた。

馴染みの亜人配達職員で、よく家に新聞や荷物を届けてくれる。ライムグリーンの猫耳をぴこぴこ揺らしつつ、いつものにこやか営業スマイルとは異なる呆れたような苦笑を浮かべている。

「なんだ、ミアハか。配達中か？」

「はいですにゃ。こちらの冒険者ギルド様も当社のお得意様ですからにゃー。それにしても……魔王さんは幸せそうでなによりですにゃあ」

ミアハはのほほんと笑う。

毎朝配達に来るため、彼女にはシャーロットとの顚末を話してあった。

ほのぼのとしたお祝いムードのなか、メーガスやグローたちはムッと顔をしかめるのだ。

「なあ、運び屋のお嬢ちゃん……噴飯ものっつーのは、俺らのアドバイスのことか？　何が悪いっつーんだよ」

「そうだそうだ！　聞き捨てなんねーぞ」

「悪いわけではないですにゃ。少なくとも、その辺のデート指南書に載っていそうなステキなプランですにゃ」

ミアハはゆるゆるとかぶりを振る。

しかしふっ……と口の端を持ち上げて、ニヒルな目を一同に向ける。

「でも……だからこそ、マニュアル通りで面白みに欠けるというか、遊び心がないというか。あんまり場数を踏んでないんでしょーにゃあ、というのが透けて見えるというか……」

「ギクゥッ！」

その瞬間、大勢のハートが容赦なく抉られた。

アレンも、もちろんちょっとしたダメージを受けた。

しゅんっと肩を落として、書き留めたメモをじっと見つめる。

「これでは面白みがないのか……ならばどうするのが正解なんだ？」

「逆に言えば、正解なんてありませんのにゃ」

　ミアハはやたらと優しい目をして、アレンの肩にポンっと手を置く。

「大事なのは相手になにをしてあげたいか、ですにゃ。参考にすべきはマニュアルなんかより、魔王さんがこれまでシャーロットさんと過ごした日々ですにゃ」

「これまでの、日々……」

「そうですにゃ。魔王さんはシャーロットさんを幸せにするために……なにをしてあげたいんですにゃ？」

　ミアハの問いかけを、アレンは心の中で嚙みしめる。

「俺は……シャーロットに……！」

　なにをしてあげたいか。

　そんなものは、出会った当時から変わらない。

「この世のすべての悦楽を教え込み、それらの快楽の虜とさせて……俺の教えるイケナイことなしでは、生きていけなくしてやりたい！」

「言い方ってもんがあるだろ、あんた!?」

「すんません……このひと言動が絶望的に悪役っぽいだけで、根はいい人なんすよ……だからちょっと、通報だけは勘弁してもらえますか……？」

　グローが悲鳴のようなツッコミを入れ、メーガスたちはドン引きする客たちにフォローを入れる。そんな中、ミアハはうんうんと満足げにうなずくのだ。

「それでこそ魔王さんですにゃ。へたに取り繕おうとしなくても大丈夫。いつも通りでいいんですにゃ」

「ありがとう、ミアハ！　おまえは俺の恩人だ……！」

ミアハの手を握り、アレンは上ずった声で礼を告げる。

あれだけ悩んでいたはずが、今では嘘のように視界が晴れていた。悟りを開いたとも言う。

しかし、そこで背後からおずおずと声がかかった。

「あ、アレンさん？」

「っ……！」

見ればシャーロットが立っている。いつもと変わりない出で立ちだが、それがやたらとアレンの目にはまぶしく映った。

ごくりと喉を鳴らしてから、ゆっくりと口を開く。

「あ、ああ。もう審査が終わったのか、どうだった」

「はい。無事に……」

そう言ってシャーロットが振り返った先には、ゴウセツとルゥがいる。

ゴウセツの方は真新しいバンダナを首に巻いて、どこかご機嫌で目を細めていた。

『ふぉっふぉ……児戯にも等しき課題でございましたなあ』

『やりすぎないように見てるルゥの身にもなりなよ、おばあちゃん。はいこれ、お疲れ様のリンゴ』

『おお、ルゥどの。かたじけのうございます』

そんなゴウセツに、ルゥはそっとリンゴを渡してみせる。兄弟が多いせいか、なにかと面倒見がいい。監視も介護もばっちりで、なかなかいいコンビだった。

二匹はこれにて無事、シャーロットのお付きとなった。

しかし、シャーロットはどこか浮かない顔だ。

「どうした、なにか問題でもあったのか」

「い、いえ……その……」

「ちょっ、ちょっと魔王さん……!?」

アレンをチラチラ見て、シャーロットは不安そうに眉を寄せる。

一方で、なぜかミアハが慌て始めた。

まるで読めない状況に首を傾げていると、シャーロットは意を決したように口を開く。

寂しげな笑みを浮かべてみせて――。

「えっと、ミアハさんとお話し中だったんですか？　だったら私、ルゥちゃんたちとあっちで待ってますね」

「は……？　どうして――」

席を外す必要が、と言いかけてハッと気付いた。

先ほどのアドバイスに感動して、ミアハの手を握ったままでいることに。

「っっ、これは違う！　断じて違うからな⁉」

「きゃっ」

慌ててミアハから距離を取り、かわりにシャーロットの手をがしっと摑む。

そうしてまっすぐ目を見つめて必死になって弁明した。

「ミアハには、ちょっと相談に乗ってもらっていただけだ。けっしてやましいことはない。天地神明に誓って言うが、俺はおまえ一筋だ。信じてくれ」

「へっ、あっ、う………は、はい……」

その思いが伝わったのか、シャーロットは真っ赤な顔で俯(うつむ)いてしまう。ほっと一安心するアレンである。一方で『うわー』という、生暖かい空気が店中に満ちた。

アレンとシャーロットが見つめ合う中、メーガスやグローたちはこそこそとミアハと話し合う。

「無難なデートってほんとにダメなのか？」

「いえ、正直に言うと別にいいんですにゃ。むやみにはりきって失敗するより、はるかに手堅い手ですにゃ」

「じゃあなんでさっきは全否定したんだよ」

「ほら……魔王さんが王道なデートを目指したって、絶対緊張でグダグダになるだけなのですにゃ。それならいつも通り振る舞ってもらった方がよっぽどマシかと思ったまでで」

「ああ……あの人、土壇場でヘタれるタイプだもんな」

「お嬢ちゃん、人を見る目があるなあ……」

なにやらヒソヒソと失礼な話が聞こえてくるが、ひとまずそちらは無視しておく。

シャーロットの手を取ったまま、アレンは真剣な顔で告げる。

「その、シャーロット……」

「は、はい……？」

シャーロットが不安げに小首をかしげてみせた。

その顔の角度だったり、かすかに揺れた瞳だったり、ほんの少し開いた唇からのぞく白い歯だったり。それらのすべてが、アレンの目にはきらきら輝いて見えた。

（お、おかしい……こんなに可愛かっただろうか……？）

想いが通じ合ってから、むやみやたらと彼女が魅力的に映る。

アレンはおもわずごくりと喉を鳴らしてしまう。生唾と一緒に言うべき言葉まで呑み込みそうになったものの、なんとか堪（こら）えて思いっきり叫んだ。

「たのむ！　俺と……デートしてくれ！」

「へ」

その言葉に、シャーロットはぴしりと固まってしまう。

おかげでアレンは慌てふためくしかないのだが――。

「あっ、い、嫌だったか……？」

「い、いえ、そんなことはない、です……デート……デート、ですか……」

シャーロットは頬を赤く染め、ほんの少しだけはにかんでみせる。

「お、お誘い、嬉しい、です。よろしくお願い、します」

「っ……！」

その瞬間、アレンの体に電撃が走った。

シャーロットを抱き上げて、そのまま街を一周したい衝動に駆られたが……体が凍りついて動かなかったおかげで、事なきを得た。

「よ、よし。それじゃ明日。明日出かけよう。ふたりで」

「は、はい。ふたり、一緒にですね」

アレンとシャーロットは壊れかけのカラクリ人形のようにぎこちなく言葉を交わす。

『ルゥたち、おるすばんだねー……』

『こればかりは仕方ありませんな。初でぇとの邪魔など言語道断ですゆえ』

ルゥやゴウセツばかりか、店内の客たちがそれを生暖かい目で見守った。

そんななか、アレンは湧き上がる喜びを力一杯に噛みしめる。

(告白してよかった……！　俺は世界一の幸せ者だ……！)

まだデートもしていないのに、すでに幸せの絶頂だった。これでデートをしたらどうなるのだろう。死のイメージしか浮かばなかったが、それはそれで満ち足りた最期だと思えた。

そんな益体もないことをぼんやり考えていた、そのときだ。

「っ…………！」

突然、その場に苛烈な気配が走り、アレンは小さく息を呑んだ。

今のは間違いなく殺気だ。

ほんの一瞬かつ微弱なもので、この場でそれに気付いたのはアレンと……ルゥやゴウセツだけらしい。二匹とも口をつぐみ、さりげなく周囲の様子をうかがっている。

「アレンさん？　どうかしましたか？」

「い、いや。なんでもない」

シャーロットが小首をかしげてみせるが、アレンはにこやかに断言する。

（今の殺気は……間違いなく、俺たちへと向けられていた）

アレンはそっとテーブルの上に目を落とす。

そこにはいくつものグラスが並べられ、酒場内の景色が映り込んでいた。

こちらを微笑ましげに見つめる客たち、遠巻きにするウェイトレス、我関せずと馬鹿騒ぎをしている連中……そして、そんな片隅で。

「…………」

ひとりの獣人が、安酒を黙々と呷っていた。

全身細かな黒い毛で覆われ、顔形は豹そのもの。右目を眼帯で覆ったその獣人は、じっとこちらを窺っている。そして、その手元には一枚の紙が広げられていた。

それは間違いなく——シャーロットの手配書だった。

その日の深夜。

シャーロットが寝静まったあと、アレンとルゥ、そしてゴウセツはリビングで顔を合わせていた。光源はランタンひとつだけ。闇が部屋のほとんどを塗りつぶし、虫の声すらほとんど聞こえないような静かな夜だ。

そんな中、アレンはローテーブルに紙の束を放り投げる。

ため息とともに切り出すのは、昼間の冒険者ギルドで見かけた、敵の名だ。

「あの獣人の名はリカルド・ウーバー。賞金稼ぎだ」

『しょーきんかせぎ?』

『平たく言えば、犯罪者を捕まえて懸賞金を稼ぐ連中のことですな』

首をかしげるルゥに、ゴウセツは淡々と語る。

そうして糸のように細い目をほんのすこしだけ開き、じっとアレンを見据えてみせた。

『つまり、このリカルドなる人物がシャーロット様を狙っていると。そういうことでございますな?』

「そう見るのが順当だろうな……」

アレンはソファーに腰を落とし、ため息をこぼす。

彼の名は、冒険者ギルドで簡単に調べがついた。

手段を選ばず数多くの懸賞首を上げている手練れだということも。

ともあれこの程度はシャーロットをそばに置くと決めたあの日から予想できていた展開だ。

彼女にかけられた懸賞金はかなり高く、いくら新聞での報道が下火になったからといって、賞金稼ぎにとっては関係のない話である。

（しかし、今になってこのタイミングで来るか……ふつう）

無事に恋人となり、デートの約束まで漕ぎ着けた。

そんなところに降って湧いた敵の出現だ。

まさに天国から地獄への急展開である。

頭を抱えるアレンだが、ルゥは軽い調子で口を開く。

『ふーん、だったら簡単じゃん』

ぺろりと口の周りを舐め、犬歯を剝き出しに獰猛に笑う。

『たべちゃえばいいんだよ、そいつ！　ルゥならひとのみだ！』

「……事はそう簡単にはいかないんだ」

アレンはゆるゆるとかぶりを振る。

「やつはどうも私設部隊を有しているようでな。いつも集団で狩りを行うらしい。だが、その構成人数までは調べがつかなかった。ひとりでも取りこぼしたが最後、シャーロットの所在が漏れる可能性がある」

『ふむ、つまり根こそぎ潰す必要があると』

「そのとおり。そして、これがもっとも大事なことだ」

うなずくゴウセツとルゥの顔を見比べて、アレンはぴんと人差し指を立ててみせる。

もっとも大事なこと、それは——。

「決して敵を殺してはいけない。それだけだ」

『ほう……？　これはまた異なことをおっしゃいますな』

ゴウセツはくつくつと喉を鳴らして笑う。

『貴殿はそこまで人道的なお人ではないと思っておりましたが……それが敵に情けをかけるなど、いったい如何（いか）なる理由でございましょう？』

「もちろん俺もそこそこの死線を経験しているからな。他人の命を奪ったことがない、とは言わないさ」

殺す気でかかってくる敵に手加減できるほど、アレンは器用でもない。

何の理由もなければ、敵を根絶やしにして終わっていた。

「だが、これはシャーロットの問題だ。自分のせいで誰かが命を落としたと知ったら……あいつは間違いなく苦しむだろう」

たとえバレなくとも、彼女の人生に翳（かげ）りが生じることは避けたかった。

できれば何も知らず、汚れることもなく、ただいつものように笑い続けていてほしい。

ただそれだけが、アレンの望むことだった。

「だから敵をすべて誘き出し、殺さず捕らえる。その後、俺が全員に洗脳魔法をかけてシャーロットに関する記憶をすべて消す。それで始末は完了だ」

『かんたんに言ってくれるなあ』

「反対か、ルゥ」

『……まさか』

ルゥはかぶりを振ってから、鋭い目でアレンを見つめる。

『ママがかなしむなら、だれも食べずにいてやる。ルゥにかかればいけどりだって簡単だからな』

「うむ、感謝するぞ」

『おまえのためじゃない。ママのためだ』

ぷいっとそっぽを向くルゥだった。

口ぶりはぞんざいだが、シャーロットのためという気持ちはどこまでも本物だろう。やる気に満ち溢れる彼女の頭を軽く撫で、アレンはゴウセツを見やる。

「それで、おまえはどうだ。ゴウセツ」

『無論、協力いたしますとも』

ゴウセツは深々と頭を下げる。

そうして、軽く嘆息をこぼしてみせた。

『先日、儂はシャーロット様の幸せを思い軽率な真似をしましたが……もはや慚愧の念に堪えませせぬ。あの方のことを最も思いやれるのは、貴殿以外にはあり得ぬでしょうな』

「ふん、ようやくわかったか」

アレンはソファーにかけたまま、ふんぞり返る。

「当然だろう。なにしろ俺はシャーロットの……シャーロットの、その、なんだ……うん」

『保護者と恋人、どちらを自称するか迷っておられますな？』

『おまえ本当、そういうところだからね？』

「ええい、やかましい！　それより問題は賊どもだ！」

二匹がそろって白い目を向けてくるので、アレンは強引に話を戻した。まだ付き合って一週間しか経っていないため、恋人と自称するのはけっこう勇気が必要だった。

それはともかくとして。

「奴について、それとなく聞き込みしたところ……どうやらリカルドは一ヶ月ほど前からあの街にいたらしい」

『そんな前からあそこにいて、いまごろママをねらうのか？』

「どうやらこれまでたったひとりで探りを入れていたらしいな」

まず、頭目のリカルドが標的を探る。そうしてじっくりと観察して、狩れると判断した場合に手下たちへと招集をかけ、集団で獲物を狙う。

それが彼らのやり方らしい。

「そしてここ数日、街ではリカルドのような獣人の姿が増えているらしい。どうやら近々仕掛けるつもりのようだ」

『ふうん……ルゥたちがいるっていうのに、なめられたもんだね』

ルゥはぐるる、と唸る。

実際のところシャーロットのそばにいるのは手練れの魔法使いにフェンリル、そして地獄カピバラだ。いくら集団でかかるとはいえ、かなり荷が重い相手だと自分でも思う。

ゴウセツも顎を撫でて「ふーむ」と天井を仰ぐ。

『ダメ元の特攻か、それともそれ相応の自信があるか。そのどちらかでございますな』

「そう。だから俺たちで片付けるしかない」

『猫のおねーちゃんとか、あのデカブツたちにはたよらないの？』

「あいつらはリカルドの殺気を察知できなかった。俺たちだけで対処しよう」

あの場にいた者たちの中で、リカルドに気付いたのはこの三名だけだ。

ミアハたちを巻き込んでも危険に晒すだけになる。

（エルーカや叔父上、それに叔母上へ協力を求めるのも悪くはないが……時間がかかるだろうしなあ）

義妹のエルーカには調べ物を任せている最中だし、義両親は忙しい身だ。

いくらアレンの頼みとはいえ、すぐに動いてもらうことは不可能だろう。

ゆえに実働部隊はここにいる三人だけ。そして、勝負を仕掛けるなら早い方がいい。

「ひとまず明日……勝負に出ようと思う」

『あした……？　あしたって、まさか……』

「その、まさかだ」

ルゥがハッと息を呑む。どうやらこちらの言いたいことを察したらしい。

アレンはふっと不敵な笑みを浮かべて、堂々と宣言する。

「明日、シャーロットとデートをしながら敵をおびき出し……向かってくるやつらをすべて生け捕りにする！　もちろんシャーロットに気付かれないようになあ！」

『バカなのおまえ⁉』

「何を言うか。いろいろ考えたが、これが一番手っ取り早いんだ」

敵がいつ仕掛けてくるかわからないのなら、こちらから隙を作ってやればいい。その方が対処もしやすいし、一網打尽にできるはず。

それならデートはうってつけだ。ふたりきりになるし、さぞかし浮かれた油断オーラが振りまけるはずだろう。

そう告げると、ゴウセツはすっと目をすがめてみせた。

『しかしそれは、シャーロット様を餌にするということにほかなりませぬが？』

「それは否定しない。俺が全力で守るが、危険には変わりないだろう」

アレンは肩をすくめるしかない。

この作戦はシャーロットを囮にするようなものだ。本当なら安全が確保できるまで自宅待機が望ましいが、そうも言っていられないわけがある。

アレンは額を押さえ、呻くように言う。

「あいつ……明日のデートを楽しみにしていただろう。それを賞金稼ぎどもが狙っているから無期限延期、なんて言えるか？」

『ああ……たしかに』

ゴウセツはしごく納得とばかりにかぶりを振る。

明日デートしようと告げてから、ずっとシャーロットはそわそわし続けていた。

食事中も上の空で、アレンと目が合うたびハッと顔を赤らめて口を噤んでしまう始末。

極めつきには早々とお風呂に入り――。

「明日は、その………ふ、ふつつか者ですが、よろしくおねがいします！」

そう言って、逃げるように自室へこもってしまった。

ルゥも渋い顔をしてみせる。

『たしかにママ……ねる前まであしたの服とかアクセサリー、すっごくなやんでたものね……』

『ドキドキして寝付けないからと、儂に子守唄をせがむほどでしたな』

「そうだろ、そうだろう……まったく、本当に……はあ」

アレンは天井を仰ぎ、晴れ晴れとした顔でこぼす。

「俺の恋人がかわいすぎて辛い」

『ねえ、おばあちゃん。こいつそろそろかじっていい？』

『いけませんぞ、ルゥどの。こんなのでも貴重な戦力でございますゆえ』

グルルと唸るルゥのことを、ゴウセツはぽんっと叩いて宥めてみせた。

二匹の冷たい視線を浴びつつも、アレンはしみじみと恋人の可愛さに浸る。

あんなに楽しみにしてくれているのだ。なんとしてでも、初めてのデートを成功させなければならない。

「そもそも、あいつは自分の立場を慮って俺の告白を蹴るようなやつだ。自分が狙われていると知ったらさらに気に病む。だから何事もなかったように、秘密裏に処理するのがベストなんだ」

『まあ、それはおっしゃる通りでございましょうなあ……』

ゴウセツはゆるゆるとかぶりを振ってみせる。

この場の全員、シャーロットの性格は知り尽くしていた。

「だから俺とシャーロットは明日、普通にデートする。おまえたちはこっそり後から尾行してほしい。怪しいやつらがいたらどんどん生け捕りにしろ。俺も可能な限り対処する」

『しかもシャーロット様に気付かれないように、でございますな？』

『うーん、それはいいけど……ルゥたち目立たない？』

「それは大丈夫だ。俺が魔法をかけてやる」

認識阻害魔法というものがある。

あるものを見えなくしたり、別のものに見せかけたりする術だ。それがあれば姿形を偽ることが可能な上、戦闘能力は据え置き。今回のような隠密作戦にはうってつけの魔法なのだ。

「とりあえずルゥは子犬の姿にでもして……ゴウセツはどうしようか。リクエストはあるか？」

『その必要はございませぬ』

ゴウセツはゆるゆるとかぶりを振る。

『シャーロット様を思うお心、理解いたしました。そういうことでしたら、儂もひと肌脱ぎましょうぞ』

「いやあの……おまえは変にやる気を出さずにいてくれた方が助かるんだが」

先日の暴走っぷりを見ている以上、不安しかない。

正直この作戦に組み込むのもリスクが高くて迷ったくらいだ。

渋面のアレンにもおかまいなしで、ゴウセツはすっくと立ち上がる。

『このゴウセツ、おふたりのでぇと全力でサポートいたしましょう。古来より【他人の恋路を邪魔するものは地獄カピバラに成敗される】という言葉がございますからな』

「まったく聞いたことがないんだが……？」

『今考えましたゆえ当然でございましょうな』

「おいこら」

『まああそれはさて置いて。いざ、いざ、ご覧くださいませ』

ゴウセツは両前脚の蹄を合わせ、厳かな声でつむぐ。

『地獄森林鼠流奥義……【水面のゆらめき】！』

「うおっ⁉」

ぽんっと何かが弾ける音とともに、ゴウセツの姿が煙の向こうに消える。

やがてその煙が晴れてゆき、現れ出でるその姿は――。

「ふっ、人間の街にて『ぐるめ』を堪能すべく会得した変化の技ではございますが……よもやこのように使う日が来ようとは」

香り立つような絶世の美女。

そうとしか言いようのない人物だった。

見た目は二十代前半。垂れ目がちの目と、艶やかな唇がひどく蠱惑的。額にうっすらとバツ印の傷跡があるものの、それがまた危険な色香を漂わせていた。

夜会でまとうような漆黒のドレスを身にまとい、ゆるいウェーブのかかった亜麻色の髪は腰まで伸びて、均整のとれた体のラインを際立たせる。

美女は艶やかな唇で弧を描き、よく通る声で朗々と告げた。

「この姿なら賊どもを油断させることも容易いはず。このゴウセツ、おふたりのでぇとを見守り、敵を一網打尽にしてご覧に入れましょう」

「……………」

『……………』

アレンとルゥは揃って凍りつき、固まるしかない。

しかし、やがてアレンが重い吐息をこぼしてから、ぱんっと景気付けのように手を叩いた。

「よし、それじゃあ決まりだな。明日のデートプランを教えておこう。よろしく頼むぞ、ルゥ」

『まかせとけ。なんたってママのためなんだからな』

ルゥも元気よく意気込みを語る。

ふたりがわいわい盛り上がるのを見て、美女――ゴウセツはやれやれと肩をすくめてみせた。

「おやおや、ツッコミ皆無とは。昨今の若者には老体を労る心が足りぬようですなあ」

「お前は、しばらく、マジで黙っていろ」

『ごめんだけど、ルゥもアレンに同意する』

ツッコミきれないにもほどがあった。

◇

決戦当日。その日は朝からさわやかな夏空となった。

強い日差しが降り注ぎ、微風が緑をさわさわと揺らす。

窓から差し込む日の光を浴びながら、アレンはリビングで新聞を読んでいた。

とはいえ、もちろん内容など頭には入らない。

わかりやすくガチガチに緊張していると、リビングのドアがそっと開いた。

「あっ。お、おはようございます……」

「あ、ああ。おはよう」

顔をのぞかせるのはシャーロットだ。

寝間着のままで髪も乱れたまま。ベッドからそのまま抜け出てきたようなその無防備な出で立ちに、アレンの心臓は大きく跳ねた。

一緒に暮らし始めてから何度も目にしている姿ではあるものの……好意を自覚してからは、こういう何気ない瞬間にひどく弱くなっていた。

ドギマギするアレンをよそに、シャーロットはあたりを見回して、小首をかしげてみせる。

「あの、ルゥちゃんとゴウセツさんをご存知ないですか？　起きたらふたりともベッドにいなかったんです」

「あの二匹なら心配はいらないぞ」

新聞を折りたたみ、アレンは肩をすくめてみせる。

「今日は二匹そろって出かけるらしい。どうもトーア洞窟の方で、ほかの魔物たちと一緒に修行するだの何だのと言っていたな」

「そうだったんですか？」

「おまえが眠ってから決めたらしい。朝早くに出発したぞ」

なるべく平板な声でアレンは告げる。

もちろん、丸っきりの嘘である。バレやしないかとビクビクした。

しかしシャーロットはふにゃりと笑顔を浮かべてみせる。

「そ、それじゃあ……」

「うん？」

「ふ……ふたりきり、なんです、ね……」

「…………そう、だな」

アレンは頭をかいて腰を上げる。

そのままゆっくりとシャーロットへ歩み寄った。いくぶん緊張した面持ちの彼女の目を、まっすぐに見つめる。

「その、シャーロット」

「は、はい」

「俺は正直言って、こういうことの経験が乏しい。付き合うだの何だのと、完全に未知の領域だ。だから、その……なんだ」

しばし言い淀んだあと、アレンはため息と合わせて言葉を吐き出した。

「おまえを楽しませようとは思うが……正直、期待外れのデートになるかもしれない。そう思ったときは遠慮なく――」

「……そんなこと、ありえません」

シャーロットは微笑んで、アレンの手をそっと握った。

その手は緊張からかかすかに震えていたものの、そこからほっとするような温もりが伝わって、アレンの不安が急速に溶け消える。

「私も、こんなふうに誰かを好きになるなんて……考えたこともありませんでしたから。だからえっと、アレンさんと一緒に……一緒にいられるだけで、幸せ、なんです」

「シャーロット……」

顔を赤らめながら、つっかえながら、懸命につむいでくれた言葉に、アレンは重々しくうなずく。

「そう言ってもらえて、俺も嬉しい。だが……」

ニヤリと不敵に笑って、シャーロットの手をぎゅっと握り返した。

「おまえの言葉に甘えるばかりでは男がすたる。全身全霊をもって、おまえを楽しませてみせよう！　これまで教えた、イケナイこと以上にな！」

「ふふ……楽しみです」

意気込むアレンに、シャーロットはくすくすと笑う。

しかしすぐにハッとしてアレンの手を離す。

「あっ、お出かけの支度をしてきますね。すみません、お待たせしちゃって」

「なに、あまり早くからでは店も開いてないからな。ゆっくりでいいぞ。朝食を食べたら出かけよう」

「はい！」

シャーロットはとびきりの笑顔を残し、ぱたぱたとリビングから出て行った。

それをにこやかに見送って――。

「可愛すぎるだろ畜生!!」

アレンは顔を覆い、膝から崩れ落ちた。

可愛いのは知っていた。ただ、その既存の『可愛い値』を毎秒更新していくのだ。これに耐えられる方がおかしかった。床で身悶えながら、アレンは窓の外に向けて叫ぶ。

「おまえら見たか!? 俺の恋人が……あんなにも、あんなにも健気で可愛い……！」

「はあ、さようでございますか」

『マジ泣きじゃん、おまえ……』

顔をのぞかせる絶世の美女と、中型犬ほどの大きさの白い犬。

魔法で姿を変えたゴウセツとルゥである。

今日は朝からこうしてスタンバイして、ふたりのデートに備えてくれている。

そんな二匹は呆れたように眉間にしわを寄せ、アレンの醜態を眺めるばかりだ。

『そんな調子で、ほんとにママをまもれるのか？』

「…………当然だろう」

初めてのデートをつつがなく遂行する。

シャーロットと言葉を交わしたことで、改めてその決意が強固なものとなっていた。

アレンはゆらりと立ち上がり……ぐっと拳を突き出してみせる。

瞳に宿らせるのは熱くたぎる闘志の炎だ。

「見ているがいい！　デートも敵の殲滅も、すべて完璧にこなしてやろう！　それでこそ男というものだ！」

アレンが掲げた作戦は、ひどくシンプルなものだった。

まずシャーロットを連れて街をうろつく。

そこを賊が狙ってくれれば返り討ちにし、そのままデートを続行。これを何度も繰り返す。

いわば、魚釣りのようなものである。

これで賊が仕掛けてくる保証はどこにもないし、ルゥやゴウセツという保険もある。

ゆえにアレンは、まずは全力でデートに専念することを決めたのだが、街に着いて早々に目論見は外れることとなる。

街は今日も大賑わいだった。

親子連れに家族連れ、冒険者一行……それに、アレンたちのようなカップル。多くの人でごった返す中、あらためてアレンは切り出すのだが――。

「よし。それじゃあ行くか……って、どうした？」

「うう……」

シャーロットは帽子を目深にかぶり、落ち着かない様子であたりをキョロキョロと見回している。その髪は、いつも通りの金色だった。

シャーロットは不安そうな上目遣いを投げかける。

「ほんとに私……髪を黒くしなくてもいいんですか……？」

「うむ。問題はないだろう」

それにアレンは平然と告げる。

彼女が出かける際に髪を染めていたのは変装のためだ。

だが、もうその必要はないというのが、アレンの判断だった。

「おまえの手配書はもうこの街に残っていないからな。あれからずいぶん日数が経ったし、変装する必要はないはずだ」

「で、でも……」

「あれ？」

シャーロットは納得がいかないようで縮こまるばかり。

そんな折、声をかけてくる人物がいた。大きなリュックを背負った、行商人風の女性だ。

さばさばしたその出で立ちには覚えがある。

「おお、いつぞやの店主どのか」

「久方ぶりだね、大魔王さん」

アレンが片手を上げてみせると、女性は軽くうなずいてみせた。

以前街に出たとき、シャーロットの髪留めを露店で買い求めたことがある。そのときの店主だ。

「そっちのお嬢ちゃんも久し……おや」

「っ……！」

彼女はシャーロットにも目を向けて、すこしばかり首をひねる。

その反応にシャーロットはびくりと体をすくめるのだが、店主はにっこりと笑った。

「髪を染めたんだね。気分転換かい？」

「えっ」

「うん。そっちの方がお嬢ちゃんには似合ってるよ。あたしが売った髪留めも喜んでいるようだ」

シャーロットの金の髪。それを彩る髪飾りを目にして、店主は目を細めてみせた。

ぽかんとするシャーロットを他所に、彼女は頭を下げる。

「それじゃあたしはもう行くね。あの場所にだいたいいるから、またご贔屓に頼むよ」

「もちろん。よければ後ほど寄らせてもらう」

店主と別れてから、アレンはにやりと笑いかける。

「ほらな、この通り。この街の者たちは黒髪のおまえを知っているからな。今更もとの髪色でうろついても、単にイメチェンしたとしか思われないんだ」

「な、なるほど……」

シャーロットはこくこくとうなずく。

そんな素直な彼女に、アレンは苦笑し、そっと頭を撫でてみせた。

「そもそも、おまえには何も後ろ暗いところがない。大手を振って外を歩けない今までがおかしかったんだ」

「……ありがとうございます」

シャーロットは薄く微笑んで、うつむいていた顔を上げた。

どうやら吹っ切ることができたらしく、アレンもほっと胸を撫で下ろす。

「よし。それじゃあ行くんだが……その前に」

「な、なんですか？」

アレンが右手を差し出すと、シャーロットは目を丸くする。

……どうやら言葉が足りなかったらしい。

あらためて、アレンはぐっと唾を飲み込んでから、つっかえながらも言葉をつむぐ。

「その……はぐれないように、手を繋ごう」

「は……はい」

これまで何度も訪れた街だ。一度もはぐれたことはないし、仮にはぐれたところで屋敷に帰れば済む話。だからこれが単なる言い訳にすぎないのだと、シャーロットもわかっただろう。

それでもシャーロットは何も言わなかった。

おずおずとアレンの手を取り、はにかんでみせる。

「えへへ……はぐれちゃいけませんものね」

「そう。はぐれないようにな」

アレンもぎこちない笑みを返した。

そうしてふたりは互いの手を握ったまま、ゆっくりと歩き出す。

（はあ……俺の恋人が健気で可愛くて、手も小さいし緊張で汗ばんでいるところも最高に可愛いし……殺気がウザったらしいことこの上ないなあ⁉）

アレンは内心でブチ切れる。

異変は、街に入ってすぐ起こっていた。

四方八方から突き刺さるのは、微小なトゲのような殺気の数々。

カップルをやっかむ者たちのものとはまた違う。戦場でのみ味わうことのできる、肌がひりつくタイプのそれである。おまけにあまりに希薄で数が多く、その全容はうかがい知れない。

おそらくこれが、リカルドが率いる一団なのだろう。

どうやら全力で仕掛けてくる気満々らしい。

（はっ……いいだろう。仕掛けてくるのなら容赦はせん。全身全霊を持って叩き潰させてもらおう！）

アレンは不敵な笑みを浮かべようとして――。

「えへへ、楽しいですね。アレンさん」

「そうだなあ、楽しいな」

頬を染めたシャーロットにそう言われ、ずいぶんデレッとした笑顔になってしまった。

まずアレンが向かったのは、大通りから外れた路地だった。

人通りもまばらで、並ぶのは民家ばかり。

シャーロットは不思議そうな顔をしながらも、アレンの手をしっかり握ったままついてくる。

「いったいどちらに向かっているんですか？」

「ちょっとした買い物をしようと思ってな。ああ、ここだ」

アレンが指し示したのは、路地から分岐したさらに細い小径だ。建物と建物に挟まれて薄暗く、どこかじめっとした空気が漂っている。だが、アレンは気にせず足を進めた。

その奥には粗末な小屋が建っている。

小屋のドアを開けばシャーロットが目を丸くした。

「ここ、ですか……？」

「わあ……！」

ドアの向こうに広がっていたのは、巨大な空間だった。

左右の壁にはずらっと棚が並んでおり、吹き抜けとなった三階までそれが続いている。

棚に詰め込まれているのは乾燥させた草花、鉱物などだ。

ほかにも中空に浮かぶ水晶だったり、壁に張り付くスライムだったりといった謎の物体が並び、雑多な博物館といった様相だった。しかもそれが、見渡す限りにどこまでも続いている。

アレンにとっては見慣れた場所だが、シャーロットを連れてくるのは初めてのことだ。

ぽかんとしたまま、あたりをキョロキョロと見回す。

「こ、こんな大きなお家には見えませんでしたけど……どうなっているんですか？」

「魔法で空間をねじ曲げているんだ。それよりも……」

ひとまずシャーロットの手を離し、アレンもまた周囲をうかがう。

ぱっと見た限りでは人影が見られないものの——。

「おーい、俺だ。店長か誰かいないかー？」

「あれ、アレンさん？」

呼びかけに応え、二階部分から声がかかった。

見上げた先。物陰からひょっこりと現れるのは、車椅子に乗った青年だった。くすんだ赤髪を肩まで伸ばし、柔和な笑みをたたえている。

「珍しいですね、店の方にまで来るなんて。ポーションのことで何かありましたか？」

「いや、それとは別に買い物がしたい。店主はいるか？」

「今はちょっと仕入れに出ておりまして……僕でよければお伺いしますよ。待っててください」

するると車椅子がふわりと浮き上がり、そのまま一階のアレンたちの前にまで降りてくる。

青年はそこでシャーロットへ軽く会釈してみせた。

「どうもこんにちは。シャーロットさんですよね、はじめまして」

「は、はい。はじめまして……？」

シャーロットはおずおずと頭を下げる。

青年の顔をじーっと見つめて、こてんと首をかしげてみせた。

「あのー……どこかでお会いしませんでしたか？」

「ほら、あれだ。以前街で、エルーカに詰め寄られていた男だ」

「えっと……あっ、あのときの！」

「ジル・コンスタンと言います。よろしくお願いいたします」

以前、アレンとシャーロット、そしてエルーカの三人で街に出たことがあった。

そのとき、エルーカが話しかけたのが、このジルだ。

「ここは魔法道具屋で、ジルはここの店員なんだ」

「まだ一ヶ月くらいですけどね。エルーカさんに紹介していただきまして」

「そうだったんですか……魔法屋さん、ですか」

シャーロットはますます興味深そうにあたりを見回す。

そんなか、アレンは首を捻(ひね)って唸るのだ。

義妹のエルーカには、シャーロットの祖国について調べものを頼んでいた。

「しかしエルーカのやつ、まだ帰ってこないな……せめて連絡のひとつでも寄越せばいいのに」

「ああ。そろそろ戻るって、僕の方には手紙が来てましたよ」

「そうか？　しかしなぜ俺ではなく、おまえに手紙を……」

「……え？」

そこで、ジルの笑顔がぴたっと凍りついた。

「ひょっとして……エルーカさんから聞いてません？」

「なにをだ」

「あー……それじゃ、今度改めてご挨拶させていただきます」

「だから、なんの挨拶だ？」

神妙な顔をするジルだった。

アレンは首をひねるしかないのだが、彼にそれ以上話す気がないとわかり思考を切り替える。

「まあいい。今日はシャーロットの買い物なんだ」

「へっ？　わ、私ですか？」

「そう。おまえだ」

急に話を向けられたせいか、シャーロットが目を丸くする。

そんな彼女に笑いかけ、アレンはうなずく。

「おまえもそろそろ、魔法を覚えてもいい頃かもしれないと思ってな」

「魔法……ですか？」

「そう。ルゥやゴウセツがいるにせよ、身を守る手段は多い方がいいだろう」

シャーロットの身は、アレンたちが全力で守る。

だがしかし、多少なりとも戦う術を持っていれば、シャーロットも安心するだろう。

魔物使いとしての才能は折り紙付きだし、きっと魔法もすぐ習得すると踏んでいた。

「それにな……」

シャーロットの肩をぽんっと叩き、アレンは爽やかな顔で告げる。

「気に食わんやつに攻撃魔法をぶちかます快感は、この世でも五本の指に入るイケナイ快感だ。おまえにもそれを味わってほしくてな」

「は、はあ……」

「それはたぶん、限られた人向けの快感だと思いますけどね……」

ジルがすこし引いたような苦笑を浮かべるものの、すぐに営業スマイルで取り繕う。

「ですが、それでしたら初心者用の杖がいいでしょうね。いくつか在庫がありますよ」

「どのあたりだ？　散歩がてら探しに行こう」

「ちょっとお待ちくださいね。地図を描きますので」

そう言って、ジルは紙とペンを取り出して道順を書き記してくれた。店内はひどく広大で、何度か訪れているアレンでも全容は把握できていないのだ。定期的に、遭難する客が出るらしい。

「はい、どうぞ。もしわからなければお呼びください。どこへなりとも駆けつけますので」

「ありがたい。ついでに、すこし聞きたいことがあるんだが……」

「はい？」

首をかしげるジルに、アレンはそっと耳打ちする。

「今、この店の中に何人いる？」

「……正規のお客様を除けば、二十名余りってところでしょうか」

「うむ。おそらく全員俺の客だ。おまえは手出ししなくていいぞ」

「あー、なるほど。でもおひとりで大丈夫ですか？」

「問題ない。協力者もいるからな」

「それならお言葉に甘えますね。店長なしでこの数はどうしようかなあって思っていたところなので」

ジルは鷹揚にうなずいてみせる。

しんと静まり返った店内。静謐（せいひつ）な空気が満ちる中、薄い殺気が四方から突き刺さっていた。街中で感じたのと同質のものだ。

ジルはそれ以上なにも聞かず、笑顔でふたりを送り出した。

「それじゃお気をつけて」

「おう。また後でな」

「どうもありがとうございました」

シャーロットも彼にぺこりと頭を下げて、ふたり並んでまた歩き出す。

街中とは違って、店の中はすれ違う人影もいない。あたりに並ぶ品々が珍しいのか、シャーロットはきょろきょろ見回しながら、不安そうに小首をかしげてみせた。

「でも魔法なんて……私に使えるでしょうか？　ここにあるものも、なにがなんだか全然わかりませんし」

「なに、すこしずつ学んでいけばいい。初歩的なものなら子供でも扱えるしな」

励ますようにアレンは笑う。

「実を言うと、おまえに出会ってすぐくらいの時に一度考えたことがあるんだ。魔法を教えてやろうとな」

拾った当初は、こんなに長い付き合いになるとは思っていなかった。

だからまず生きる術を教えようと考えたのだ。

しかしそれを実行に移すのは、こうして延び延びになってしまった。

「魔法なんかより、もっと別のことを教えなければならなくなったからな。そちらにかかりきりになってしまった」

「それって……イケナイこと、ですか？」

「その通り。あの頃のおまえに真に必要だったのは、戦う術ではなく……力の抜き方だった」

アレンは大仰に肩をすくめる。

「しかし最初は骨が折れた。お前ときたら自由にしろと言ったら、床の木目を数えるようなやつだったしな」

「ううっ……だって、ほかに時間の過ごし方なんて知りませんでしたし」

シャーロットは眉を下げ、恥ずかしそうに頬を染める。

しかしすぐにぐっと拳を握ってみせるのだ。

「でも、今はもう違いますよ。お時間をいただけたら、ひとりでもイケナイことができちゃいます！」

「ほう、たとえば？」

「そ、そうですね。ルゥちゃんのブラッシングをしたり、本を読んだり、お料理の練習をしたり、あとは……」

そこでシャーロットはすこし口ごもり、おずおずとアレンの顔を窺うようにして言う。

「お昼寝中のアレンさんの顔を眺めたり……？」

「………そんなことをしているのか？」

「そ、そんなに何回もしてませんよ！　い、一回とか二回だけです！」

シャーロットはしどろもどろで弁明する。

これはもう、何度もやっていると白状したようなものだった。

（ま、まあ……シャーロットも変わったということなら、それでいいか……）

多少気恥ずかしくはあったが、その事実が嬉しかった。彼女ももう、床の木目を数えることはないだろう。

しかし、そこでふと気になることができた。

「なあ、俺たちが付き合いだしたのは一週間ほど前からだよな？」

「へ？　あ、はい。そうですけど……？」

「その間に、俺は昼寝をしたことなど一度もないんだが……」

アレンは小首をかしげて、まっすぐに問いかける。

「おまえが俺の寝顔を眺めていたのは、いつの話だ？」

「…………」

「なあ、いつからだ？　ひょっとして、俺がおまえへの思いに気付くよりずっと前から
——」

「あっ！　アレンさん！　あっちの方に、杖がいっぱいありますよ！」

アレンの言葉を遮って、シャーロットがあさっての方向に指を差す。

そこにはたしかに多種多様な杖が収められた棚があった。

シャーロットは真っ赤な顔でまくしたてる。

「ジルさんに教えていただいたのはあそこですよね！　早く行きましょう！」

「いやいや、まず質問に答えてくれ。なあ、シャーロット。いつからなんだ？　そもそも
起きてる時でも見てくれていいんだぞ」

「そ、そんな、起きてる時なんてかっこよすぎて恥ずかしくて見つめられな……なんでも
ないです！　行きましょう！」

ついにシャーロットはダッシュで駆け出してしまう。

「そうか──……」

アレンはゆったりとした足取りでそれを追った。いつも以上にゆるんだ顔をしてしまっているのがわかっていたが、自分ではもうどうしようもなかった。

イチャイチャしつつもふたりが辿り着いたのは、ショーケースが並ぶ一角だった。

まるで博物館の展示のように、ガラスケースに収まった杖たちが等間隔に並んでいる。

その中をのぞき込んで、シャーロットがほうっと吐息をこぼす。

「わあ……綺麗ですね。これが全部魔法の杖なんですか？」

木製のもの、白い石を削り出したもの、宝石がいくつもちりばめられたもの……魔法の杖と一括りにしても、見た目は千差万別だ。ものによっては職人の刻印も刻まれており、シャーロットは物珍しそうに見つめている。

それに、アレンは鷹揚にうなずいてみせた。

「ああ。ここにあるのは全部初心者の補助用だ」

「ほかにも種類があるんですか？」

「ああ。炎の魔法がかかった杖などがある。振れば、それだけで火の玉が生み出せるんだ」

魔法道具の一種である。使用回数が限られるという欠点があるものの、誰でも気軽に魔法が使えるため、冒険者たちに人気が高い。

だが、ここにある杖には、そうしたわかりやすい効果はない。

アレンは人差し指で自分の頭を指し示す。

「魔法を使うには精神を集中し、明確なイメージを頭に描く必要がある。ここにある杖はそれを助けてくれるんだ」

「つまり……杖を持てば、集中力がアップするんですね?」

「ま、平たく言うとそんなところだな。慣れると杖なしでも魔法が使えるようになるんだが、最初は必須だ」

杖には集中力の強化だけでなく、魔力の錬成、狙いの補助……などなど、様々な効果がある。

ゆえに魔法を覚えたての者は杖を持つのが一般的だ。

アレンはガラスケースを開けて、シャーロットに手招きする。

「説明するより、実際に持ってみた方がいいだろうな。ほら、どれでもいいから触ってみろ」

「は、はい。でも、こういうのってお高そうですけど……私のお給料で買えますかね?」

「なに、初デート記念だ。俺が出す」

「むう。いっつもそれじゃないですか……毎月いただくお給料、貯まる一方なんですからね」

シャーロットは眉をへにゃりと下げつつも、おそるおそる杖に手を伸ばす。

金属製の細い一本だ。頭に青い水晶が飾られていて、館内の明かりを受けてキラキラと輝いている。

　それを両手で持って、シャーロットは小首をかしげる。

「どうでしょうか……」

「ふむ」

　アレンは顎を撫で、じーっとその立ち姿を見つめてみる。

　そうして、人差し指をくるりと回す。

「すまない。ちょっとその場で回ってみてくれないか」

「は、はい。わかりました」

　シャーロットは真面目な顔でうなずいて、くるりと回ってくれた。スカートの裾がふわっと舞い上がり、金の髪が揺れる。

　シャーロットはこてんと首をかしげてみせる。

「回ると、杖のよさとかがわかるんですか？」

「いや、別に？」

　その人に合った杖かどうかは、持つだけでわかる。

　回ってもらったのは、そんなことよりもっと重大な理由があったからだ。

　アレンは真顔で言ってのける。

「単に似合って可愛いだろうなと思っただけだ」

「…………ど、どう、でした？」

「そんなのもちろん決まっているだろう」

シャーロットの肩にぽんっと手を乗せ、アレンは引き続き真顔で告げる。

「最高に可愛い」

「ううううっ……」

ぽんっと音を立てて、シャーロットの顔が真っ赤に染まった。

杖をぎゅうっと抱きしめて、うつむいて小さくなってしまう。

「アレンさんってばお上手なんですから……私なんかにお世辞を言っても、なんにも出ませんよ?」

「は？ 俺が世辞を使えるような器用な男だと思うか?」

「うっ、ぐう……ご、ご自分でおっしゃることではないと思うんですけど……」

もごもごと言いつつ、シャーロットはますます真っ赤に縮こまる。

そんな彼女にアレンはまだまだ畳みかける。

「こら、顔を伏せるんじゃない。もっと可愛いおまえを見せてくれ。俺の寝顔を眺めていた分、俺だっておまえを見つめるんだからな」

「あうう……さっきの仕返しですね!? 見ないでくださいぃ……!」

ついに背を向けてしまうシャーロットだった。

あまり虐めすぎるのもよくないので、その辺で終わりにしておく。

アレンがニヤニヤしていると――。

「まあ、その話は後にしよう。杖の使い方を……お？」

「きゃっ」

そこで、店内の明かりがすべて落とされた。

あたり一帯が静かな闇に支配され、シャーロットは小さな悲鳴を上げてアレンのそばに寄る。

一面の暗闇の中、商品棚に並ぶ水晶や試験管の液体などが、ぼんやりとした光を放つ。

おかげですぐそばのシャーロットの顔がよく見えた。

不安そうにする彼女に、アレンはやんわりと笑いかける。

「そう心配するな。これくらいのアクシデント、ここではいつものことだ」

「そうなんですか？」

「ああ。しばらく待っていれば明かりもつく。だが俺のそばを離れるなよ」

「は、はい。早く明るくなるといいですね」

するとシャーロットの表情がすこしだけゆるんだ。

単なる照明の不調だと思ってくれたらしい。

とはいえアレンも嘘は言っていない。

この店は国内でも有数の品揃えを誇る魔法道具屋だ。客も多いが賊も多い。こうした不意のアクシデントは日常茶飯事なのだ。

そのぶんセキュリティは万全だが、今回はアレンの獲物だ。

謹んでこちらで処分させていただくとする。

（ふむ、そろそろ仕掛けてくるか。挑発した甲斐があったな）

そう。アレンはなにも無目的にイチャついていたわけではない。

油断しているところを晒せば、敵もその分油断して襲撃を早めると踏んでのことだった。

その狙い通りに、周囲の空気は一段と張り詰めている。

これなら襲撃は秒読みだろう。

重々の手応えにうなずきつつ、アレンはにやりと笑う。

（まあ、それはそれとして全力で楽しませてもらったがな！　あー、俺の恋人が世界一かわいいなあ！）

ミアハに言われたように、肩肘を張る必要などなかったのだ。

自分たちはこれまで通りで問題ない。シャーロットの喜ぶ顔や、驚く顔を見るために、ありとあらゆるイケナイことを教えるだけだ。

そんな日常に、敵の排除という雑務が加わっただけである。

（しかしシャーロットにバレず、賊を片付けるにはどうしたものか……あっ）

そこで名案をひらめいた。

アレンは爽やかな笑みを浮かべて、内緒話でもするように声をひそめてみせる。

「よし、もののついでだ。魔法の練習でもしてみよう」

「練習……ですか？」

「ああ。初歩の初歩。明かりを生み出す魔法だ」

魔灯（ライティング）という魔法である。

炎と違って熱を発さず、風にも雨にも消されないことから、使い勝手がかなりいい。習得難易度もかなり低いため、数ある魔法の中でも、一般市民の普及率がだんとつトップクラスの代物だ。

そう説明すると、シャーロットが目を輝かせる。

「やってみたいです！　アレンさんみたいな、かっこいい魔法使いになりたいです！」

「意欲的な生徒は大歓迎だ。それじゃあ授業開始といこう」

そんな彼女に、アレンは目を細める。

こうして即席授業が始まった。アレンがかつて教鞭（きょうべん）を執っていた時代はスパルタで名を馳せたものだが、今回はもちろん手取り足取りの甘々モードである。

「まずは目を閉じて、心の中に光のイメージを思い浮かべるんだ」

「え、えっと、イメージって、どんな感じでしょう」

「真っ暗な部屋の中で、ランタンに火を灯す。そんな光景だ。光の大きさとか明るさとか、その辺を明確に心に描く」

「なるほど……ちょっとやってみますね」

シャーロットは杖を両手で握ったまま、そっとまぶたを落とす。

その顔は真剣そのものだが、未知へのわくわくでいっぱいだった。

（本当に……おまえは変わったな）

アレンの助力など微々たるものだった。

シャーロットがここまで変われたのは、ひとえに彼女自身のひたむきさによるものだ。

それを守りたいと、強く思った。

（おまえがようやく手に入れたもの。それを奪おうとする奴らを……俺は絶対に許さない）

小さく息をこぼし、アレンはあたりを見やる。

すでに目は闇に慣れていた。どこまでも続く暗闇が、次第に明確な形を成して揺らめき始める。

「よし、俺が合図をするまでそのままだ。しっかりとイメージの練習を続けるといい」

「はいっ！」

シャーロットが元気よく返事をすると同時。

「……《風陣（シルフフィールド）》」

アレンは指を鳴らし、彼女の周囲に風の障壁を張り巡らせる。シャーロットの身を守るため……というよりも防音のためである。これで外の音は一切彼女に届かない。

これにて準備完了である。

アレンは右手人差し指をぴんと立て、ゆっくりと曲げる。

来い。

その刹那、あたりにわだかまっていた闇が、弾丸のように撃ち出された。

アレンはローブを翻して呪文を紡ぐ。

広範囲に電撃を走らせる高位魔法だ。威力は絶大だが呪文が長い。

その一節を唱え終えるより早く、ひとつの敵影がアレンの目の前に躍り出て——。

「がっ、は……!?」

そのまま床にぶっ倒れ、ぴくりとも動かなくなった。ほかの影たちも同様だ。

あちこちからくぐもった呻き声が響き、ばたばたと床に転がっていく。その正体は、目元以外を黒い布で覆った獣人たちだ。

「わはは！　かかったなバカどもめが！」

アレンは呪文を中断して哄笑を上げる。なんということはない。先端に神経毒をたっぷり塗布した針を、ローブを翻した瞬間に投擲しただけだ。長ったらしい呪文はブラフである。

魔法使いなら魔法で勝負しろ？

馬鹿なことを言ってはいけない。向こうはアレンのことを魔法使いとして認識してかかってくるはず。ならば、その裏をかいてやるのが正しい戦い方というものだ。

あと単純に、騙し討ちというものが非常に性に合っていた。

「悪いがこちらも手段を選んでいる暇はないのでなあ！　残りもまとめてかかってくるがいい！」

「言われずとも！」

声高に告げると同時、アレンの背後で殺気が膨れ上がった。

どうやら撃ち漏らしがいたらしい。だがしかし――。

「枝払い！」

「わふぅっ！」

「ぐがあああああ!?」

凛と響く女の声と、獣の咆哮。

それらがアレンの背後に湧いた敵をなぎ払い、商品棚に叩きつけた。ゴウセツとルゥの仕業だ。姿こそ現さないものの、ちゃんと援護してくれているらしい。

「よし、背後は任せたぞ！　おまえたち！」

「くっ……！　みなのもの！　行くぞ！」

かくして盛大な乱闘が幕を開けた。

轟音と爆音、悲鳴と怒声が響く中――。

「うーん、うーん……明るい光……あったかいココア……アレンさんとの夜更かし……はっ、いけません！　集中です、集中しないと……」

シャーロットは風の結界の中、目をつむったままイメージトレーニングを続けたのだった。

◇

そんなこんなで買い物が終わったあと。

アレンはシャーロットを連れて、次の場所を訪れていた。

丸テーブルを挟んで向かい合いながら、アレンは顎を撫でる。

「さてと、俺はとりあえずエールにするが……おまえは？」

「え、えっと……お水で大丈夫です」

「それじゃあオレンジジュースとエールを頼む」

「かしこまりました」

「お水でいいって言いましたのに……」

ウェイターは折り目正しく頭を下げ、メニューを残して去っていく。

どこまでも無駄のない、洗練された所作だった。

それもそのはず。ふたりがいるのは、街でも有数の高級レストランだったからだ。

広い店内にはいくつものテーブルが並び、ピアノの音色が優しく響く。ドレスコードこそないにせよ、入るにはすこし財布との相談が必要になってくるような場所だった。

おかげで店内に足を踏み入れてから、シャーロットはずっと緊張しっぱなしだった。

落ち着きなくあたりを見回してから、目の前に座るアレンの顔を覗き込む。

「アレンさん。ひょっとして、ここってお高いレストランなんじゃ……」

「まあ、大衆向けとは言い難いかな。気にするほどじゃない」

「気にしますって！　さっきも私の杖のお金、たくさん払ってらっしゃいましたし……」

シャーロットの椅子の背には、魔法用の杖が立てかけてあった。

青い水晶を頂いた金属製の一本だ。

彼女が最初に手に取ったそれは、長さも重さも申し分なく、さほど悩むこともなくこれに決まった。その支払いに、アレンが金貨を何枚も渡しているのを見ていたのだろう。

シャーロットは眉をへにゃりと下げて浮かない顔だ。

（うむ。これはこれで見ていて飽きないが……誤解はきちんと解いておかないとな）

アレンは懐を探りつつ、口を開く。

「安心しろ、杖の支出など微々たるものだ。見ろ。この領収書を」

「領収書……ですか？」

こんなこともあろうかと、ジルに用意させておいて正解だった。

領収書には、今回アレンが買い上げた品々がずらっと並んでいる。

「魔法の杖一本に……薬草の束が二十個に、痺れキノコ七つ、紫スライムの分泌液三本……？」

長々続くそれらを読み上げて、シャーロットは目を丸くする。

「なんだかいっぱい買われたんですね……いつの間に」

「ああ。ちょっと必要になってな」

「ひょっとして魔法のお薬の材料ですか？」

「そんなところだ」

アレンは鷹揚に笑ってみせる。

実を言うと、これらは店で大立ち回りを演じた結果、損壊してしまった品々の弁償代だ。

（弱いなりに、あいつら数が多かったからなあ……ついついやりすぎた）

襲撃者の数は二十余り。

なるべくスマートに鎮圧したつもりだったが、店内の商品にちょっとした被害が出てしまった。

とはいえ初歩的な魔法道具しか置いていない一角だったため、比較的財布に優しい弁償である。

結局あの暗闇の襲撃は、数分も経たずに片がついた。

明かりが点く頃には、ゴウセツとルゥの手によって黒ずくめたちはひとり残らず運び出され、あとには目を閉じたシャーロットとアレン、そしてすこしばかり荒れた商品棚が残された。

頃合いを見て、アレンは風の結界をそっと解除。

そうしてシャーロットに目を開けるように告げた。

『イメトレはそこまでにしておこう。目を開けて、俺の言う通りに呪文を唱えるんだ』

『は、はい』

シャーロットはなんの疑いもなく目を開き、アレンの口にする呪文を復唱し――。

『えっと……魔灯！』

強張った声で唱えると同時。

シャーロットの目の前に、手のひら大の光がふんわりと現れた。

おかげでシャーロットはぱあっと顔を明るくした。

『わっ、見てくださいアレンさん！　ちっちゃいですけど……光ができました！』

『うんうん、やはり俺が睨んだ通り優秀な生徒だな』

アレンはにこやかにうなずいて、彼女の初めて使った魔法を目に焼き付けたのだった。

かくしてシャーロットに一切気取られることなく、敵の排除はひとまず完了した。

ここまではおおむね、シャーロットが店の空気に気後れするのも含めて計画通りだ。

領収書を見て金額には納得したらしいが、店にはまだ馴染めないらしい。落ち着きない小声で、ぼそぼそと――。

「でもやっぱり、普通のお店でよかったんですよ？　アレンさんとだったら、どこでご飯を食べても嬉しいですし」

「俺もそう思ったんだがな、調べた限りここが一番条件に適していたんだ」

「条件……？」

「失礼いたします、お客様」

そこで先ほどのウェイターが飲み物を持ってやってきた。

エールとジュースをテーブルに並べてから、メニューの冊子を恭しく差し出してみせる。

「こちらがメニューでございます。どうぞごゆっくり」

「ああ。礼を言う」

ウェイターを見送ってから、アレンはシャーロットにメニューを手渡した。

「ここの料理を、おまえに食べさせてやりたくてな」

「いったい何……が」

シャーロットはメニューを開き、目を丸くして固まった。

アレンは淡々と、用意しておいたセリフを並べ立てる。

「ここのシェフはな、隣のニールズ王国出身なんだ。だからこの店では、二ケ国の料理が楽しめる」

この街は、そもそもアレンたちが暮らすノートル皇国と、シャーロットの故郷であるニールズ王国――二ケ国の国境に近い場所にある。

当然、両国の料理が食べられる店も多く、中でもここは随一と評判だった。

そう説明するのだが、シャーロットは黙ったままだった。

アレンは一抹の不安を覚えつつ、頰をかく。

「その……おまえもずいぶんここに馴染んできたし、久々に故郷の味を楽しんでもらいたいな、と思ったんだ。だが、あまり快く思わないのなら、今からでも別の店に――」

「……いえ」

アレンの言葉を、シャーロットは静かに遮った。

ゆっくりとかぶりを振って、メニューの隅を指差す。

細められた目に浮かぶのは、あたたかな光だ。

「この、豆と鶏肉のトマトスープ……お母さんがよく作ってくれた料理です。久しぶりに、食べてみたいです」

「……そうか」

アレンは噛みしめるようにうなずいた。

そのままウェイターにスープやその他いくつかの料理を注文してから、改めてシャーロットに笑いかける。

「料理が来るまで、すこし話をしよう。これからのことだ」

「……はい」

シャーロットはそれに、ぎこちなくうなずいた。

「さて。おまえには今現在、ふたつの選択肢が存在する」

アレンは人差し指と中指を立て、シャーロットに示す。

指折り数え、ゆっくりと告げることには——。

「まずひとつ。このまますべてを忘れて、静かに暮らすこと」

「すべてを、忘れて……」

シャーロットはその言葉を、ゆっくりと噛みしめる。

それにアレンは力強くうなずいた。

「その通り。今日でわかっただろうが、変装なしでもおまえは街を堂々と歩けるんだ。かけられた懸賞金はおそらくまだ有効だろうが……万が一賞金稼ぎがやってきても、俺がどうとでも排除する」

ちょうど、今のように。

（さて、本命のおでましか）

シャーロットが考え込んでいる隙に、アレンはさりげなく店内の様子をうかがう。

すこし離れたテーブルには五人の男たちがついていた。

全員が獣人で、一見すると和やかに談笑しながら食事を楽しんでいる。殺気も一切感じられない。だがしかし、その身のこなしは紛れもなく幾多の戦場をくぐり抜けたものだとわかる。

魔法道具屋で仕掛けてきた連中は、アレンたちが相手取ったとはいえ、そこまで実力を有するものでもなかった。おそらくあれが初動部隊。それとは一線を画す実力者部隊が、この場にいる彼らなのだろう。

だからアレンはこっそりと、テーブルを三度軽く叩いた。

あらかじめ決めていた合図である。

その瞬間、アレンたちのテーブルのすぐそばを白い影が走り抜けた。

「がうう！　がうがう！」

「なっ……なんだ、この犬っころ」

　ふさふさの白い毛を持つ子犬だ。

　それが獣人たちの足元に飛び出して、無邪気に吠えてはしゃぎまくる。

　おかげで男たちは困惑気味だ。彼らからすれば子犬の一匹程度仕留めるくらい容易いはずだが、目立つことは避けたいのだろう。どう手出ししていいものか考えあぐねている様子だった。

「あら、ごめんあそばせ」

「へ」

　そこへ話しかける人物がいた。

　漆黒のドレスをまとった絶世の美女である。

　ボリュームのある亜麻色の髪をかき上げて、目尻を下げて嫣然(えんぜん)と彼らに微笑んでみせる。

「その子、うちの子なんですの。元気いっぱいで困っておりまして……ご迷惑をおかけして申し訳ございません」

「へ？　ああ、いや、別に……なあ？」

「お、おう。俺らのこと仲間と思ったんだろうなあ」

　男たちは美女の出現に、わかりやすく鼻の下を伸ばす。

　彼女の美しさには種族の違いも関係ないらしい。見惚れる全員の顔を見回して、美女はさらに笑みを深めてみせた。

「ふふ……そうでございますか。では——おやすみくだされ」

「は……っ⁉」

その刹那、男たちがいっせいに崩れ落ちる。

美女が目にも留まらぬ速度で彼らに手刀をお見舞いしたのだ。同時に結界を展開したため、店員はおろかほかの客たち、シャーロットでさえも、その事件に気付かない。

そのまま美女——ゴウセツは意識を失った全員を軽々と担ぎ上げ、子犬のルゥを連れて意気揚々と店を後にした。去り際見せたサムズアップが頼もしい。

(……絶対に、あいつらを敵に回さないようにしよう)

アレンはぐっと決意を固める。ともかくこれでこの場の敵は一掃された。

安心して、シャーロットとの話を続けることにする。

「そして、もうひとつの選択肢だ」

すべてを忘れて静かに暮らす。

それとは異なる、彼女のもうひとつの未来とは——。

「すべてのケリをつける。これに尽きるだろうな」

「っ……」

シャーロットはかすかに息を呑んでみせた。

先ほどよりも顔をこわばらせる彼女に、アレンは軽く笑う。

「まず目指すべきなのは、おまえの名誉回復だ。着せられた濡れ衣を晴らし、身の潔白を証明する」

いくらほとぼりが冷めつつあるとはいえ、このままでは未来永劫にわたってシャーロットの名が罪人として記録され続けることになるだろう。

まだ彼女の人生は長い。そこに暗い影を落とさぬよう、名誉を取り戻すことは必要不可欠。アレンはそう考えていた。

しかしそうした話をじっくり語る間にも、シャーロットの顔はこわばったままだった。

まばたきも忘れたように、膝の上で握った手をじっと見つめている。

それを見て、アレンは胸中で唸るのだ。

(まあ、当然の反応だろうな……これまでの恐怖に向き合うことになるのだから)

シャーロットを長年虐げ続けてきた、実家の者たち。

濡れ衣を着せて陥れた、ニールズ王国第二王子。

名誉回復のためには、そうした元凶たちに立ち向かう必要がある。

アレンやゴウセツが手を下すだけでは不十分。

シャーロット自身が乗り越えなければ、何の意味もない。

だから無理強いはしたくなかった。アレンは大仰に肩をすくめ、冗談めかして言ってのけるのだが――。

「とは言うものの、復讐劇には手間も時間もかかる。気乗りしなければ別に――」

「……私」

アレンの言葉を遮って、シャーロットがついに口を開く。

ゆっくりと上げた顔はまだこわばっていたものの、小さな変化が見てとれた。

「私……これまで、ずっと逃げてきました。耐えてきたんじゃないんです。戦うのが怖くて、逃げてきただけなんです」

淡々と紡ぐ声は震えていた。

それでも彼女はまっすぐアレンを見据える。

その瞳に宿るのは、先ほど生み出した魔法の灯のように、あたたかで強い光だ。

「そんな自分を、変えたいんです。だからもう、逃げません。怖くて辛くて、胸が苦しくても……絶対に、逃げたくないんです」

「……じゃあ」

「はい。立ち向かってみようと、思います」

シャーロットは深い息とともに、その決意を紡いでみせた。

おかげで、アレンはしばし言葉を忘れてしまう。

(強くなったとは思っていたが……俺の想像以上のようだな)

シャーロットはそのまま、黙り込んでいた反動か、堰を切ったように話し続ける。

「それに……妹にだけは、もう一度会いたいんです」

「ああ、異母妹か。名前はたしか……」

「ナタリアです。家では様付けで呼ぶように言われていましたけどね」

シャーロットは困ったように苦笑する。

実家でただひとり、シャーロットを支えてくれた少女――ナタリア。

彼女のことはたびたび口にはしていたものの『会いたい』という思いを口にしたのは、これが初めてだった。

「私がこんなことになって……国から逃げてきてしまって、妹にはずいぶん迷惑をかけたと思います。だから潔白を証明して……ちゃんと謝りたいんです。それで、できたら……ふつうの姉妹みたいになりたいな、って……ずっと思っていて……」

「なれるさ」

シャーロットの声が上擦り始める。これまで抱えてきた思いを吐き出して、堪えられなくなったのだろう。大きな目からは涙の滴がこぼれ落ちる。

その涙をそっと拭って、アレンは彼女の手をしっかりと握った。

「俺も力を貸す。だから何も心配するな。すべて上手くいくさ」

「アレンさん……」

シャーロットの顔がくしゃっと歪む。その拍子にまたさらに涙があふれそうになるのだが、彼女は何かに気付いたようにハッとして、不安そうに眉を寄せてみせた。

「あ、あの、そのお気持ちはとても嬉しいんですけど……どうかやりすぎないでくださいね？」

「ふむ……そのあたりの摺り合わせは必須だろうな。まず、どの程度なら法に触れていい？」

「程度も何もありません！　悪いことは絶対ダメですからね！　めっ、ですよ！」

涙も完全に引っ込めて、シャーロットはぴしゃっと叫ぶ。

これではどちらが年上かもわからない。

（ふむ、ひょっとするとそのうち俺を尻に敷くほど強くなるのでは？）

それはそれで楽しみで、明るい未来に思いを馳せるアレンだった。

「ひとまず今日はおまえの意思を確認できてよかった。焦らずゆっくり着手していこうじゃないか」

「は、はい。アレンさんにはいろいろご迷惑をかけると思いますけど……」

「なにを言う。おまえは俺の……うん」

そこでアレンはすこしばかり口ごもる。

しかしややあってから、決意とともにその言葉を舌に乗せた。

「おまえは俺の……大事な恋人、なんだからな。迷惑など、いくらでもかけるがいい」

「……はい」

シャーロットは赤面し、蚊の鳴くような声でぽつりと言う。

おかげで互いにすこし黙り込んでしまった。周囲の食器の音や談笑の声がよく聞こえる。

とはいえ気まずい沈黙でもなく。真っ赤になってうつむくシャーロットを見て、アレンはしみじみとため息をこぼす。

（うん、やっぱりいいな……こういう、恋人との何気ないやり取りというものは）

そんな甘酸っぱい思いに浸っていると、ふと脳裏をよぎることがあった。

「そういえば、おまえにひとつ聞きたいことがあるんだ。今いいか？」

「へ？　私でお答えできることでしたら……」

「まあ、たいした質問でもないんだがな」

アレンはぼりぼり頭をかいてから、あっさりと問う。

「おまえ、いつから俺のことが好きだった？」

「……はい？」

シャーロットは目を瞬かせて凍りつく。

一方、アレンはおかまいなしで続けた。

「いやなに。俺がおまえへの好意を自覚したのは、先日のドロテアとの一件なんだがな」

自宅の地下に住み着いていたダークエルフ。

彼女に強制された恋人ごっこにより、アレンはシャーロットへの思いに気付いた。

「だがしかし……あれより前から、好きだったと思う。で、そうなるとおまえはどうなのかな、と思ったんだ」

アレンが告白した瞬間か。

それよりもっと前のどこかのタイミングか。

今さら聞いてどうなるものでもないが、無性に気になって仕方がなかった。そして、ふたりきりの今こそが質問のチャンスだ。

アレンはにこにこと圧をかける。

「で、いつからなんだ？　うん？」

「えっ、えっと、そのぉ……」

シャーロットはあからさまに動揺し、口ごもる。

しかしアレンの諦めの悪さを知っているからか、しばらくしてからため息交じりに口を開いた。

「えっと、その……たぶん、あの、夜からですね……」

「あの夜？」

「ほら、一緒にお星様を眺めたことがあったじゃないですか」

「ああ、そんなこともあったな」

シャーロットが来てから一ヶ月ほど経ったある日。

彼女が悪夢にうなされ、眠れない夜があった。アレンはそんなシャーロットを外へと連れ出し、気分転換を促した。

「あの夜、アレンさんが言ってくださったじゃないですか。『どこにいても助けに行く』って」

「……言ったなあ」

今考えてみると、歯の浮くようなセリフだ。

居心地が悪くなってそわそわしてしまうアレンだが、シャーロットはふんわりと花が綻ぶように笑う。

「それがすっごく……嬉しかったんです。気休めなんかじゃなくて、アレンさんが本気で言ってくださっているって、わかったから」

そう言って、シャーロットはほんのり頬を赤らめて視線を膝に落とす。

「それで……あの日からアレンさんを視線で追っていることが多くなって、一緒にいるとドキドキして。だから、好きなんだなって気付いたんです」

「なんだ、俺よりずいぶん早い自覚じゃないか。言ってくれればよかったのに」

「い、言えるわけありませんよ⁉」

シャーロットはぎょっとして顔を上げる。

そうかと思えば、今度は肩を落として小さくなってしまう。

「これでもいろいろ悩んだんですよ……お尋ね者の私なんかが好きになっても、迷惑じゃないか、とか」

「まさか。俺がそんなことを気にする奴だと思うのか？」

「……そう、ですよね」

シャーロットはほんのすこしだけはにかんで、そっと顔を上げる。

「私、もう逃げません。過去からも、この気持ちからも」

「うんうん。それでいい。それでこそ、俺のシャーロットだ」

うなずくついでに、さりげなく惚気るアレンだった。

どうやらあれこれと悩んでいたのはお互い様らしい。

それでシャーロットも肩の力が抜けたのか、小首をこてんとかしげて問いかけてくる。

「それじゃあ、あの……私もアレンさんに聞きたいことがあるんですけど。聞いてもいいですか？」

「おお、なんでもいいぞ」

アレンは鷹揚に答えてみるものの——。

「アレンさんって……これまで何人の方とお付き合いされましたか？」

「……は？」

飛び出してきた質問がまるっきり予想外のものだったため、目を丸くして固まった。

これまでの人生、そんな話題をふっかけられることは皆無だったからだ。

アレンは眉間を押さえ、声を絞り出す。

「今……聞き間違いでなければ、俺は交際経験を尋ねられたんだよな？」

「は、はい」

シャーロットはいくぶん表情を硬くして、こくこくとうなずく。

「アレンさんはかっこいいし、お優しいし……やっぱり女性に好かれますよね？　歴代の彼女さんに負けないよう、リサーチしたいんです！」

「おまえがどこの『アレン』の話をしているのか、まったくわからないんだが……？」

「へ？」

きょとんとするシャーロットに、アレンはぱたぱたと手を振ってみせる。

「ないない。後にも先にも、付き合ったのはおまえだけだ」

「えっ、そ、そうなんですか……？　でも、魔法学校って女性の方もいらっしゃいますよね？」

「もちろん生徒にも教員にも女性はいたが、親密になった者はいない。なんせ俺は魔法一筋だったからな」

「それじゃあ……私が、アレンさんの、はじめての恋人……ですか？」

「そうなるな」

「そ、そっかー……えへへ」

「……やけに嬉しそうだな？」

はにかむシャーロットに、アレンは首をひねるしかない。

（ふむ、シャーロットにかつて恋人がいたら……？）

険悪だったとかいう、婚約者の王子はノーカンだ。

アレンはほんのりそれを想像しようとして、こめかみがピシリと引きつるのがわかった。

「あ、ダメだ……殺したい」

「はい？　今なにかおっしゃいましたか？」

「ははは、なんでもない。気にするな。ちなみにおまえも……初めてでいいんだよな？」

「も、もちろんですよ。ここに来るまでは、男の人と話したこともほとんどなかったですし……」

「そうか！　それはよかった！」

ぐっと拳を握るアレンだった。

そんななか、シャーロットは顎を撫でて唸る。

「うーん……でもでも、アレンさんなら絶対女性に人気があると思ったんですけど。本当に女性の方とは何にもなかったんですか？」

「買いかぶりすぎだ。俺に好意を寄せる物好きなど、おまえ以外にいるものか」

「そうですかねえ……」

「そうだとも」

アレンはやれやれと肩をすくめる。

「たかだか手作りの弁当やら菓子を無理やり押し付けられたり、研究室の掃除をわざわざ請け負ってくれたり……女性との接点など、その程度だったな」

「……はい？」

シャーロットの笑みがぴくりと引きつった。

しかしアレンは気付くこともなく懐かしい教師時代に想いを馳せる。

「いや、料理を作りすぎたとかでよく差し入れをもらってな。味の好き嫌いがないせいか、何人も俺に押し付けてきて……そういえばたまに手紙もついていたな、うん。『いつも見ている』だの『授業中の声がいい』など益体もないことばかり書かれていたが」

ほかにも授業のあとに質問に来るのは、決まって女子生徒たちだった。

それだけではなく、学校が終わったあとは図書館や鍛錬場、行く先々で女子に囲まれた。

「いやはや、あの学校の女子生徒たちはみな勉強熱心だったなあ……」

「アレンさん」

「うん？　どうし――っ!?」

そこでアレンは思わず息を呑んだ。

シャーロットがにこにこと笑みを浮かべていたからだ。しかもいつもの天真爛漫な笑みではない。どこか凄みを感じさせる笑みを張り付かせながら、淡々と言うことには――。

「そのとき女子生徒の皆さんにどんなお料理をいただいたか、あとで詳しく教えていただいてもかまいませんか？　私も練習してみます」

「へ？　ああ、いや、しかし普通のサンドイッチとか、カップケーキとか、そういったものばかりで――」

「そういう話じゃないんです。とにかく教えてください。いいですね？」

「は、はあ……」

有無を言わせぬ圧に、アレンはおずおずとうなずくしかない。

シャーロットは「絶対負けませんからね！　どんなお料理だろうと、しっかりマスターしてみせます！」なんて熱く意気込みを語ってくるのだが、アレンは首を捻りつつ「がんばれ……？」と戸惑い気味のエールを送るだけである。

彼に自覚はまったくないが、実は女性人気が高かった。

そこそこ顔立ちも整い、史上最高と評された天才少年、かつ後ろ盾であるクロフォード家は国内有数の名家である。これだけ好条件が整えばエキセントリックな性格もある程度は許容され、玉の輿狙いの女性たちがあからさまなモーションをかけていた。

しかし、当時のアレンにとって恋愛というのは別世界の話で。

フラグが乱立していることにも気付かずに、今に至るというわけだ。

(まあ、なんにせよ……シャーロットが意欲的になってよかったなあ)

魔物使いの勉強に、魔法に料理。

彼女の世界は日々広がっていく一方だ。

感慨を嚙みしめながら、アレンはグラスに口をつけ――。

「うんうん。やっぱりおまえは強くな、ぶふーーーーーっ！」

「ど、どうかしましたか、アレンさん」

次の瞬間、盛大に吹き出してしまった。

シャーロットが目を丸くする。

だが、アレンには取り繕う余裕などまるでなかった。

店の入り口から、黒豹の獣人が平然と入ってきたのが見えたからだ。それはまぎれもなく、シャーロットをつけ狙っているはずの賞金稼ぎ集団――その頭目、リカルドだった。

（大ボスのおでましとは……！　まさかここでやる気か⁉）

日中ということもあり、周囲には人も多い。そんななか、しかも単身で乗り込んでくるなどまったく予想できなかった。

アレンは瞬時に警戒態勢を整える。

いつでも魔法をぶちかませるように待機した、その瞬間。

「あれ？」

シャーロットがくるりと振り返り、獣人の姿をその目に捉えた。

そうしてあろうことか、満面の笑顔を向けるのだ。

「リカルドさん！　こんにちは」

「ああ、いつかのお嬢さん。こんにちは」

「…………は？」

リカルドの方もまた朗らかに頭を下げてみせる。

おかげでアレンは腰を浮かせたまま、ぽかんとすることしかできなかった。

シャーロットとリカルドはにこやかに笑みを交わす。

そこには一切の緊迫感が感じられなかった。リカルドもまるで敵意を発さず、浮かべる笑みも穏やかなもの。

知人同士がふとした場所で顔を合わせて挨拶する。まさにそんな光景だった。

（これは……いったいどういうことだ？）

もはや攻撃魔法をぶちかますとか、そんな話ではなくなった。

アレンは目を瞬かせながらも、慎重に言葉を選ぶ。

「お、おい、シャーロット。こちらの御仁は、その……おまえの知り合いなのか？」

「ふっ……知り合い、か」

リカルドが薄く笑い、アレンをすがめた目で見やる。

そこに浮かぶのはひどく苦々しい色だった。

「私は貴兄とも、以前お会いしたはずなのだがな」

「あれ、アレンさんもお知り合いなんですか？」

「はあ……⁉ い、いや、心当たりがまったくないんだが……」

アレンは必死になって記憶を探る。しかしリカルドという名の獣人など、この街どころか、魔法学園で教鞭を執っていた頃にも出会った覚えがない。

うんうん唸るアレンをよそに、シャーロットはにこやかに口を開く。

「私がリカルドさんとお会いしたのはですね、以前ひとりで街に来たときなんです。ほら、初めてのお給料をいただいたじゃないですか」

「む……？　あ、ああ。あのときか」

今からほんのすこし前。アレンが初めて渡した給料で、シャーロットは世話になっている人々にプレゼントを買いに出かけたことがあった。

その際、アレンはこっそり後からついて行って、彼女のお出かけを陰ながらサポートした。それはもう獅子奮迅の活躍だった。

　道に迷ったシャーロットの先回りをして、その辺を根城にしているゴロツキどもを千切っては投げ、千切っては投げして環境整備に尽力して――。

「あの日は、なぜかあちこちに倒れた方がたくさんいらっしゃったので……だから私、アレンさんからいただいた魔法薬を配って回ったんです。そのときにリカルドさんにもお渡ししたんですよ！」

「…………なるほどー」

「思い出していただけたようで何よりだ」

　軽く頭を抱えるアレンに、リカルドは真顔で肩をすくめてみせた。

　そう言われてみれば、あのとき十把一絡げにぶちのめした中に、黒い人影があったような、なかったような……。

「お嬢さんには本当に感謝してもしきれない。あのときは突然凶悪な暴漢に襲われてしまってね、ほとほと弱り果てていたんだ」

「そうだったんですか……この街にもそんな怖い人がいるんですねえ」

「ははは……」

　眉をひそめて不安そうにするシャーロットの隣で、アレンはダラダラと流れる冷や汗を止められずにいた。その暴漢がアレンだと知ったら彼女は何と思うだろうか。

（いやしかし……どうやらこいつ、本当に敵意はないらしいな？）

リカルドは自然体だ。嘘をついている様子はないし、シャーロットへの感謝の気持ちも本物だ。

だがしかし、そうなってくると大きな謎が残る。

アレンがじっと見つめていると、リカルドは目をすがめて笑った。

「貴兄にはあとで話がある。食事が終わったら……すこし、時間をいただけないだろうか」

「……かまわん」

アレンはそれに、鷹揚に答えてみせた。

レストランの食事はどれも美味で、ふたりはゆっくりと時間をかけて楽しんだ。

特にシャーロットは懐かしい故郷の味に目を輝かせて喜んでくれて……連れてきてよかったなあ、と思った頃にはすっかり日も暮れていた。

かくしてふたりの初デートは、表向きはつつがなく幕を下ろした。


その後、アレンはレストランのすぐそばにあるバーを訪れていた。

カウンターではすでにリカルドが待っていて、アレンが隣に着き、注文した飲み物が出てきた頃合いを見計らってゆっくりと口を開く。

「私はずいぶん前からこの街に潜伏していた。目的は……言わずとも貴兄にはわかるだろう」

「……シャーロットだな」

だ。

「そのとおり」

重々しく頷いて、彼は懐から一枚の手配書を取り出す。もちろんシャーロットの手配書

それからリカルドは当初の計画を語った。

シャーロットの消息がこの街の近くで消えたことを知り、地道な捜索を重ね、それらし

き少女を見つけた……ところまではよかったらしい。

計画が狂ったのはあの日。

シャーロットがひとりでお出かけし、アレンが快進撃を続けた日だという。

「あの日、あのお嬢さんに手を差し伸べられて私は気付いたのだ」

リカルドは皮肉げに口の端を持ち上げて、グラスをほんのすこしだけ傾ける。

「そもそも敵う相手でもなければ……獲るべき首でもない、とな」

「いやいや、待て待て」

いい話風にまとめようとするリカルドに、アレンは待ったをかける。

「だったらなぜ今日こうして襲撃を仕掛けてきたんだ⁉　こちらはいい迷惑だったんだ

ぞ！」

「……それもこれも、すべて私の不徳の致すところだ」

リカルドは重々しいため息をこぼし、かぶりを振る。

「私は部下どもを集めて、この度のターゲットを諦めることを伝えた。だが部下どもはそ

れで納得しなかった。私の命令に反して、シャーロット嬢のことを勝手に調べ始め……」

語り口はひどく重々しい。

しばし言葉を切ってから、リカルドは頭を抱えてこぼすのだ。

「そうしたら奴ら……いつの間にか、シャーロット嬢を見守る会を勝手に結成していてな。つけ狙うどころか、陰ながら見守り始めたんだ」

「ああ……そういうことか」

アレンはげんなりしつつ、そっと背後を振り返る。

広いバーの店内には、多勢の獣人が集結していた。

もちろん全員、アレンやルゥ、ゴウセツがぶっ倒したメンバーである。

どいつもこいつも黒尽くめで、あちこちにコブやアザをこさえている。そのくせ全員が晴れ晴れとした笑顔を浮かべていた。彼らが取り囲んでいるのはシャーロットで――。

「はじめまして！　お会いできて光栄です！」

「先日はうちのリーダーがお世話になりました！」

「あっ、ジュースでも飲みます？　お菓子もありますよ」

「は、はい。ありがとうございます」

獣人たちは恭しく頭を下げ、ジュースを差し出したりして甲斐甲斐しくシャーロットの世話を焼く。それはどう見ても、哀れな少女をつけ狙う悪漢どもの顔ではなかった。

「つまり何か？　あいつらが今日襲いかかってきたのは……」

「貴兄にシャーロット嬢を取られて、妬み嫉み全開で特攻をしかけただけだな」

『ママってなんで変なのにばっか好かれるの……？』

『そうした星の下に生まれているとしか言いようがございませんな』

合流していたルゥが、隣で白い目を向けてくる。

ゴウセツもまたいつもの地獄カピバラ姿に戻り、果物をぱくぱく頬張りながら生返事を返した。先日自分が暴走したことは完全に棚に上げてしまっている。さすが、面の皮が厚い。

そうしてリカルドは改めてアレンに向き直り、深々と頭を下げてみせた。

「さすがの私も手に負えなかったため、静観するほかなかったんだ。手間をかけたな」

「いや、うん……もうなんでも、どうでもいい……」

アレンはがくっと肩を落とす。いろいろと疲れてしまった。

シャーロットを狙う悪人どもが大挙して押し寄せてきた……と思いきや、実際の殺意はすべてアレンに向けられていたのだ。取り越し苦労も甚だしい。

（しかしまあ……シャーロットが無事ならいいか）

もう一度振り返れば、獣人たちはアレンを指差してシャーロットにこそこそと尋ねていた。

「それで、その……あの魔法使いとはどうなんですか？」

「えっ、アレンさんですか？」

「そうです。なんか変なこととかされてません？」

「ああいう手合いはムッツリだって相場が決まってますし……」

「む、むっつり……ですか？」

シャーロットは小首をかしげる。

甚だ不名誉だったため、口を挟む代わりに魔法をぶちかましてやろうとアレンは腰を浮かしかけるのだが——。

「えっと、よくわかりませんけど……アレンさんはとってもいい人ですよ」

「……そうっすか」

シャーロットがはにかみながらそう言ってくれたので、アレンは溜飲がかなり下がった。

獣人たちもそれで納得したのか、ため息交じりに相槌を打つ。中には静かに悔し涙を流している者もいた。

それを見て、リカルドは肩をすくめてみせる。

「どうやら彼女は相当特異な才能をお持ちのようだな。人たらしというか、なんというか……私が言うのもなんだが、気をつけてやってくれ」

「……それは重々承知しているとも」

アレンもグラスを傾けて目を伏せる。

フェンリル一家の件や、ゴウセツの騒動。そして今回の事件だ。

シャーロットがいくら気立てのいい少女だからといっても、いくらなんでも不特定多数に慕われるにも限度がある。

（やはり、そういう血筋なのかなあ……）

そのあたりも含めて、おいおい明らかにしていくべきだろう。

アレンは残った酒をぐいっと呷り、苦笑をこぼす。

「ともあれひとまず安心した。もうこの街にシャーロットを狙うような愚か者はいないだろうな」

「………うむ」

「おい、なんだその歯切れの悪い返答は」

リカルドが急に渋い顔をしたので、アレンはおもわず真顔になってしまう。

彼は目をそらしつつ、どこかヤケクソのように酒を呷り始めた。

「いや、実を言うとな……うちの手下たちだけなら、私ひとりでも止められたんだ。だが、その……さすがにあれは数が多くてどうしようもなかったというか」

「数が、多い……？」

そう言われて、アレンはふと奇妙なことに気付く。

いつの間にか店の外が妙に騒がしくなっていたのだ。

気乗りしなかったが、重い足を引きずるようにしてそちらへ向かい、そっと表通りへ繋がる扉を開く。するとそこには、通りを埋め尽くすほどの軍勢が集結していた。

全員もれなく武装して、殺気で目を血走らせている。この街の冒険者で……おそらくリカルド同様、以前アレンがぶちのめし、シャーロットが手を差し伸べたものたちだろう。

中には見知った顔もいる。

傀儡(くぐつ)一家のウォーゲル、ウルヴズ・スタンのラルフ、黄金の碑文(グレートフラグメンツ)のドミニク……などなど。

どいつもこいつもアレンの姿を認めるなり、いっせいに目をつり上げて雄叫びを上げ始める。

「大魔王め！　俺たちのアイドルをついにものにしやがって……！」

「祝福の前に、せめて一発殴らせろ！」

「てめえ！　あの子を泣かせやがったらマジでただじゃおかねえからな!?」

あちこちから上がるのは、そんなやっかみ全開のブーイングで。

げんなりしていたところで、後からやってきたリカルドがぽつりと補足する。

「この通り。見守る会はうちの手下だけじゃなくてな、街全体に蔓延(はびこ)っているんだ」

「この求心力……もはや王の器と言っていいのでは？」

アレンは頭を抱えるしかない。これなら天下取りも難しくなさそうだ。

そんな折、後ろからシャーロットがひょっこり顔を出す。

「わあ。みなさんお揃いでどうかされたんですか？」

「ああうん。全員俺に用があるらしい。おまえはルゥたちと一緒に中で待っていてくれ。なんなら先に帰ってくれてもいい」

「はあ……わかりました？」

『ママー。そんなバカどもほっといてなでなでしてよー。ルゥ、今日はがんばったんだからね』

戸惑うシャーロットの袖をルゥがぐいぐい引っ張って、店内へと導いた。

アレンはそれをにこやかに見送って、防音障壁を張り巡らせた。魔法道具屋でシャーロットを守るために使ったものだ。今回は店全体。これで外の騒動は、中に一切届かないことだろう。

「ふっ、そういうことか。だったら……いいだろう」

アレンは薄い笑みを浮かべて、外套を翻す。

そうして――あらんばかりの大音声で言い放った。

「俺とシャーロットの交際に文句があるやつは全員前に出ろ！　残らず相手になってやる！」

『うおおおおおおおお‼』

こうして、得るものがまったくない戦いが幕を開けた。

◇

「貴様で最後だ！　くたばれ！」

「ぎゃあああああ⁉」

最後のひとりが雷撃をくらって昏倒すると、あたりはようやく静けさを取り戻した。

街の大通りに散らばるのは有象無象の挑戦者たちである。気付けば空が白み始めていて、先に店の裏口から帰らせたシャーロットたちはとっくに夢の中だろうと知れた。

「お、終わったあ……」

アレンはその場にごろんと横になる。

数が多かっただけでなく、今回はどいつもこいつも無駄にしつこかった。

それだけシャーロットが慕われているということの表れだったため、アレンは丁重にボコボコにしておいた。おかげで時間がかかったのは言うまでもない。

疲労感を噛みしめて、ため息をこぼす。

「くそ……交際とはかくも大変なものなのか……」

そしてなんとなく、今後もこうした障害がいくつも立ちはだかる予感がした。

ややげんなりしそうになるが、アレンはかぶりを振る。

「いや、俺はシャーロットを幸せにすると決めたんだ。これくらいわけはない……わけはないが……しなくてもいい苦労を負っている気もする……」

ぶつぶつぼやいていたところで――。

「なにやってんの、おにい」

「む……なんだ、エルーカか」

寝転がる彼の顔を、ひょいっとのぞき込む人影があった。

義妹のエルーカである。会うのは一ヶ月ぶりくらいだが、変わらない調子でにやにやと笑う。

「久しぶりー、おにい。ジルくんから聞いたよ。シャーロットちゃんと無事にくっついたんだってね！　いやあ、どう見ても両思いだったけどまさかこんなに早く進展するとは思わなかったよねー。意外とやるじゃゃん、おにい！」

「ええい、それより頼んでおいた仕事はどうした」

つんつんつついてくる義妹の手をぱしっと払い、アレンは地面から起き上がる。

エルーカには大事な仕事を任せていたのだ。

「シャーロットの実家の調査……まさか怠けていた、などとは言わないだろうな」

「もちろんちゃーんとやりましたよ。そのことで大事な話があって来たの」

エルーカはいたずらっぽく笑い、右手を差し伸べて告げる。

それは思ってもみない申し出で――。

「帰るよ、おにい。古巣のアテナ魔法学院に。シャーロットちゃんの妹が、大変なことになってるの！」

「はあ⁉」

四章　イケナイ姉妹の再会

山を越え、海を渡り。

およそ三日三晩の長旅を経て、ようやくアレンたちはその島にたどり着いた。

「とーちゃく、っと！　いやー晴れてよかったねえ」

一番乗りで、エルーカが元気よく船から飛び降りる。

港にはいくつもの船が停泊していて、雲ひとつない青空には海鳥の鳴き声が響いていた。

そしてその港から島の中心部に向かってなだらかな傾斜ができており、色とりどりの建物が立ち並び、賑やかな街並みを形成する。

その街並みを越えた先にはひときわ巨大な黒い建造物がいくつもいくつも建っていた。

見慣れた景色に、アレンはため息をこぼすしかない。

「まさかこんなに早く帰る羽目になるとはな……」

十八で教師職をクビになって出奔して以来、実に三年ぶりの帰郷となる。

少々複雑な思いを噛みしめながら、シャーロットの手を引く。

「そら、シャーロット。足元に気を付けろ」

「は、はい」

シャーロットはおぼつかない足取りで船から降りた。

顔にはすこしだけ疲労の色が浮かんでいたが、それは慣れない船旅のせいばかりではないだろう。島の景色を見渡して、ごくりと喉を鳴らしてみせる。

「ここがアレンさんたちの学校がある島……ひょっとして、丘の上に見えるあの黒い建物が学校ですか？」

「学校といえば学校か。あれは学生用の寮だな」

「あ、あんなに大きな建物が寮……！　やっぱりすごい学校なんですねえ」

「まあな」

アレンは港をぐるりと見回す。多くの人々が集まる中、アレンと同じような黒ローブ姿がちらほら見えた。ほかにも若者がやたらと多い。何しろこの島は――。

「何しろ、この島すべてがアテナ魔法学院だからな」

「へ……!?」

ここ、アテナ島は文字通りの学園都市だ。

島民の八割は生徒や教師といった学院関係者で、残りは観光客か商売人。

馬を丸一日走らせても回りきれないほど広い島内には、学園の施設や観光客向けの宿やら繁華街、教員たちの住まう住宅街などが広がっている。

そう説明すると、シャーロットはすこし目を丸くしつつも首をかしげてみせた。

「学校がある島なのに、観光に来られる方がいらっしゃるんですか？」

「気候の良い離島だからな。人目を避けて羽を伸ばすにはちょうどいいんだろう」

「……人目を避ける、ですか」

そこでシャーロットはそっとあたりを見回した。

大勢で賑わう港の景色。その中に見知った誰かを探しながら、彼女はぽつりとこぼす。

「ナタリアも、そのためにこの島に来たんでしょうか……？」

「……さあな」

アレンはゆるくかぶりを振ることしかできなかった。

ルゥとゴウセツも船から降りてきて、小首をかしげてみせる。

『ナタリアって、おふねの中で教えてもらったママの妹だよね？』

『ですが、彼女は隣国にいらっしゃるはずでは？』

「その、はずなんですけど……」

シャーロットは硬い面持ちでエルーカをうかがう。

するとエルーカはにっこり笑って事もなげに言ってのけた。

「ナタリアちゃんは間違いなくここにいるよ。ほかの家族とか使用人もつけず、たったひとりでね」

「それは聞いたが……いい加減に細かい事情を説明してくれないか」

エルーカから告げられたのは、シャーロットの妹ナタリアがこのアテナ魔法学院にいること。そのナタリアに大変なことが起こっていること。この二点のみである。

だから道中いろいろと質問を投げかけてみたのだが『着いたら話す』の一点張りでまだほとんど何も聞けていない状態だった。エルーカは苦笑して肩をすくめてみせる。

「ちょっと込み入った話になるから、実際に見てもらった方が早いかと思ってねー。詳しくは家で話すよ」

「ちっ……やっぱりそうなるのか」

「お家、ですか？」

アレンはあからさまに顔をしかめて肩を落とす。

その隣でシャーロットは最初きょとんとしていたが、すぐにハッとして声を上げる。

「まさか……アレンさんとエルーカさんのご実家ですか⁉」

「うん。パパとママが待ってるよー」

「あわわ、ご、ご挨拶しないとですね……！　心の準備をしておきます！」

「いやーシャーロットちゃんなら大丈夫だって。むしろおにいのが気まずいと思うし」

「えっ、どうしてですか？」

「それがいろいろあってねえ」

不思議そうにするシャーロットに、エルーカは肩をすくめてみせる。

「おにいが三年前に、うちの学校をクビになったって話は聞いてるよね？」

「は、はい。それで旅に出たんですよね？」

「うん。でもそれは正しく言うと……クビになった挙げ句、うちのパパと大喧嘩したから家を飛び出した、っていうのが正解なんだよ」

「大喧嘩⁉」

「その話はやめてくれ……」

悲鳴を上げるシャーロットを横目に、アレンはげんなりと顔をしかめる。

正直言って、あれは思い出したくもない出来事だった。

シャーロットはオロオロしながらもそっと首をかしげてみせる。

「け、喧嘩だなんて……いったいどうしてですか？　先生を辞めさせられたから、とか……？」

「いや、それに端を発した話なんだが……うん」

「そんな深刻な話でもないから安心していいよー。ぶっちゃけ、あれはパパが九割くらい悪いから」

「十割だろう。俺は一割も悪くない」

「そうなんですか……？」

きょとんと目を丸くするシャーロットに、エルーカは苦笑しながら続ける。

「で、うちのパパもそれなりに魔法を使えるわけよ。そんなパパとそこそこ優秀なおにいが喧嘩したもんだから、そりゃもうひどいもんでさ。三日三晩くらいドンパチやってね、今でも学院の語り草だよ」

「三日三晩……壮絶です」

「うん。あとで島の裏側見せてあげよーか？　おにいたちが喧嘩した崖が今も抉れたままなんだよ」

「直してないのか、あれ⁉」

「当たり前じゃーん。ちょっとした名所みたいになってるよー」

「聞けば聞くほどすごい話ですねえ……」

シャーロットはしみじみとため息をこぼす。

三日三晩の大喧嘩ではアレンも養父も互いに一歩も譲らなかったが、最終的にスタミナの差でアレンが勝利を収め、その足で船に飛び乗ってこの島を後にしたのだった。

そう説明すると、ゴウセツが目を細めて愉快そうな鳴き声を上げる。

『ふむふむ。そのような折り合いの悪い生家に、愛する女性のため頭を下げに行く……いやはやドラマチックな話でございますなあ』

「勝手にドラマを作るな。別に叔父上とは今でも関係は良好だ。手紙のやり取りは続けていたし、そもそもあの程度の喧嘩なら日常茶飯事だったからな」

『人間もルゥたちと変わらないんだねえ。ルゥもよく、兄弟たちとけんかするよ！』

ルゥもぐるぐると喉を鳴らして笑う。

喧嘩して家を飛び出したと言えば聞こえは悪いが、禍根はそれほど残っていない。それなのにこれまで家に帰らなかった理由はひとつだけだ。

（またあの話を蒸し返されてはかなわんからなあ……）

とはいえ、シャーロットが絡めばそんなことも言っていられない。シャーロットのことがなければ、あと十年は帰らないつもりだったが。

そんなことを考えていると、エルーカがゴウセツとルゥを見てしみじみと顎を撫でる。

「それにしても、ちょっと見ない間におにいの周りもずいぶん賑やかになったものだよねえ。フェンリルと地獄カピバラなんて、うちのママが見たら大喜びだよ」

『ほう、御母堂様は魔物に造詣が深いのですかな？』

「うん。魔物研究の第一人者だねー。あたしもフェンリルの子供を間近で見るなんて初めてだしテンション上がっちゃうよ。もふもふだねー！」

『ふふん、そうだろ。もっとなでてもいいよ』

エルーカにもふもふされて、ルゥは満更でもなさそうだった。

アレンに魔物言語を叩き込んでくれたのは養母だったため、エルーカも同じように魔物の言葉がわかる。ゴウセツも交えてきゃっきゃとはしゃぐ三名だ。

それをじーっと見つめて、シャーロットはぽつりとこぼす。

「でも……ちょっと羨ましいです」

「む？　何がだ？」

「えっと、その……」

シャーロットは足元に目線を落として口ごもる。

やがて、どこか寂しげな笑みを浮かべて言うことには——。

「私、家族と喧嘩なんてしたことがないので……いいなあ、って」

幼少期、身を粉にして働く母親にわがままを言えるはずもなく。さらに、母親が亡くなって公爵家に引き取られてからは、本音を言える相手はひとりもいなくなって。

だから喧嘩などしたことがないのだと、シャーロットはぽつぽつと語った。語るごとにその顔色はどんどん暗くなっていく。

それを最後まで聞いて、アレンはさっぱりと笑った。

「だったらこれから変わっていけばいいじゃないか」

「えっ」

「おまえは妹と……ナタリアと会うんだろ」

「っ……」

シャーロットの手を取って、その顔を覗き込む。

妹の名が出たとたん、彼女の目に強い光が宿るのをアレンは見逃さなかった。その顔に落ちていた影が一気に薄くなる。

だから、大丈夫だと思った。

アレンはぎゅっとその手を握って続ける。

「妹に会って、喧嘩ができるような仲になればいい。それで憧れの喧嘩がいくらでもし放題だ」

「でも、なれるでしょうか……」

シャーロットは不安そうに眉を寄せる。

「私、あの国から逃げてきたんですよ……お尋ね者の悪女です。ナタリアにも、きっと迷惑がかかっているはずです」

「それは冤罪だろう。妹もいつかきっとわかってくれるはずだ」

実家で唯一、シャーロットを気にかけてくれていたという妹。

彼女ならきっとすべて説明すれば理解を示してくれるはずだ。

アレンはそう確信しつつ、ごほんと咳払いをしてからすこし格好つけたことを言ってみせようとするのだが――。

「安心するといい、俺も力を貸そう。おまえのためなら俺は――ぎゃふっ⁉」

『我らもお助けいたしましょうぞ』

『なんかわかんないけど、ルゥもルゥも！』

後ろからゴウセツとルゥに飛び乗られてしまい、決め台詞は半ばで途切れてしまった。

アレンと二匹を前にして、シャーロットは目の端に涙を浮かべてじーんとする。

「あ、ありがとうございます。みなさん」

「そーそー。深く考えすぎちゃだめだよ。あたしやパパたちも味方だしね」

エルーカもまたシャーロットの肩に手を置いて、笑顔で励ましの言葉を送る。

和気藹々としたいい空気だが、アレンはうつ伏せで倒れたままだ。

「くっそ……どけ貴様ら！　重いわ！」

『これはこれは不躾なことを。レディに体重の話は禁物ですぞ』

『わーい。アレンってふみ心地いいよねー』

「えっと、ふたりとも、そろそろその辺にして……」

なおもアレンを踏み続ける二匹に、シャーロットはおろおろとするばかり。

それを見てエルーカは感心したように顎を撫でるのだ。

「おにいも変わったけど、シャーロットちゃんも明るくなったよねー。これならナタリアちゃんのこともきっと……ありゃ？」

エルーカが何かを言いかけて、ふとやめる。

視線を向けるのは埠頭の一角だ。

つられてアレンも目をやれば、そこにはいつの間にか人だかりができていた。

「ああ？　なんだてめえ！　やる気かこら！」

「そっちこそやんのか!?」

互いに胸倉を掴み合うのは、人間の青年と魚人族の青年だ。その仲間たちなのか、周囲には人間と魚人族がそれぞれ複数人ずついて、互いに火花を散らし合っていた。どうやら些細なことから口論となったらしい。

ほかの者たちは遠巻きに見つめるばかりで、仲裁に入ろうとする者はいないようである。

このアテナ魔法学院は国内外にその名を轟かせる教育機関だ。

様々な種族の者が集まるため、こうした揉め事は日常茶飯事である。

「言ったそばから喧嘩のようだな……」

「あ、あの喧嘩はダメな気がします。止めた方がいいんじゃないですか？」

「うーむ、そうだなあ」

地面に倒れたまま、アレンは考え込む。

正直言って他人の喧嘩になど興味はない。だがしかし、シャーロットを悲しませる元凶となれば話が違ってくる。

迅速に場を鎮め、彼女を安心させるのがアレンの仕事だ。

ゴウセツたちを跳ねのけて、起き上がろうとするものの——。

「おや……？」

そこでちょうど、人混みの中に見覚えのある銀髪を見つけてしまった。

そうなると話はかなり変わってくる。

起き上がることを放棄して、地面に頬杖をついてぼやくだけだ。

「やっぱり放っておこう。あんなもの相手にしていられるか」

「だよねー」

エルーカもそれに気付いたのか、半笑いでうなずく。

ただひとり事情のわからないシャーロットは、青い顔でおろおろするばかりだ。

「い、いいんですか？　お怪我をされる方が出そうですけど……」

「大丈夫だろ。すぐに鎮圧されるからな」

「へ？」

シャーロットはきょとんとする。

そうする間にも言い争いはヒートアップしていった。今にも手が出そうなほど緊迫の空気が漂う中、ひとりの男が近付いてきていたことに、その場の誰もが寸前になるまで気付けなかった。

「ちょっといいですか、きみたち」

「ああ？　なに――!?」

揉め事の中心人物ふたりの肩を、男がぽんっとそれぞれ叩く。

その瞬間、凍てつく冷気があたり一帯に吹き荒れた。見守っていた者たちの間にどよめきが走る。やがて冷気が落ち着いたあと。

そこには数多くの氷柱がそびえ立っていた。先ほど揉めていた人数分である。氷の中には彼らがもれなく驚愕の表情を浮かべたまま閉じ込められていて、びくともしない。

広範囲魔法かつ呪文詠唱カット。実に鮮やかな手際である。

「迎えに来てみればこれですか……まったく仕方のない子たちですね」

苦笑をこぼすのは、銀の髪を長く伸ばした男だった。年の頃はアレンと同じくらいに見える。長身痩軀(そうく)の身を上等な礼服で包み、金の刺繍が入った黒の外套を羽織っている。いかにも上等な魔法使いといった出で立ちだ。

柔和な面立ちに笑みを浮かべれば、優男という言葉が異様によく似合う。

男はこんこんと氷柱に向かって説教する。

「いいですか、ここは学院の生徒だけでなくお客様も訪れる場所なのです。我が学院の生徒ならもっと節度を守って……ああ、今は聞こえませんか。あとで呼び出しですねえ」

ぐるりと氷柱たちを見回して、男は軽く肩をすくめてみせた。

その頃にもなれば周囲の者たちも事態を呑み込んで「お疲れ様ですー」やら「あとは俺らが片付けときますね」やら「懲罰室空いてたかなあ」などなど慣れた様子で声をかけていく。

その光景を見守って、シャーロットは感嘆の声をこぼす。

「な、なんだかすごい人ですね……アレンさんみたいです」

『ですな。あれはかなりの使い手でございますぞ』

ゴウセツもまた興味深そうに目を細めてみせた。

そんな中、男がこちらに気付く。

「おや……?」

そこでほんのすこしだけ目を丸くしてから、ぱっと相好を崩してみせた。

そのまま彼は足早にこちらに歩み寄ってきて、にこやかに片手を上げる。

「久しぶりですね、アレン。元気そうで何よりです」

「この状況を見たのなら、もうすこし言うことがあると思うんだが……」

二匹に乗っかられたまま、アレンは男にジト目を向ける。

エルーカはエルーカで、男にびしっと片手を上げた。

「たっだいまー！　このとーり、ちゃんとおにいたちを連れてきたよ！」

「ありがとうございます、エルーカ。おかげで助かりました」

男はにこにことそれに答え、シャーロットに目を向ける。

「それで、きみが噂のシャーロットさんですね。どうも初めまして」

「は、はじめまして……あの、どちら様ですか？」

「ああ、すみません。申し遅れました」

男は柔和に微笑んで、胸に手を当てて名乗ってみせる。

「私の名はハーヴェイ・クロフォード。そこにいる、アレンやエルーカのパパです」

「パパさん⁉」

「やっぱ驚くよねー。うちのパパ、若作りなんだよ」

「それにしたって限度があるだろ」

アレンはげんなりとため息をこぼす。

幼少のアレンを引き取った頃から養父は老ける気配が一切ないので、変な魔法を使っているのではないかと疑っている。

そうして一行はクロフォード家の邸宅へと場所を移した。

アレンの実家でもあるその家は島の中心部からすこし離れた郊外に位置する。付近に住宅は存在せず、立派な屋敷の周りには大きな庭が広がっており、さらにそれを取り囲むようにして高い塀がぐるりと続く。

見るからに成金の家だが、これにはちゃんと理由がある。近所迷惑になるのを避けるためだ。

家族全員が何かしらの魔法研究をライフワークにしているため、屋敷には爆音や怪しい鳴き声が頻繁に轟く。幼い頃から暮らしたアレンには日常風景ではあるものの、人の多い住宅街に居を構えていたらさぞかし嫌がられていたことだろう。

そんな屋敷の応接間にアレンたちは通された。

広い部屋には毛足の長い絨毯が敷き詰められ、長旅でくたびれたルゥとゴウセツがごろりと寝そべり腹を見せる。

アレンとシャーロットの対面。ローテーブルを挟んだ向こうに座るのは、養父ことハーヴェイだ。彼はにこにこと柔和な笑顔を浮かべながら口を開く。

「いやはや。本当に久方ぶりですね、アレン。変わらないようで安心しましたが……」

そこで言葉を切って、ハーヴェイはアレンの隣に座るシャーロットを見て目を細めた。

そのままわざとらしくハンカチを取り出して、濡れてもいない目元を拭う。

「君がこんなに可愛い彼女を家に連れてくるなんて、私は夢にも思いませんでした。社会不適合者の選手権でもあれば、優勝まではギリギリ行かなくてもシード枠は間違いなしの君なのに……でも、本当に合意の上のお付き合いですか？　可愛い息子が人としての道を踏み外していやしないかパパは心配ですよ」

「一言も二言も多い……」

「あ、あの、アレンさんはとっても良くしてくださっています。もちろん、お……お付き合いも、その、ちゃんと合意の上？　です！」

「シャーロット、いいから。叔父上を無駄に喜ばすんじゃない」

「うわあ、あのアレンが照れるなんて珍しい。今日はとことんいい日ですねえ」

「いい加減にしないと物理的に黙らせるぞ」

ますます笑みを深めるハーヴェイのことを、アレンは青筋を立てて睨みつけた。

とはいえここで相手の挑発に乗っては時間の無駄だ。

盛大なため息をこぼしてから、改めてハーヴェイをじっと見つめる。

「単刀直入に聞かせてもらうが……シャーロットの妹がここにいるというのは本当なのか」

「ああ、もちろん本当ですよ。エルーカ、頼みます」

「はーい。それじゃあ準備するね」

部屋を出て行く娘を見送って、ハーヴェイは改めてシャーロットに向き直る。

「シャーロットさんの事情はすべて伺っております。大変だったようですね。私も助力させていただきますから、なにか困ったことがあれば遠慮なくおっしゃってください」

「は、はい。ありがとうございます」

シャーロットは硬い面持ちでうなずいてみせた。初対面の相手、かつアレンの父ということで緊張しているようだが、顔が強張っているのはもっと別の理由からだろう。

ごくりと喉を鳴らしてから、おずおずと問う。

「それより……ナタリアはどうしてここに来たんですか？　あの子に何かあったんですか？」

「結論を言えば、彼女はここに留学しているだけですね」

「留学、ですか？」

「ええ。よくあるんですよ。実家がゴタついた貴族の子供が、厄介ごとが落ち着くまでという条件でここへ送られてくることが」

ハーヴェイは肩をすくめてみせる。

今も昔もよくある話だ。スキャンダルのほとぼりが冷めるまで、金にものを言わせて入院なり留学なりで姿を隠す。

この島は本土から船で半日かかる離島だ。身を隠すにはもってこいの立地である。

「今回も伝手を使って申し出がありましてね。うちは来るもの拒まずの学院ですから、二つ返事で許可したんです。それが、今からちょうど三ヶ月ほど前になりますか」

「そんなに前に……だったらすぐ俺に連絡してくれればよかったんだ」

「これもまたよくある話なんですが、彼女は身分を偽っていましてね。シャーロットさんるか」

「まあたしかに、あの一件はうちの国にも知れ渡っていたしな……当然そこは隠そうとす

の妹だと判明したのはごくごく最近の話なんですよ」

アレンは小さくため息をこぼす。

シャーロットの一件があったために、彼女の生家であるエヴァンズ家は国内の注目に晒(さら)された。

そしてナタリアは正妻との間に生まれた大事な跡取りだ。俗世の目から守るために外へ出すのは順当な流れだろう。

「だが、ただの留学だけならエルーカの言うように『大変なこと』には当たらないはずだ。いったい何があったんだ」

「ええ。その本題に入る前に……ひとつだけ」

ハーヴェイは人差し指をぴんと立てる。

笑みは柔和なままだが、その目には鈍い光が宿った。彼は静かな声で、アレンにひどく簡潔な問いを投げかける。

「アレン。今一度、あの話を考えてみる気はありませんか？」

「断る」

もちろんアレンは即答だった。

シャーロットは目を瞬かせて首をかしげる。

「あの話って、なんですか？」

「さっき言っただろう。俺と叔父上の喧嘩の原因だ」

　今から三年前。アレンはアテナ魔法学院の教授会と揉めに揉めて、教鞭(きょうべん)を置くことになった。

　だがしかし、そこでハーヴェイが持ちかけてきたのは、耳を疑うような提案だったのだ。

「叔父上はここの学長なんだがな……俺に跡目を譲りたいんだと」

「えええ!?」

　シャーロットはすっとんきょうな声を上げたものの、すぐにキラキラした尊敬の眼差しをハーヴェイへと向ける。

「こんなに大きな学校の学長さんだなんて……すごいです！」

「いやはや、それほどでもありませんよ」

　ハーヴェイはにこやかに答えるが、シャーロットはふと小首をかしげてみせる。

「でも、どうしてアレンさんはお嫌なんですか？　立派なお仕事だと思うんですけど……」

『ふむ、儂(わし)も同感ですな』

　ソファーの背もたれから身を乗り出して、ゴウセツも話に割って入る。

『ここ、アテナ魔法学院といえば、由緒正しい魔法の最高学府でございましょう。そのトップともなれば歴史に名を刻むほどの名誉職。拒絶なされる理由などないように思われるのですが』

「単純な話だ。肩書きにはしがらみが付き物だろう。そんなものに縛られるのはごめんだ」

アレンはぶっきらぼうに言う。

生徒の数は万を下らず、教職員や学外の協力者などを含めれば構成員はかなりの数にのぼる。

そんな組織のトップともなれば大小様々なしがらみに縛られる。政治も腹芸も性に合うものでもない。よってアレンは学長の椅子を蹴ったのだ。

そう説明するとハーヴェイは笑みを深めてみせる。

「何もそんなに結論を急がなくてもいいんですよ。しばらくは私の秘書官として修行を積んでもらって、そのかたわらに教授たちを丸め込めばいいだけの話です。私も尽力しますし、火の粉はできるだけ払います」

そう言ってハーヴェイは身を乗り出し、アレンに右手を差し伸べる。まっすぐこちらを見つめる目には、深い慈しみの色が浮かんでいた。

かつて、幼いアレンを家に連れ帰ると宣言したあの時となんら変わらない眼差しのまま、彼は告げる。

「私の跡を継ぐのは、息子である君しかいない。たとえ血が繋がっていなくとも、それだけははっきり言えます」

「よくもまあそれだけベラベラと建前をほざけるなあ⁉」

アレンはその右手をべしっとはたき落とした。

そのついでに立ち上がり、びしっと養父に人差し指を向ける。

「叔父上の魂胆は読めている！　俺に跡目を押し付けたい、本当の理由は――」

続けかけたそのとき、応接間の扉がガチャッと開かれた。

「こんにちは～」

そうしてひょこっと顔を出すのは、盆にティーポットとカップを載せた少女だった。

ふわふわした桃色の髪をリボンで飾り、着ているワンピースにもふんだんにリボンとレースがあしらわれている。

一見すると十代半ばで、まるで菓子のようにふわふわした少女だ。彼女は大きな盆をテーブルまで運んできて、シャーロットに目を留めてふんわりと笑う。

「あらあら、ほんとに可愛いお嬢さんね～。長旅で疲れたでしょ、ゆっくりしてちょうだいねえ」

「は、はい。ありがとうございます？」

シャーロットは頭の上にハテナマークを浮かべつつ、ぺこりと頭を下げた。

手際良くお茶の準備を進める少女に、ハーヴェイは微笑ましそうに相好を崩す。

「ありがとうございます、リズちゃん。私も手伝いましょうか？」

「大丈夫よ～。こんなに大勢のお客さんが来るなんて久々だから張り切っちゃうわ。はい、

どうぞ。魔物も食べられるクッキーを焼いたから、フェンリルちゃんたちも召し上がってちょうだいね～」

『わーい！　いただきます！』

尻尾を振るルゥの頭を撫でて、少女はハーヴェイの隣にちょこんと座る。

それを不思議そうに見ていたシャーロットだが、何かに思い至ったのかぱっと顔を輝かせる。

「ひょっとして、アレンさんの妹さんですか？　初めまして。私、シャーロットと申します」

「あらあら、妹だなんて嬉しいわあ。ご丁寧にどうも～」

「いや、シャーロット。その方は妹などではなく、おば――――っ!?」

その単語を口にしようとした途端、アレンの顔のすぐ横を鋭い風が切り裂いた。

おそるおそる背後を振り返ってみれば、すぐそこの壁にティースプーンが突き刺さっている。多少の魔法ではびくともしない、魔法素材の壁に、だ。

ゆっくりと首を戻せば、少女は頬に手を当ててふんわりと笑う。

「やだわあ、アレンちゃんったら。三年ぶりだからって、私の呼び方も忘れちゃったわけ？

『叔母上』なんて可愛くない呼び方じゃ、お母さん悲しいわ～」

「……すみません、母上」

「お母様なんですか!?」

がっくりうなだれて絞り出した言葉に、シャーロットが飛び上がる。

ルゥとゴウセツもクッキーを頰張りながらきょとんと目を丸くしていた。

その反応に満足したのか、少女は朗らかに名乗ってみせる。

「リーゼロッテ・クロフォードです。よろしくね～」

「そして私の妻です」

少女にしか見えない妻の肩を抱き寄せて、にっこり笑ってピースするハーヴェイだった。

養父同様、養母もアレンが出会ってから一切老ける気配がない。

陰で『人外夫婦』だの『歩く条例違反』だのと呼ばれているのもやむなしだろう。

ともかく、これこそがハーヴェイがアレンに跡目を継がせたい理由そのものだった。

「叔父上が俺に役職を押し付けたい本当の理由は、おば……母上と四六時中イチャつきたいがためだろう⁉　そんなくだらない動機で息子に要職を譲るな！　バカじゃないのか⁉」

「くだらないとはなんですか！　くだらないとは！」

にこにこしていたハーヴェイだが、途端に気色ばんで席を立った。

ハーヴェイは勢いづいたまま、大仰な身振りを合わせてまくし立てる。

「たしかに学長職は名誉ある職です！　多くの生徒たちを育てるよろこびも、魔法研究のやり甲斐もすばらしいものと言えるでしょう！　ですがそんなもの……リズちゃんに比べたら無価値に等しい！　私はとっととすべてを息子に丸投げして山奥の別荘にでも引っ込んで、妻と日がな一日イチャイチャするだけの毎日を送りたいんですよ！」

「正直過ぎるだろ⁉　俺が言うのもなんだが、息子のことをなんだと思っているんだ！」

「もちろん可愛い息子だと思っていますよ。だからほら、そろそろ新しい妹だか弟だかに会わせてあげたいなー、と」

「やめんか生々しい……！」

お互い摑みかからん勢いでぎゃーぎゃーと騒ぎ立てる親子である。

三年前もこんな感じで口論となり、三日三晩の死闘を繰り広げてしまった。

今回は近くにシャーロットがいるので、お互い魔法を出すことは避けて口論オンリーだ。

そんな仲睦まじい親子を横目に、リーゼロッテは紅茶のカップを傾けながらため息をこぼす。

「ごめんなさいねえ、シャーロットちゃん。うちの家族ったら騒がしくって。びっくりさせちゃったかしら〜」

「い、いえ。仲良しなご家族で羨ましいです！」

「うふふ、ありがとうねえ。でもシャーロットちゃんも、もう私たちの娘みたいなものよ」

リーゼロッテは席を立ち、シャーロットの頭をそっと撫でる。

「あなたもいろいろあったんでしょう？　もうひとりのお母さんができたと思って、甘えてくれたら嬉しいわ〜」

「お母様……」

『ルゥもルゥも！　リズママのクッキーおいしいもん！』

「もちろんあなたもうちの子よ～。いっぱい食べてちょうだいねえ」

ルゥにすり寄られ、ますますにこにこと相好を崩すリーゼロッテだった。見た目こそ幼いものの、アレンとエルーカを育て上げただけあって、内面はしっかり者の母親である。

醜い親子喧嘩と、ほのぼのする女子勢。

そんな対照的な光景を前にしてゴウセツは唸り声を上げた。

『さすがはアレンどののご実家ですな。奇人変人のバーゲンセールとでも申しましょうか』

「いやー、ごめんね。うちのパパとママがはしゃいじゃって」

『おや、エルーカどの。お帰りなさいまし』

帰ってきたエルーカが、応接間の現状を見てため息をこぼす。

そばにはわざわざ運んできたらしい大きな品物が立っていて、白い布がかけられていた。

エルーカは父親をチラ見して、やれやれと肩を竦めてみせる。

「もー、パパったらまたその話？　三年前の大喧嘩で諦めたんじゃなかったの」

「うっ……たしかにあれで私も懲りましたが」

気まずそうに視線をそらすハーヴェイだった。

たしかにあの喧嘩以来、手紙でも学長の話は『気が変わっていたらいいなー』くらいの軽いノリでたまに聞かれるくらいのものだった。

「だったらなんで今頃になってこんなにグイグイ来るんだ」

「実は……最近うちの学校では問題が続出しているんですよ」

ハーヴェイはソファーに腰を落とし、重いため息をこぼしてみせる。

頭を抱えて項垂(うなだ)れるその様はかなり悲壮なもので、相当参っているらしい。

「近頃、一部の生徒らが派閥争いのようなものを行っていましてね。おまけにその中心となっているのが主席クラスの実力者たちで……学院側も手を焼いている始末なんですよ」

「縄張り争いなら、俺がいた時代にもあったじゃないか」

「あの頃はまだ可愛いものです。今は大きいところだと、構成員は百名ほどまで膨れ上がっていますからねえ。そんなのが毎日、島のあちこちで衝突してみてください。さすがに参るってものですよ」

「それはまた物騒な話だな。ひょっとして港で揉めていたのも……」

「ええ、その一員でしょう」

ハーヴェイは投げやりに首肯する。

学校という閉鎖された環境である以上、派閥というものはどうしても生じてくる。

それらがぶつかるなんてことも日常茶飯事だ。

だがしかし、百人単位の規模の集団がしのぎを削るとなると話がかなり変わってくる。

ここの学院の生徒は粒揃いだ。その中でも主席クラスが率いているともなると、学生の小競り合いとはとうてい呼べず、もはやギャングの抗争と言ってもいいだろう。

実際、ハーヴェイがげんなりしつつ並べ立てる事件の数々は、それなりに大規模なものだった。

学院の校舎が丸々一棟半壊したり、海が割れたり、生徒が呼び出したドラゴンたちが空を埋め尽くしたり……などなど。観光客からの苦情もひっきりなしに寄せられているらしい。

そこまで語り終えてからハーヴェイは顔を上げる。

色濃い絶望を貼り付けながら訴えかけることには——。

「おかげで私はその対応に追われ、前にも増してリズちゃんとイチャイチャできていないんです……！　この苦しみが君にわかりますか⁉　わかるはずですよね！　アレンだって念願の初彼女ができたばかりなんですから！　くそう、四六時中恋人とひとつ屋根の下とか、そんなのなんでもやりたい放題じゃないですか！　私にもその時間を分けてほしい……！」

「そんなにぶっ飛ばされたいのか……いや、待てよ」

拳を握りかけたアレンだが、ふと気付いて顎を撫でる。

「学院が荒れていると言ったな。ひょっとしてそれは……シャーロットの妹にも関係する話なのか？」

「な、ナタリアですか？」

「ふむ……勘の良さは相変わらずのようですね」

さっと顔色を変えたシャーロットを見て、ハーヴェイはまた大きなため息をこぼしてみせた。

「アレン、そしてシャーロットさん。きみたちを呼んだのはほかでもありません。ナタリアさんの抱える問題を解決して……この学院を救ってもらいたいのです」

「また急にスケールが大きくなったな……まさかとは思うが、シャーロットの妹がその抗争に巻き込まれているとでも？」

「実際に見てもらった方が早いでしょうね。エルーカ、頼みます」

「はいはーい」

軽く答え、エルーカは持ってきたものから布を取り払う。

そうして現れたのは、金の枠に収められた大きな姿見だった。

しかしその鏡面はただ白いもやのようなものを映し出すばかりで、アレンたちの姿はない。

「これは望郷の鏡と言って、ほかの場所を映し出す魔法具なんですが……」

ハーヴェイが指を鳴らす。

すると鏡面のもやが一瞬にして晴れて、屋外の景色を映し出した。

それを見て、シャーロットがハッと息を呑む。

「ナタリア……！」

そこは開けた庭園の一角だった。

ささやかな風が木々を揺らし、花々があちこちで咲き乱れる。居心地の良さそうな場所だが、人影はたったひとつだけだった。

『……』


噴水の縁に腰掛けて、つまらなさそうに足をぶらつかせるのはひとりの幼い少女。

肩まで伸ばした髪は金。

鋭く細められた双眸から覗くのは真紅の瞳。

アテナ魔法学院の制服と黒ローブをまとったその姿は、アレンが以前シャーロットの夢に潜り込んだときに見たナタリアそのものだった。たしか、齢は七つ。

シャーロットも久々に見るであろうその姿に、言葉も忘れてぽかんとしている。

しばし沈黙が部屋の中を支配するが、不意にアレンはハッとした。


「ちょ、ちょっと待て……こいつらはいったい何だ？」


鏡が映し出す映像。

その端から、何人もの生徒たちが現れ始める。

岩人族や竜人族、獣人に魚人族。人間の姿はひとつもないが、どれもこれもがそれなりに鍛えていることが一目でわかる体格と足運びをしていた。

その数およそ三十名。

それらが例外なくみな俯き加減で、ゆっくりとナタリアのもとまで近付いていくのだ。

これにはさすがのアレンも肝を冷やす。

シャーロットもまた、青い顔でうろたえるばかりだ。

「な、ナタリアが……！　大丈夫でしょうか……!?」

「いやいや、これはまずいだろ！　早く助けに行かないと……！」

そうこうする間に物々しい集団がナタリアを取り囲んでしまう。

その中からひとりの竜人族――人型の種族だが、人よりかなり大柄で全身が鱗で覆われており、鋭い爪と牙を持つ――が前に出て、小さな少女にゆっくりと右手を伸ばす。

明らかに緊迫の現場だ。

だが、焦るアレンたちをよそに、ハーヴェイは呑気（のんき）に片手をパタパタさせる。

「別に大丈夫でしょう。なんだかんだで手加減してあげる優しい子ですし、下手に私たちが手を出しても取り巻きたちの反感を買うだけで……ここは静観あるのみですよ」

「何を悠長なことを……！　もういい！　これは第三研究棟のあたりだな!?　今から俺が――」

止めてくると言って、部屋を飛び出そうとしたそのときだ。

鏡面の中で驚くべき光景が繰り広げられた。

ドゴォッッッッ!!

「…………は？」

耳を聾（ろう）するほどの爆音が響いて鏡を見れば、ナタリアに近付いた竜人族が宙を舞っていた。

身の丈二メートルを下らない巨体が軽々と吹っ飛び、べちっと地面に叩きつけられる様はかなりシュールなものだった。

ほかの者たちがざわざわとどよめいて道を空ける。

そこからゆっくりと歩み出てくるのはナタリアだ。

まるで鬼神がごとき形相で、その身に纏うのはひりつくほどの殺気。

『ふざけないでいただけますか……』

彼女はその手に惣菜パンを握りしめ、声の限りに怒声を上げる。

曰く――。

『わたしが買ってこいと命令したのは……コロッケパンではなくて、焼きそばパンのはずです!!』

鏡を見守る部屋の中に、再び沈黙が訪れた。

「……うん？」

「……えっ？」

アレンとシャーロットは顔を見合わせて、鏡を見て……そしてまた顔を見合わせた。

近頃はいろいろとツッコミどころの多い事件に巻き込まれることが多く、それなりにアレンも場慣れしたつもりでいた。だがしかし、これはさすがに理解が追いつかない。

シャーロットはもちろんのこと、ルゥやゴウセツも目を丸くしてぽかんとしている。

こちらが固まるのもおかまいなしで、鏡の中は一気に騒がしくなった。

ぶっ飛ばされた竜人族がよたよたと起き上がり、その場で地面に額を擦り付けて必死になって謝罪の言葉を口にする。

『す、すんません、親分……！　購買の焼きそばパンは人気商品なもんだから、いつ行っても売り切れなんです……！　だから代わりにと思って……すみませんでしたぁ！』

『そんなことはわたしの知ったことじゃありません！　おまえは使い走りも満足にできないのですか！　まったくどいつもこいつも……その図体は飾りですか！』

『ま、まあまあ親分、どうか怒りをお収めくださいよ』

『そうっすよ、カリカリしてても仕方ないっす』

『ここのコロッケパンもなかなかいけますよ！』

怒号を飛ばすナタリアに、その他の連中が慌ててフォローを入れる。全員敬語で腰が低いし、ぶっ飛ばされた竜人族は依然として地面に額をこすりつけたまま、顔を起こそうともしなかった。

完全に、ボスと舎弟たちの光景である。

「………なんだ、これは」

やはりわけがわからない。

もはやアレンは縋(すが)るような気持ちで、首をゆっくり回してハーヴェイを見やる。

すると養父はゆるゆるとかぶりを振って口を開いた。

「ナタリアさんがこの学院に留学して来たのは、およそ三ヶ月前。それから彼女はここでのびのびと魔法を学びました。その結果……」

ハーヴェイはそこで言葉を切って大きく息を吸い込んだ。

切羽詰まった表情で、アレンの肩をガシッと摑んで叫ぶことには――。

「史上稀に見るスピードでメキメキと腕を上げ、今では学院内でもトップクラスの派閥のボスとして君臨しているんですよ！　もう私たちにも手がつけられなくて……だから、早急になんとかしてください！」

「……帰っていいか？」

いっぱいいっぱいの養父に、アレンはその一言を絞り出すのがやっとだった。

そこで呼び出された本当の理由をようやく把握する。

（これ、単なる問題児の三者面談だな……？）

心配して、かなり損した気がした。

「まったくくだらない。なあ、シャーロット……シャーロット？」

「あ、あわわ……」

シャーロットは真っ青な顔で鏡を凝視していた。

そこでは相変わらず怒声を上げて舎弟どもを叱り飛ばすナタリアが映し出されていて――やがて弾かれたようにアレンにすがりつき、震えた声で叫ぶ。

「どうしましょう、アレンさん！　ナタリアが……ナタリアが、悪い子になっちゃいました！」

「悪い子、かなあ……これは」

アレンはそれに首をかしげることしかできなかった。

悪い子や不良というよりも、どこぞの鬼軍曹と呼んだ方がしっくりくる。

「まあ実際のところ、そこまで悪い子でもないんですが……ほら、見てください」

ハーヴェイがため息交じりに鏡を指し示す。

ちょうど、ぶっ飛ばされた竜人族がよろよろと顔を起こすところだった。

『うう……すみませんでした、親分……次は死ぬ気で確保しますんで……こ、これ、昼飯代の余りです……』

彼は懐から皮袋を取り出して、ナタリアにおずおずと差し出した。

金属がこすれる音がかすかに響き、それなりに中身が入っていることが窺い知れる。

しかしナタリアは鼻を鳴らすだけで一向に手を伸ばそうとはしなかった。

ふんっとそっぽを向いて、ぶっきらぼうな調子で言ってのける。

『それはおまえが取っておきなさい。駄賃です』

『えっ……!? で、でも銀貨三十枚ですよ!? こんな大金いただけませんって!!』

『いいからとっておきなさい！』

慌てふためく竜人族を、ナタリアはぴしゃりと一喝する。

『おまえがアルバイトを多く入れ、実家へ仕送りしていることをわたしが知らないとでも思うのですか。部下を満足に食べさせてやれずして何が親分です。食費を削って家族孝行もいいですが、もっと自分を大事にしなさい』

『お、親分……！　ありがとうございます！　このご恩、一生かけてお返しします！』

『ふん、こんなのはした金です。その程度で恩を感じてもらっては困りますね』

『親分の作るポーションは購買部でも高く買い取ってもらえますしねえ』

『よかったなあ、おまえ。これで一日一キャベツ生活から解放されるじゃねえか』

泣いて頭を下げる竜人族とナタリアを囲んで、舎弟たちはわいわいと騒ぐ。

絵面はかなり異様だが、流れる空気はどこまでもほのぼのとしていた。

「このとおり彼女、人望はあるんですよねえ……」

「血を感じるなあ……」

圧倒的な求心力と魔法の才能。

どうやら妹もまた、シャーロットと同じポテンシャルに恵まれているらしい。

「ナタリア……」

そんな妹の姿をじっと見つめて、シャーロットは言葉を詰まらせる。

やがて目尻に浮かんだ涙を拭って、柔らかな笑みを浮かべてみせた。

「よかった……優しいところは昔とちっとも変わりません」

「うん、安心してもらえたようで何よりですが。君もずいぶん動じない子ですねえ」

「ひょっとしておにいの影響じゃない？」

「うちのアレンちゃんがごめんなさいねえ……」

「なぜ俺を責める空気になるんだ」

家族が揃って冷ややかな目で見つめてくるので、アレンは渋い顔をするしかない。自分でも否定しきれないのが辛いところだった。

そんななか、ルゥやゴウセツは感慨深げに鳴き声を上げる。

『ママの妹すごいねえ。ママとおなじで、変なのに好かれるんだ！』

『うむうむ。ご実家でもあのような傑物だったのでしょうか？』

「いえ……全然違います」

シャーロットは戸惑い気味に首を横に振る。

「大人しくて物静かで……声を荒らげたところなんて、今日初めて見たくらいです。優しいところはそのままですけど、ほかは全然違います」

「なるほどなあ」

アレンは顎を撫で、鏡の中のナタリアを見つめる。

齢七つにしては、その双眸はずいぶん鋭い。

あまりシャーロットの前では言いたくないが……結論を先送りしても仕方ない。アレンはぼそっと予想を口にする。

「実家で猫をかぶっていたか、もしくはグレたかだな」

「まあ、入学当時は大人しいお嬢さんだったようなので……十中八九後者でしょうねえ」

ハーヴェイは軽く相槌を打ってみせた。

「もともとはご実家から使用人が三人ほどついてきていたんです。でもすぐに追い返してしまって……今じゃ実家からの援助はすべてつっぱねて、自分で学費を稼いでいる始末ですよ。まったく立派なお嬢さんです」

「反抗心が窺い知れるなあ……実家には現状を連絡したのか」

「しましたが、なしのつぶてで。向こうも相当ゴタついているようですし、気にかける余裕がないのでしょう」

「これまで蝶よ花よと育てられてきた貴族令嬢が、離島送りにされた上に実家からは放置され……そりゃグレるか」

　アレンとしてはすんなり納得するのだが、シャーロットにとってはそうもいかないだろう。

　また再び暗い顔をして、アレンにそっと問いかける。

「ナタリアがあんなふうに変わってしまったのは……私のせいなんでしょうか？」

「……きっかけのひとつになった可能性はあるだろうな」

　安易に否定しても意味がないとわかっていた。

　だからアレンは苦い顔でかぶりを振るしかない。

　シャーロットは冤罪だ。

　だがしかし、それをナタリアが知っているかどうかは分からない。冤罪だと知っていたとしても、国から逃亡して余計な醜聞を晒した姉のことを憎んでいないとも限らない。

(会わせてやりたいが……今すぐというのは難しいかもしれないな)

判断を誤れば、シャーロットだけでなくナタリアまでをも傷付けてしまう恐れがある。

「とりあえず……叔父上は具体的に何をお望みなんだ」

「できればナタリアさんに、もうすこし落ち着いてもらえると助かりますかね……」

ハーヴェイは疲れたように肩を落とし、ため息交じりにこぼす。

「彼女の才能は素晴らしいものです。ひょっとすると私や君を超えるかもしれない。それなのに今の彼女は無鉄砲もいいところでして……」

苦々しげに口にしたところで、鏡の中が再び騒がしくなる。

『親分！　大変だ！』

『どうしました』

また鏡の端からひとりの鳥人族が現れた。

彼が差し出した書状を受け取って、ナタリアの顔がすこしだけ曇る。

『ふむ……魔法鍛冶クラスからの果たし状ですか』

『ええっ⁉　あいつら魔法武器のエキスパートですぜ！』

『噂じゃこの前、魔法薬学クラスの連中をボッコボコにしたとか……』

『ど、どうするんですか、親分』

『ふっ。そんなの決まっています』

ナタリアはくしゃりと書状を丸めて、ぽいっと投げ捨てる。

その瞬間、紙は紅蓮の炎に呑まれて灰と化した。

風に舞う灰燼を背にして、ナタリアは口角を持ち上げてニヤリと笑う。

『受けて立ちましょう！　このわたしに牙を剝いたこと、必ずや後悔させてやるのです！』

『さ、さすがは親分だぜ！』

『よっしゃあ！　俺たち全員ついていきやす！』

『あれ、でもこの後ってたしか学長の授業があるんじゃ……』

『そんなもの知ったことではありません！　今日もまたボイコットあるのみです！』

『そうだそうだ！　ロリコン学長がなんぼのもんじゃい！』

『そのとおり！　それでは皆のもの……わたしに、続けーー！』

『おーー！』

ナタリアは舎弟たちを引き連れ、凱旋に赴くかのようにして庭園を後にした。

そこでハーヴェイが鏡の映像を消して、盛大なため息をこぼしてみせる。

「実戦を積むのも結構なのですが……もうすこし真面目に授業に出てもらいたいですねえ」

「うちの妹がすみません……」

「本当に問題児の三者面談だな……」

生徒側と指導側は経験済みだが、保護者側は初めての経験だった。

げんなりするアレンに、ハーヴェイはすこしばかり真面目な顔を向けて――。

「それと言っておきますが……私はけっしてロリコンなどではなく、リズちゃんとは同い年の幼馴染み婚ですから。そこはしっかり周知させたいところですね」

「何度も聞いたし、それは心底どうでもいい」

「くっ……聞いてください、リズちゃん！　息子がいつになくつれない！」

「よしよし、かわいそうなハーヴェイくんね～」

夫の背中をぽんぽん叩いて、リーゼロッテは悩ましげに頬に手を当てる。

「でもねえ、アレンちゃん。あの子ったらもう学院に存在していた派閥の三分の一を下しているのよ～。実力は申し分ないんだけど、やっぱり危なっかしいのよねえ」

「まあ、たしかになあ……」

すでに覇者のオーラをまとっているとはいえ、まだ七つの少女だ。

何か不測の事態が起こってもおかしくはない。悪い大人に騙されて、非行の道をひた走ってしまう可能性もなきにしもあらずで――。

「……仕方ない、昔取った杵柄(きねづか)だ」

アレンはかぶりを振ってマントを翻す。

そうして養母に向けてどんっと胸を叩いてみせた。

「問題児の相手なら俺に任せろ。ひとまず、一度ナタリアと話をしてみよう」

「うふふ～。アレンちゃんならそう言ってくれると思ったわあ」

「よし！　その調子で学院に復帰して、私の学長の座も奪ってもらえると――」

「絶対にないから、死ぬまでキビキビと働け」

私利私欲で沸き立つ養父に白い目を向けてから、アレンはシャーロットに向き直る。

シャーロットはナタリアの姿が消えた鏡を見つめていて、その横顔は思い詰めたように強張っていた。ルゥやゴウセツが気遣わしげに見上げていることにも気付いていないらしい。

そんな彼女に、アレンはそっと声をかける。

「なあ、シャーロット」

「へっ……な、なんですか」

「俺はおまえの妹と話をする。それで……おまえはどうする？」

「どう、って……」

シャーロットはさっと目をそらす。彼女の不安がアレンには手に取るようにわかった。だからその不安を、きちんと口に出して確認する。

「率直に言おう。ナタリアがおまえをどう思っているかわからない。恨んでいる可能性だってあるだろう。だから今、直接顔を合わせるのは避けた方がいい。まずは様子を見るべきだ」

「…………はい」

消え入りそうな声でシャーロットはうなずき、そのまま黙って自分の爪先を見つめる。

だが一方で、アレンはニヤリと笑うのだ。

「だが、おまえが望むのなら……正体を隠したまま、妹に会わせてやることは可能だ」

「え」

そこでシャーロットはハッとして顔を上げた。

「そ、そんなことができるんですか？」

「ああ。俺の魔法を使えばな。だがしかし、問題は山積みだぞ」

ナタリアのあの様子だと、正体を隠したシャーロットに辛く当たるかもしれない。

目の前にいるのが姉だと知らないまま、恨み辛みを口にするかもしれない。

「妹に会って、おまえは傷つくかもしれない。それでも……会いたいか？」

「私、は……」

シャーロットはごくりと喉を鳴らす。

深く俯いて息をゆっくりと吸い込んで……顔を上げたとき、その瞳には決意の光が宿っていた。

「私、あの子が物心ついた頃からずっと『ナタリア様』って呼ばされてきたんです。姉らしいことなんて、何度か絵本を読んであげたくらいで……ほかには何ひとつできませんでした。それでもあの子は私のこと、ずっと『姉様』って呼んでくれて……それがあの家で、唯一とも言える素敵な思い出なんです」

シャーロットはぐっと拳を握りしめ、アレンのことをまっすぐ見つめ——。

「恨まれていても、憎まれていてもかまいません。ここで逃げたら私、この先ずっと後悔します。だから……お願いします。アレンさん」

シャーロットは心からの思いを、しっかりと叫んだ。

「私をあの子と……ナタリアと、会わせてください！　ちゃんと妹と向き合ってみたいんです！」

「よし、よく言ったぞ！」

アレンは手を叩き、快哉を叫んだ。

そうしてハーヴェイにびしっと人差し指を向けてみせる。

「叔父上！　シャーロットの身分偽造書類を頼む！　俺の助手として学園へ潜り込ませるぞ！」

「わはははは、おにいったら。それってガチめのイケナイことじゃん！」

「その程度ならお安いご用ですよ。学長権限でちょちょいのちょいです」

「それじゃ、ルゥちゃんたちの同行許可証も手配するわね～」

『わーいわーい！　ママの妹にごあいさつだ！』

『ご心配めされるな、シャーロット様。我らがついておりますからな』

「みなさん……」

かくしてクロフォード家は一気に騒がしくなり、作戦会議が幕を開けた。義両親がシャーロットのことをいたく気に入り、大量のお菓子や料理を出して、アレンとのことを根掘り葉掘り聞こうとして脱線したりもしたものの——作戦決行は次の日と相成った。

どうやらナタリアたちはあの庭園をたまり場にしているようだった。

たった三ヶ月余りでめざましい成長を遂げた天才の名は学内でも有名で、積極的に関わろうとするのは舎弟たちか、彼女の活躍を快く思わないその他の派閥たち……それくらいのものだ。

「よう、邪魔するぞ」

「っ……!?」

だから突然現れたアレンたちを見て、一同はハッと口をつぐんでみせた。

先ほどまでナタリアを囲んで和やかに談笑していたが、全員が全員鋭い目をしてこちらを睨む。大勢の殺気が向けられて、背後のシャーロットは小さく息を呑んだ。

だがしかしアレンは飄々と笑うだけである。

噴水の縁に腰掛けたナタリアを見やって、横柄な調子でたずねてみる。

「そこの幼女。おまえがナタリアで間違いないな?」

「……何者ですか」

棒付きフランクフルトをかじりつつ、ナタリアは低い声で唸った。

警戒心を隠そうともしない。アレンのことをじっと値踏みするような目で見つめてくる。

目の前にいるのが果たして敵であるのかどうか、冷静に判断しようとしているようだった。

それればかりではなく、迎撃の準備も万全だ。

さりげなく周囲の味方の位置を確認し、いつでも飛び出せるように重心をほんのわずか前に移してみせる。くぐり抜けてきた死線の数がしのばれた。

（これで魔法を学び始めてまだ三ヶ月か……末恐ろしい才能だなあ）

公爵家の令嬢として普通に暮らしていたら、おそらく一生開花することはなかっただろう。

それが幸か不幸かは置いておくとして、アレンはわざとらしい笑みを浮かべて名乗る。

「ひとまず自己紹介といこう。俺の名はアレン・クロフォード。臨時の雇われ講師だ」

「クロフォード……？　まさか、学長の縁者ですか」

「あっ！　親分、こいつあれですよ！　魔法学院の大魔王！」

舎弟のひとりがアレンに人差し指を向けて叫び、ほかの面々に動揺が走る。

「大魔王って……第四実験棟を木っ端みじんに爆破したっていう、あの大魔王か⁉」

「首席卒業者でも踏破に三時間はかかる学院ダンジョンを、五分程度でクリアするって聞いたぞ……」

「楯突く生徒百人を一度にボコして、さらに教授会の三割をボコボコにして、学長も半殺しにして高飛びしたって聞いたのに……そんな化け物が帰ってきたっていうのかよ⁉」

「ふっ……そう褒めるな。照れるじゃないか」

慣れ親しんだ異名を呼ばれ、アレンはその畏怖（いふ）の響きに酔いしれる。ミアハが親しみを込めて呼ぶような『魔王さん』とはやはり別物だ。

「みなさん、褒めていらっしゃるわけではないと思います……」

背後のシャーロットがこそこそとツッコミを入れた。

それにナタリアが目をすがめる。

「大魔王はわかりましたが……そちらの人は？」

「ああ、俺の助手で……ほら、名乗るといい」

「あっ……は、はい」

シャーロットはぎこちない様子でアレンの前に出てくる。

いつもの服装にいつもの髪型。違うところといえば、野暮ったいフレームの眼鏡をかけているだけだ。変装とも呼べない変装のまま、シャーロットは緊張でガチガチになりながらも、妹にぺこりと頭を下げて名乗ってみせた。

「しゃ、シャロ……と申します。よろしくお願いいたします」

「シャロ、ですか……」

ナタリアは何か引っかかりを覚えたようにその名前を口にする。しかし、反応といえばそれだけだった。すぐにまたアレンへと鋭い視線を向けてみせる。

「それで、その大魔王と助手がわたしに何の用ですか」

「簡単な話だ。学院長よりじきじきに、問題児の指導を依頼された。ま、専属の教師だと思ってくれればいい。よろしく頼むぞ」

「ちっ……余計なことを。知ったことではありませんね」

アレンが左手を差し伸べるものの、ナタリアは舌打ちするだけだった。

手早くフランクフルトを食べきって腰を上げる。

「専属教師など不要です。わたしに構わないでください。行きますよ、おまえたち」

「は、はい！　親分！」

そうしてナタリアは舎弟たちを率いて庭園を後にした。

残されたアレンは肩をすくめるだけである。

「ファーストコンタクトならまずまずの成果だろうな。おまえはどう思う、シャーロット……って、シャーロット!?」

「あ、あうう……」

シャーロットは立ち尽くしたまま、ぼろぼろと涙を流していた。

ぎょっとするアレンの服に縋り付いて、しゃくり上げながらこぼすことには――。

「ほ、ほんとにナタリアとお話できちゃいました……！　私、私……勇気を出して、よかったですぅ……！」

「今のを会話に数えていいのか!?」

アレンはそこそこ言葉を交わしたが、シャーロットは偽名を名乗っただけだ。あれで号泣されても、こちらとしては反応に困るしかない。そこで、万が一に備えて隠れていたゴウセツとルゥが茂みの中から顔を出し、ジト目を向けてくる。

『あー、アレンがママのこと泣かしてるー。いけないんだー』

『これは制裁が必要でございますなあ』

「お前たちは経緯を見ていたはずだろう⁉　煽るな！」

そちらに一喝しつつ、アレンはシャーロットをおろおろとなだめる。

「落ち着け、シャーロット。その調子でこれからどうするんだ」

「こ、これから……⁉　これ以上にすごいことが起こるっていうんですか……⁉」

「そりゃあるだろ……」

今後ナタリアとの関係が無事に修復され、仲良し姉妹になれたふたりの姿を想像する。

そうして、思い浮かぶままの展開を口にするのだが――。

「単に会話するだけじゃなく、一緒に食卓を囲んだり、同じベッドで寝たり、あちこち遊びに行ったりしても……って、シャーロット⁉　こんな場所で意識を手放すんじゃないシャーロット！」

「きゅうう……」

『今日のママ、いつもよりテンションへんだねー』

『妹君に再会されて感極まっていらっしゃるようですなあ』

微笑ましそうに見守るゴウセツをよそに、アレンは倒れたシャーロットを必死になって介抱するはめになった。やがて落ち着いたシャーロットは、泣きはらした目をこすりながら眼鏡を外す。

「でも、ほんとに気付かれませんでしたね……魔法の眼鏡、すごいです」

「まあ、急ごしらえにしては上手くいったな」

どこからどう見てもありふれた眼鏡だが、アレンの魔法がかかっているため、シャーロットの姿を別人のものに見せかける効果がある。声も当然違ったふうに聞こえるはずだ。

前回の初デートのときに、ルゥやゴウセツの姿を隠した魔法の応用である。

そんなふうにざっくり説明すると、シャーロットは感慨深げにため息をこぼす。

「魔法ってやっぱりすごいんですねえ……私もたくさん練習したら、こんな魔法が使えるようになるんでしょうか」

「なに、この程度ならじきにマスターできるだろう。ちょうどいい機会だし、この島にいる間に基礎から学べばいいだろう」

「はい！　お勉強したいです！」

シャーロットはにこにこと意気込みを語る。

その隣で、ゴウセツは苦々しげなため息をこぼすのだ。

『ですが、問題はナタリアどのですぞ。あの警戒心を解くのは難しいでしょうな』

『ぴりぴりしてたもんねー。ほんとに話なんかできるの？』

「まずはじっくり距離を詰めるしかあるまい。気長にやっていこうじゃないか、なあ。シャーロット」

「は、はい。私も次は泣かないように、頑張ります！」

「失神も無しだからな」

「……善処します！」

シャーロットはぐっと胸の前でこぶしを作ってみせた。

こうして学院潜入任務の一日目は、顔見せだけで終了した。


そして次の日だ。

アレンとシャーロットは大講堂へともぐり込んだ。

「よう、ナタリア。今日は授業に出ているんだな」

「ちっ……昨日の今日でもう来ましたか」

後方の席に座って講義を聴いていたナタリアに話しかけると、心底嫌そうなしかめっ面が返ってきた。アレンはおかまいなしでその隣に座る。シャーロットもおずおずと腰掛けた。

周囲にはもちろんあの舎弟たちの姿もある。しかし彼らはこちらを一瞥するだけで、明確な敵意を向けてくる者は誰もいない。むしろ意識して無視しようと努めているようにも見えた。

アレンは顎を撫でて唸る。

「ふむ、手出し無用と命令したな？」

「当然でしょう。あなたの目的はわたしのようですから」

ナタリアは目をすがめて、疲れたようなため息をこぼす。

「あなたのことは調べましたよ、クロフォード家の大魔王。相当な逸話をいくつも残しているようですね。そんなものに喧嘩を売っても百害あって一理なし。ここは大人しく、敵の出方を静観あるのみと説いたのです。それに、火の粉を被るのはわたし一人で十分ですから」

「おまえ本当に七歳か……？」

上に立つ者としての貫禄がすごい。

そんな話をしている間にも、講堂の授業は粛々と進んでいた。

教卓に立つのは、腰の曲がった老教授だ。

黒板に複雑な数式をこれでもかと書き連ね、専門用語を連発しながら解説していく。

講堂はかなり埋まっているものの、誰も彼もがノートを取るだけで精一杯らしく、きちんと内容を理解できている者はそう多くなさそうだった。

黒板の内容をざっと見て、アレンは懐かしさを覚える。

大昔、自分も学んだ内容だったからだ。

「五大魔元素応用学か。理解できるのか？」

「むしろ退屈で仕方がありません。この程度なら本を読めば済む話です」

ナタリアは肩をすくめて、黒板をざっと見る。

そうしてがたっと立ち上がったかと思えば、朗々とよく通る声を上げた。

「教授、今お書きの数式は間違いです。その条件下で雷撃魔法を使ったとすると、もっと威力が上がるはずです」

「……おっと、たしかにそうじゃな。すまんのう、年を取ると注意力が散漫になるもので……」

教授は苦笑しながらも、ナタリアに指摘されたとおりに数式を直していった。

おかげであちこちから感嘆の声が上がる。

神童といった単語もちらほら聞こえるが、ナタリアは意にも介さず腰を落とした。

アレンはひゅうと口笛を吹いてみせる。

「ほう。なかなかやるじゃないか」

「あなたに褒められたところで、嬉しくもなんともありません」

ぷいっとそっぽを向くナタリアだ。

隣り合って座ってはいるものの、その心理的な断絶は計り知れない。

（ふむ。優秀なのはなによりだが、道のりは遠そうだなあ……）

ナタリアを更生させるのがアレンの任務だが、最終的な目標はシャーロットを引き合わせることだ。そのためにも、まずは話をすることが大事だ。しかし今のこの調子では、いつになったら第一段階をクリアできるかもわからない。

（うーむ……何かきっかけがあればいいんだが……）

現役教師時代、生意気な生徒がいた場合にはボコ……力の差を示してから話をした。

そうすると相手はひどく素直に口を開いてくれたものだが、今回その手は使えない。後々の禍根になるようなことは避けたかった。

ゆえに、地道に距離を詰めていくしかない。その具体的な隙が今のところまったく見当たらなかった。さて、どうするか……と悩んでいた、そんな折だ。

「す、すごいです……私には何が何だかちんぷんかんぷんです」

それまで静かに見守っていたシャーロットがぽつりとこぼした。

妹に注ぐのは素直な尊敬の眼差しである。

だがしかし、ナタリアは怪訝そうに眉を寄せた。

「はあ？　大魔王の助手ともあろう者が、この程度のこともわからないのですか」

「あ、あうっ……」

シャーロットは口ごもる。

妹から辛辣な言葉をもらったからではなく『話しかけられて感極まっている』のだとアレンは瞬時に見抜いた。しかしシャーロットはそれをぐっと堪えて、ぎこちない笑みを浮かべてみせる。

「す、すみません。実は私、最近魔法を勉強し始めたばっかりなので……」

「そうなんですか？」

ナタリアは意外そうに目を丸くした。

そこでほんのすこしだけ、彼女がその身にまとう刺々しいオーラがなりを潜めたのを、アレンは見逃さなかった。

（ほう……？）

すこしばかり考え込んで、攻めてみることを決めた。

アレンはシャーロットの肩をぽんっと叩いて告げる。

「うちの助手はまだ駆け出しでな。今回の任務ついでに、魔法を一から勉強させようと思っているんだ。なあ、シャロ」

「は、はい。未熟者ですが、どうかよろしくお願いします」

「はあ……」

ぺこぺこと頭を下げるシャーロットに、ナタリアは生返事をするばかり。

アレンのことは警戒すべき対象だと認定したようだが、見るからに無害なシャーロットのことはどう判断すればいいのか考えあぐねているようだった。

そんな妹に、シャーロットは勇気を出すようにしておずおずと話しかける。

「でもナタリア……さんはすごいですねえ。やっぱり、いっぱいお勉強されたんですか？」

「こ、この程度はどうということもありません。基礎の基礎です」

「それでもすごいです。この講堂にだってたくさん大人の方がいらっしゃるのに、そんなところに交ざって勉強するなんて……本当に尊敬します！」

「ここは年齢など関係なく、実力主義の学び舎ですから……」

ナタリアはごにょごにょと言葉を濁して顔を背ける。

セリフはつれないものだが、刺はもう九割がた抜け落ちてしまったようだった。

そこにアレンはニヤリと笑ってとどめを刺す。

「ちょうどいいじゃないか、シャロ。そこの神童どのに魔法のいろはについて教えを請うといい」

「はあ？　なんでわたしが……」

「そ、そうですよ。アレンさん。お勉強の邪魔をしては申し訳ないです」

ムッとしたように顔をしかめるナタリアに、シャーロットが慌ててフォローを入れる。

しかしおずおずと両手の指をすり合わせて――。

「で、でも、もしもお暇があったのなら……すこしでも教えていただけたら……その」

ぐっと気合いを入れて宣言する。

「私、嬉しすぎて、気絶しちゃうかもしれません！」

「なんでそこまで……？」

「あっ、大丈夫です。頑張って我慢しますから！」

「本当になぜですか……？」

ナタリアは困惑を隠そうともせずにシャーロットをじーっと見つめる。

しかしそれが本気だとわかったのだろう。やがてそっと目をそらし、ぽつりと言う。

「……このあとはほかのクラスとの決闘試合がありますので。今の講義中ならかまいませんよ」

「ほ、本当ですか!?」

シャーロットはその言葉を聞いてぱっと花が咲いたように笑う。

それに、ナタリアもほんのわずかだが相好を崩してみせた。

「ですがすこしだけですよ。ほら、大魔王は邪魔です。おどきなさい」

「わかったわかった」

しっしと追い払われるままに席を譲れば、姉妹の講義が幕を開けた。

ナタリアはノートを広げ、図を書いて説明を始める。

「いいですか、五大魔元素というのはですね――それで先ほど話に上がった雷撃魔法は――」

「は、はい」

それに真剣に耳を傾けながらも、シャーロットは妹の顔をちらちらと盗み見る。

ずっと会いたいと願ってきた妹がこんなにすぐそばにいるのだ。

胸いっぱいの思いが、後ろで見ているアレンにも伝わってくる。

（おお、いい感じに距離が縮まったじゃないか。女性が相手だからか？）

子供の警戒心を解くには、やはり女性が適任だ。

だがしかしアレンにはもっとほかの理由があるように思えてならなかった。

（もしくは、姉に重ねているのか……どちらだろうなあ）

アレンは顎を撫でつつ、仲睦まじく授業をする姉妹の後ろ姿をじっと見守った。

ここアテナ魔法学院は広大で、学内施設もかなり多い。

中でも学生用の食堂は島のあちこちに存在していた。特定種族用のみが食べるような料理を出す専門店、すこし背伸びした高級レストランなどなど。

とはいえ一番人気なのは安くたくさん食べられる食堂だった。

銀貨一枚あれば満腹になれる価格設定で学生の味方である。

広々とした店内には多くの学生がテーブルを囲んでいて、ナタリア一行もそこにいた。

もちろんアレンたちも無理やり同行した。最初は不服そうに睨むだけだった面々だが、今はまったく違った反応を見せていた。

「「「うわあ……」」」

舎弟たちは日替わり定食にも手をつけず、口を半開きにして呻き声を上げる。

誰も彼もが真っ青な顔で、じっとシャーロットのことを見つめていた。当人は注目を浴びていることにも気付かず、ルゥとゴウセツの食事をにこにこと見守るだけである。

「おいしいですか、ルゥちゃん。ゴウセツさん」

『うん！　ここって魔物用のごはんもあるんだねー』

『昔以上にメニューが洗練されておりますな。調理人のたゆまぬ努力が感じられます』

「あれ、ゴウセツさん、ここに来たことがあるんですか？」

『はい。その昔、物見遊山がてら人に化けて。あの当時はもうすこし規模の小さな学院でしたが、活気は今と変わりませんなぁ』

『おばあちゃん、ほんとに人生経験豊富だねー』

魔物用定食を上機嫌でぱくつく二匹。

そちらと談笑しながら、学生定食をゆっくり食べ進めるシャーロット。

アレンにとっては日常風景だが、ほかの者たちにはそういうわけにもいかない。

舎弟たちはもちろんのこと、ナタリアも自分のトレーを持って立ち尽くしたまま、わなわなと震えるばかりだった。

「じ、地獄カピバラにフェンリルの子供⁉　あなたいったい何者ですか……！」

「へっ？」

シャーロットはきょとんと目を丸くする。

言われて初めて注目されていることに気付いたらしい。ちなみにナタリア一行だけでなく、その他の生徒たちもこちらを遠巻きにしてヒソヒソしていた。

混み合った店内で、その一角だけ妙に空間ができていたほどだ。

シャーロットは不思議そうに首をかしげつつ、隣のアレンに声をかけてくる。

「よく言われますけど……そんなにすごいことなんですか？」

「まあ、フェンリルは稀少種魔物の中でも有名だからな」

大盛りラーメンと半チャーハンのセットに舌鼓を打ちながら、アレンは言う。

ラーメンの具は少ないし全体的に脂っこいが、やけにクセになる味付けである。ずるずるすりながら、シャーロットのために講義を開く。

「フェンリルを従えている魔物使いは、世界中でもごくわずかだ。おまけにルゥのような銀の毛並みは特別稀少でな、品評会に出ればあっさり伝説を築けるだろうよ」

『ふふん、ルゥはすごいんだぞー！』

『ふぉっふぉっ、五百年ほど前の聖女がフェンリルと心を通わせた逸話は、今でも吟遊詩人の鉄板ですからな。大衆人気も高いのですよ。一方で、儂などただの齧歯類でございますとも』

「そいつは基本温厚な生き物だが、ちょっとしたきっかけで暴れ馬と化す厄介者だ」

「とてもよく存じ上げています……」

先日の誘拐事件は記憶に新しいのか、シャーロットは神妙な顔でうなずいてみせる。

一般人にとっては動物園によくいる間抜けな顔のマスコットだが、多少魔法を学んだ者にとっては眠れる獅子にしか映らない。

そしてフェンリルと地獄カピバラ、どちらも従えている魔物使いなど、アレンもほかに聞いたことがなかった。ナタリアはシャーロットの正面に座り、呆れたように嘆息する。

「魔物使いとして、もう十分大成しているじゃないですか……魔法を学ぶ意味などあるのですか？」

「でもそれは私じゃなくて、ルゥちゃんとゴウセツさんがすごいだけですから」

シャーロットは頬をかいて苦笑する。

「私はこれまでずっと、アレンさんたちに守られてばっかりでした。でも、それじゃダメだと思って……どんなものにも立ち向かえるように、強くなろうって決めたんです」

「立ち向かうため……ですか」

ナタリアはその言葉を口にして、ほんのすこしだけ表情を硬くした。

そんな妹に、シャーロットは明るく笑ってぐっと拳を握ってみせた。

「だから、さっきの授業で教えていただいた雷の魔法も、ちゃんと練習しますね！　使いこなせるように頑張ります！」

「まあ、あれはすこし難易度の高い魔法ですので……わからなければ、また聞いてくれてもかまいませんよ」

「本当ですか!?　ありがとうございます、ナタリアさん！」

「……別に。弱者に施すのは強者の務めですから」

ナタリアはそっぽを向きつつも、その頬はほんのすこしだけ赤く染まっていた。

姉妹の距離は瞬く間に縮まっているようだ。思った以上の手応えに、アレンはニヤリと笑う。

「よかったじゃないか、シャロ。いい先生が見つかって。あの呪文は敵の動きを止めるタイプのものだからな、非力な女性が習得すれば百人力だろう」

『それじゃ、アレンがバカやったときに使えるじゃん。よかったねえ、ママ』

「し、しませんよ、そんなこと……あら？」

シャーロットは苦笑しつつ、ふとナタリアの食事に目を留める。

「それよりナタリアさん……今日のご飯はそれだけですか？」

「はい？　十分な量でしょう」

ハンバーガーにフライドポテト、それにオレンジジュースという取り合わせだ。

焼きそばパンやフランクフルトといい、やたらとジャンキーな食事を好む幼女である。

良家の娘ゆえ、こうした庶民の味には触れてこなかっただろうし、ここに来てハマったのかもしれない。

しかしシャーロットは目をつり上げてみせるのだ。

「お野菜も食べなきゃダメですよ！　私、サラダか何かを頼んできます！」

「えっ、い、いいですよ別に……」

『では、儂が随伴いたしましょうか？』

「大丈夫ですよ、すぐそこです。ちょっと行ってきますね！」

「おう、気を付けてな」

「ええ……」

意気込んで注文カウンターへと向かったシャーロットのことを、ナタリアは戸惑いながらも見送った。フライドポテトをちまちま摘まみつつ、首を傾げて唸る。

「本当に変な人ですね……どうしてあそこまでわたしにこだわるのでしょう。仕事だから、といった雰囲気でもないですし」

「あー、故郷の妹がちょうどおまえと同じ年頃らしい。重ねているんじゃないのか？」

「……なるほど。納得です」

嘘は言っていないが、真実でもない。

アレンの曖昧な言葉に、ナタリアは小さくうなずいてみせた。

シャーロットもシャーロットで、お姉さんらしいことができるのが嬉しいのだろう。

そんな会話を繰り広げるふたりを横目に、すこし慣れたらしい舎弟たちが、おそるおそるといった様子でルゥたちに話しかける。どうやら魔物言語ができる者が何名かいるらしい。

「え、えっと、『こんにちは』……？」

『こーんにーちはー！』

『うむうむ、苦しゅうないですぞ。挨拶のできる若者は好ましいものですな』

「なんて言ってるんだ？」

「フェンリルの方は聞き取れるけど、地獄カピバラは俺もよくわからねえ……めちゃくちゃ古い公用魔物言語だ、これ。下手したら千年くらい前の……」

「この地獄カピバラ、何歳なんだよ……」

一部は戦々恐々としながらも、和やかな会食の空気が生まれた。

そんななか、ナタリアはラーメンをすするアレンをジト目で見ていたが、やがて小さくため息をこぼしてみせる。

「ちょうどいいでしょう。シャロさんもいないことですし、あなたにすこし聞きたいことがあります」

「なんだ？」

「あなたはわたしの実家……エヴァンズ家からの依頼を受けて、送られてきた者なのですか」

「違う」

アレンはきっぱりと否定した。

するとナタリアは「でしょうね」と肩をすくめてみせる。

「うちの実家が今さらわたしに何か干渉するとも思えませんし、手を打つなら打つで、もっと真っ当で面白みのない教師を寄越すことでしょう。一応確認してみたまでです」

「信じてもらえて光栄だ。ちなみに、実家の息がかかった者だとわかったら、どうしていた？」

「追い返します。当然でしょう」

ナタリアはハンバーガーにかじりつきながら、淡々と言う。

口の周りがソースで汚れても気にしないワイルドな食べ方だった。

「あの家の縁者など虫唾が走る。精神衛生のためにも、害虫は排除しないと」

「害虫かあ……よほど実家が嫌いのようだな」

「ええ。同じ血が流れていると思うだけで寒気がします」

ナタリアはソースまみれの口の端に、薄い笑みを浮かべてみせる。

「うちは典型的な名ばかり貴族ですから。父は家を存続させることにしか興味がなく、母は母でわたしという後継を産んだだけで大きな顔をしているような、くだらない女です。使用人たちも木偶の坊ばかり。本当にろくでもない家ですよ」

「い、言うなあ……」

「もちろんわたしには言う権利がありますから。あの女、わたしを抱き上げたことはおろか、絵本を読んだことすら一度もないのですよ。すべて乳母任せ。あれの何が母親なのか」

ナタリアの言葉は辛辣そのものだが、悲痛な響きはまるでない。

その後もねちねちと実家の嫌味を肴にして、ジャンクフードをむさぼり続ける。

(ふむ、積年の恨みがここに来て爆発したようだな)

これまで蝶よ花よと育てられてきたのに、突然離島送りにされた。だからグレたのだと思っていたが……どうやら長年の間、実家への憤懣を持て余してきたらしい。

昨日今日会ったアレンに吐露するほどだ。よほど腹に据えかねていたのだろう。

「ひょっとして、おまえがそこまで熱心に魔法を学んだのも……実家と決別するためか？」

「……それもありますね。魔法があれば、大抵のことはこの世でどうとでもなりますから」

すこしだけ言い淀んでから、ナタリアはそう断言した。

ただの反抗期というより、ここまで来るともはや『決断』だ。生半可なものではない。

(ならば……シャーロットのことはどう思っているんだ？)

父、母、そして使用人たち。

ナタリアが悪し様に語るのはそれだけだ。待てど暮らせど、姉の名前が出てくる気配はない。

だからアレンは鎌をかけてみることにした。

ナタリアの恨み言にうんうんうなずいて相槌を打ち、タイミングを見計らって口にする。

「まあ、おまえもいろいろ大変だったようだしなあ。新聞で読んだぞ、おまえの姉が起こした騒動を。たしか名前はシャ――」

そこでアレンはハッと口をつぐむ。

そうせざるを得なかった。

ナタリアが食べる手を止め、じっとこちらを見つめていたのだ。

その真紅の瞳に宿るのは、身も凍るほどの冷たい炎。アレンすら言葉を失うほどの、純然たる殺気を放ちながら、ナタリアは簡潔に告げた。

「その名前を、二度とわたしの前で口にするな。不愉快です」

「……了解した」

アレンは両手を上げて、ひとまず従うポーズを取ってみせた。

舎弟たちと談笑していたゴウセツが、こちらをチラ見してテレパシー思念話を飛ばす。

(シャーロット様がいらっしゃらないタイミングで幸いでしたな。よほど思うところがあるご様子で)

（とはいえ、その『思うところ』の正体が問題だろう）

父母に抱くものと同種の恨みなのか、はたまた別の感情なのか。

そこを見極めるまでは、やはりシャーロットと直接会わせることは避けた方が良さそうだ。

ナタリアはそこで完全に口を閉ざし、残ったフライドポテトを黙々とつまむ。すこしばかり縮まりかけた距離が、また開いたのを如実に感じた。

（これはやっぱり前途多難だなぁ）

のびたラーメンをすすりつつ、アレンは心中でぼやく。

ちょうどそんな折だった。自分たちのいるテーブルに、招かれざる客人たちが近付いてきたのは。

「おやおや、そこにいるのはナタリアくんじゃないか」

「む？」

キザったらしい声に振り向けば、そこには青い髪の少年が立っていた。

年の頃は十歳前後。

ただし、その整った相貌に浮かべるのは、年の割にはニヒルな笑みだ。

背後に控えるのは大柄な人間の生徒、十名余り。見るもわかりやすいお山の大将である。

「ほう、おまえの学友か。舎弟以外にも友達がいるんだな」

「やめてください、気色悪い。こんなの友でもなんでもありません」

アレンの軽口に、ナタリアはひどく顔をしかめてみせた。

そのままのしかめっ面で少年を睥睨(へいげい)する。

「なんの用ですか、クリス」

「いやなに、すこし挨拶をと思っただけさ」

クリスと呼ばれた少年はわざとらしくかぶりを振って、乱雑な拍手を送る。

「先日、鍛冶クラスの連中を下したみたいだな。まずはおめでとう。あいつらもなかなかやる方だが、さすがはナタリアくんだな」

「ふん、当然です。あの程度の連中、わたしの足元にも及びません」

「それでこそ僕のライバルだ。だが……」

クリスはそこで言葉を切って、ナタリアのことを鋭い目でじっと睨みつける。

「くれぐれもいい気になるなよ。おまえの天下はもうじき終わる。この僕が、引導を渡してやるんだからな」

「はっ。雑魚はよく吠えるものですねえ」

「吠える、か……それは君の配下たちではないのかな。今日も獣臭くてかなわん」

「ああ……？」

「てめえ、言わせておけば――」

「おまえたち、およしなさい。こんな下っ端を相手にすると己の品格を下げますよ」

「なんだと……？」

気色ばむ舎弟たちを制し、ナタリアは少年を真っ向から睨み返す。

少年少女、そして取り巻きたちの間に熾烈な火花が散り、重苦しい空気が満ちた。

しかしその中で、アレンは平然と麺をすする音を響かせる。

(ああ、なるほど。ライバルポジションというやつか)

彼も年若いなりに優秀そうだ。さぞかし神童として持てはやされたことだろう。それがある日突然現れたナタリアに三ヶ月足らずで首位を奪われたのだから、当然面白くないはず。

やがて睨み合いに飽きたようにナタリアがかぶりを振る。

「悪いですが、今は食事の最中です。また決闘がしたいのでしたら、アポを取ること。社会の常識ですよ」

「ちっ……澄ました女め。行くぞ、おまえたち」

クリスは舌打ちを残し、手下どもを率いて踵(きびす)を返す。

空気は最悪だが、アレンはチャーハンの最後の一粒にいたるまでしっかり完食していた。

(いやあ、青春だなあ。俺も昔はあんな感じだった)

自分もその昔、こんなふうにしていろいろな生徒に因縁を吹っかけられたものである。

そしてどれもこれも容赦なく叩き潰してきた。

(まあ俺には舎弟など皆無だったが……うん。そう考えるとナタリアの方が健全なのでは？)

ほのぼのした感想を抱いていたものの――。

「きゃっ……!?」

「っ……!」

小さな悲鳴が聞こえた瞬間、アレンは弾かれたように顔を上げる。

見ればシャーロットが床に腰を落として目を丸くしていた。

どうやらクリスの配下のひとりとぶつかったらしい。その足元には運んできたらしいお盆とサラダが、無残にも散らばってしまっていた。

シャーロットは慌ててそれを片付けようとするのだが――。

「あう……す、すみません！　すぐに片付けます……！」

「ちっ、ぼさっと歩いてんじゃねえよ」

ぶつかったらしい手下その一は、シャーロットを気遣うこともなく顔をしかめて高圧的に言う。

「坊ちゃんの邪魔だ。早くそこをど――」

「この、不届き者があああああッッ!!」

「へぶぼほぉっ!?」

怒声が轟くと同時、手下その一が綺麗な放物線を描いて吹き飛んだ。

アレンではない。

ナタリアが予備動作なしの綺麗な飛び膝蹴りを放ったのだ。使用したのは身体強化というシンプルな魔法。だがしかしその手際の良さには、アレンでさえも舌を巻くほどだった。

一撃で昏倒した手下を見て、クリスたち一同は気色ばむ。

「お、おまえ……！　僕の配下をよくもやってくれたな⁉」

「かわりに躾をしてあげたのです。感謝してほしいくらいですね」

ナタリアはゆらりと立ち上がり、クリスのことをジロリと睨む。

先ほど相手をあしらっていた冷静さは完全に失われていた。怒髪天を突くとはまさにこのことだろう。ナタリアは牙を剝いて言い放つ。

「女性に手を出すなど言語道断！　アポイントなどもう結構！　今すぐこの場で――」

「こらこら、ナタリア」

そんな彼女の背後に歩み寄り、アレンはその肩をぽんっと叩いた。

姉だと勘付いたのかと思ったが……単に女性が虐げられていることに我慢がならなかったらしい。その正義感は買うが、これは少々いただけない。

アレンは苦笑を浮かべながら、あたりの様子を示してみせる。

周囲には、こちらを遠巻きに見守る多くの生徒の姿があった。

「きちんと周りを見るといい。ここは食堂だぞ。ほかの生徒も大勢いる。そんな場所で無計画な乱闘を起こすなど、とうてい褒められたものではないな」

「はあ⁉　シャロさんはあなたの助手でしょう！　彼女が傷つけられて黙っているというのですか！」

「あはは。面白いことを言うじゃないか、おまえ」

吠えるナタリアに向けて、アレンはにこやかに笑う。

最近聞いた中ではトップクラスに愉快なジョークだった。

すっと笑みを取り払い、ぼそっと低音を絞り出す。

「誰がこいつらを許すと言った？」

「へ」

ナタリアがかすかに目をみはると同時、アレンは指をひとつ鳴らした。

青白い光が床を駆け抜けて、天井まで届く光の壁があっという間に築かれる。壁によって四角く区切られた空間の中に閉じ込められるのは、アレンたちとクリス一行だけだ。

「なっ……！　結界⁉　一瞬でこの規模を覆うだと⁉」

「落ち着け！　この手の結界の弱点は明白だ！　術者を叩け！」

「りょ、了解！」

うろたえる配下たちに、クリスが檄(げき)を飛ばす。すぐにそのうちの三人が呪文を唱え、得物を抜いて飛び出してきた。体運びや呪文詠唱の正確さは、そこらのゴロツキとは一線を画するものだ。

だがしかし、アレンから言わせれば学生のおままごとだった。

「いいか、ナタリア。喧嘩に大事なことには三つある」

ぽかんと目を丸くするナタリアに、アレンは淡々と語りかける。

「敵の退路を断つこと。ただのひとりも討ち漏らさないこと。そしてもっとも大事なことは……！」

「ぎゃっ⁉」

「びゅっ⁉」

「ぎょぼ⁉」

向かってきた三名の攻撃を肘や掌底で軽く受け流し、すれ違いざまに手足を魔法の氷で拘束。そのまま流れるような所作でぶん殴って床へと沈めた。

先日、養父であるハーヴェイが港で騒ぐ生徒たちを鎮めたときのように、魔法一発で完全に動きを封じることももちろんできる。

それをせず最低限の拘束にとどめてぶん殴ったのは……単に物理制裁を加えたかっただけである。こちらの方が悲鳴も上がるし派手でいい。

目論見通り、味方三名が無様に昏倒してクリス一行にさらなる動揺が走った。

アレンは口の端を限界まで吊り上げて、獣のような笑みを浮かべてみせる。

「喧嘩においてもっとも大事なこと。それは……二度と立ち向かう気が起こらなくなるように、徹底的に相手の心を折ることだ！　何よりその方がスッキリできるしなあ‼」

「ふっ……何を言うかと思えば」

ナタリアはくすりと上品に笑う。

しかし次の瞬間、その笑みは獰猛なものへと早変わりして――。

「気が合いますねえ大魔王！　全面的に同意します！」

「わははははは！　貴様も話がわかるやつだな！　さあ、もろとも床のシミに変えてやるぞクソガキども！　覚悟しろ!!」

「な、なんだこいつ!?」

「あっ！　てめえは大魔王!?　戻ってきやがったのかよ!?」

「うおおおお！　俺らも親分と大魔王に続くぞ！」

「目にもの見せてやらァ!!」

かくしてリングの中で、悲痛な叫び声と怒声が飛び交う乱闘が幕を開けた。

ルゥがぽかんと座り込むシャーロットのそばに歩み寄り、小首をかしげてみせる。

『ママだいじょーぶ？　ねえねえ、ルゥたちもあっちにまざってきていい？　ママの分まで仕返しするの！』

『儂もゴーサインが出れば、たちどころにこの場を血の海に変えてご覧に入れますが』

「そ、そんなの駄目です！　ちょっと転んだだけですから！　ストップです！　アレンさんも……待ってください！」

「ぬるいぬるい、ぬるすぎる！　その程度かゴミムシども！　俺のシャロを害しておいて、ただで済むと思うなよ！　この世に生まれてきたことを後悔させてやる!!」

「ぎゃあああああ!?」

『あれは聞こえてなさそーだねえ……』

「だからほんとにダメですってば！　ご、ゴウセツさん！　杖を！」

『承知しました』

　ゴウセツがどこからともなく取り出した魔法の杖を掲げ、シャーロットは声の限りに叫んだ。

「喧嘩は、ほんとにイケナイことです！」

「ぎゃあああああ!?」

　ナタリアから教わったばかりの雷撃呪文――殺傷能力は極めて低いものの、クマでも一撃で意識を失う威力がある――が迸り、アレンを見事に直撃した。


　その一時間後。

　アレンとナタリアは例の庭園で仲良く並んで正座していた。

　ふたりの首からは『私は食堂でケンカして騒ぎを起こしました』という反省札がかけられており、シャーロットはその前に座ってこんこんと説教する。

「私のために怒ってくださったのは嬉しいです。でもふたりとも、あれはやりすぎです。乱暴はよくありません」

「すみませんでした……」

「ナタリアさんもですよ。あんな危ないことをして……怪我をしたらどうするんですか」

「それなら魔法で治せば…………いえ、すみませんでした」

反論しかけるナタリアだが、シャーロットが顔色を曇らせたのを見て大人しく頭を下げた。

「みなさんもですよ！　ケンカはめっ、です！」

「はあ……」

ナタリアの舎弟一行もアレンたちの後ろで正座して、生返事をするだけである。

ちなみに電撃をくらった拍子に魔法結界が解けてしまい、クリス一行は一目散に逃げていった。『覚えていろよ！』という典型的捨て台詞を残して。

舎弟たちにも説教をくらわせるシャーロットを盗み見ながら、アレンはしみじみと嘆息する。

「いやはや、この俺に魔法をぶちかました上に説教をかますとは……サンドバッグすらぶん殴れなかった気弱な少女が、強くなったものだ……」

「たしかにあの魔法をぶっつけ本番で成功させる実力には、わたしも感心しますがね……あなたはなぜそこまで満足げなのですか」

アレンがのろける横で、ナタリアは若干引いたような目をする。

そんな中、そばで見ていたルゥがこてんと小首をかしげてみせる。

『でもさあ。ママの魔法、アレンならよけられたんじゃないの？　けっこう隙だらけだったし』

『いやいや、ルゥどの……それは聞いてはなりません』

ルゥの肩をぽんっと叩き、ゴウセツが渋い顔でかぶりを振る。

『世の中には知らなくていいことというものが少なからずあるのです。これもまたそうした類でございますぞ』

『えー、なんで。気になるじゃん。ルゥでもよけられそうだったのに』

「ふっ……決まっているだろう。あいつに成功経験を積ませるためだ」

『けーけん？』

ますます首をひねるルゥに、アレンはニヤリと笑う。

「魔法を使うのに、もっとも必要になるのは強靭なメンタルだ。『できる』という思いこそが力になる。俺のような歴戦の魔法使いを一撃で倒した経験は、間違いなくあいつの自信につながるだろう。次またあんな場面で敵に出会したとしても、臆せずぶちかませるはずだ」

『つまりおまえ……わざとくらったっていうわけ？　ママのために？』

「そのとおり」

アレンはあっさりとうなずく。

今もすこし痺れが残るが、この程度でシャーロットの自信がつくなら安いものだった。

アレンの覚悟に、さぞかし女性陣からは尊敬の眼差しが飛んでくるかと思いきや――。

「心底気持ち悪いですね。なんなんですか、あなたの歪んだその愛情は」

『聞かなきゃよかった……やっぱりおばーちゃんが正しかったよ』

『わかってくれればいいのですよ、ルゥどの』

「なんでだ」

三人分のジト目が飛んでくるだけで終わった。解せない。

そんなことには気付かずに、シャーロットは舎弟たちに説教を続けていた。

自分たちの心配をしてくれることがわかるからか、舎弟たちは神妙な面持ちで耳を傾けていたものの、最終的に彼らは顔を見合わせて、重々しいため息をこぼしてみせる。

「ケンカはダメって言われてもなあ……」

「基本、俺らはケンカを売られる側なんです。こっちから仕掛けたことは一度もありませんよ」

「そ、そうなんですか？」

シャーロットが目を瞬かせて、ナタリアをうかがう。

するとナタリアは鷹揚にうなずいてみせる。

「ええ。そこの者たちはみんな元々、この学院のはみ出し者たちでしてね」

実家が貧しかったり、種族の中でも珍しい体毛や鱗を持っていたり、特定の魔法が極端に不得手だったり。そうした者たちは、小さなコミュニティの中では格好の標的だ。

ナタリアの舎弟たちも以前まではクリスやほかの連中たちに因縁をつけられ、蔑（さげす）まれ、散々な目にあっていたという。

「そこをみな、わたしが助け出してやったのです。弱い者いじめなど、見ていて気持ちの良いものではありませんから」

「でもそのせいで、親分はあちこちから恨みを買ってしまっているんですよ」

「ううっ、すみません、親分……俺たちのせいで……」

「うるさいですよ！　わたしが勝手に手を出しただけです！　おまえたちに謝罪される筋合いなどないと、いつも言っているでしょう！」

うなだれる舎弟たちを前にして、ナタリアは怒声を飛ばしてみせた。

「なるほど。おまえは火の粉を払っていただけなのか」

「……そのとおりです」

たしかに鏡で様子を見たときも、今日の食堂でも、ケンカを吹っかけてきたのはいつも相手側だった。

ナタリアは疲れたように肩を落とす。

「わたしはただ、ここで自分の力を磨きたいだけです。早く強くなりたい。その練習相手として、クリスたちは好都合ではありますが……倒しても倒しても向かってくるので、最近は少々鬱陶しいというのが本音でしょうか」

「ふむふむ、おまえの抱える問題がようやく見えてきたな」

有り余る才能と、高潔な正義感、そして敵と認めた瞬間の容赦のなさ。

それらが組み合わさって、周囲との関係が激化してしまったのだろう。

「ちなみにおまえ、毎度毎度売られた喧嘩はどうやって買っていた？」

「もちろんふつうに乱闘ですが。向かってくる者がいるなら、とりあえず全員ボコボコにします。どんな魔法も得意ですが、肉体強化系魔法を使って素手で倒すことが多いですね」

「おお、いい趣味をしているなあ。予想通りといったところか」

「ふつうに、乱闘……？」

アレンが鷹揚にうなずく横で、シャーロットは顔を青ざめさせる。姉としては当然の反応だった。とはいえそちらはひとまず置いて、アレンは顎を撫でて唸る。

「だったら話は早いな。ナタリア。おまえがやるべきことはひとつだけだ」

「まさかとは思いますが……奴らと仲良くしろ、なんてバカげたことを言うのではないでしょうね」

「違う。その真逆だ」

顔をしかめるナタリアの肩を、ぽんっと叩く。真正面からその幼い顔を覗き込み、アレンはにこやかに告げた。

「ナタリア、おまえがこの学院の天下を取れ」

「はい……？」

ナタリアだけでなく、ほかの面々もぽかんとする。

「何度倒しても敵が再起するというのは、倒し方が甘いからだ。俺が効率のいい戦い方を教えてやる。そうすれば、じきにこの学院からおまえの敵は消えるだろう」

そうすればナタリアは平穏な学生生活を手に入れることができるし、アレンはアレンで彼女からの信頼を勝ち取ることができるかもしれない。まさに一石二鳥の一手である。

だが、シャーロットは青い顔でオロオロするばかりだ。

「け、喧嘩はダメですよ。ナタリアさんが怪我をしたらと思うと、私、心配で、心配で……」

「安心しろ、シャロ。俺がやろうとしているのはただの喧嘩ではない。危険は最小限にとどめてみせる。もし荒事が必要になったとしても、身の守り方も俺がきちんと指導する」

もちろんアレンも、いくら有能とは言っても七歳の少女に無茶をさせるつもりなど毛頭ない。

そう説明して、ニヤリと不敵に笑ってみせる。

「それでも危険だと判断したなら……またさっきみたいに、おまえが俺を止めてみせろ」

「えっ……あ、あれはその、もうやりたくないって言いますか……私もちょっとやりすぎだったと思いますし……」

「ほう。無理だと言うのか」

ごにょごにょと言葉を濁すシャーロットに、アレンはわざとらしく肩をすくめる。

そうして揶揄(やゆ)するように続けることには――。

「おまえの覚悟はその程度のものだったのか？　たとえ誰が敵だったとしても……立ち向かうと決めたはずだろう」

「っ……！」

シャーロットはハッとして顔をこわばらせる。ナタリアとアレンの顔を交互に見つめて、やがてごくりと喉を鳴らしてから重くうなずいてみせた。

「わかりました。アレンさんにお任せします。それでもしものときは……私が全力で、アレンさんを止めてみせます！」

「ふははは！　いいぞ、その意気だ！　俺の手綱を摑めるのはこの世でおまえただひとりだからな！　心してかかれよ！」

「はい！　がんばります！」

「いやあの、わたしを間に挟んで勝手に盛り上がらないでくださいよ。シャロさんの意気込みもよくわかりませんし……」

怪訝そうにツッコミを入れるナタリアだった。昨日今日会ったばかりのふたりが保護者面で自分の教育方針について激論を交わせば、どんな者でも渋い顔になるだろう。

そんなナタリアに、アレンは以前と同じように左手を差し伸べる。

「ともかくどうするナタリア。俺と手を組むか」

「ふん、大魔王と天下取りですか……」

ナタリアはその手をじっと見つめる。

逡巡は一瞬のことだった。小さな手のひらでもってして、アレンの手をがしっと握る。口の端を持ち上げて浮かべるのは凶悪な笑みだった。

「面白そうじゃないですか。今後にも活かせそうですし……ひとまず乗るといたしましょう。ですが役立たずとみなせば、容赦なく協力関係は解消です。いいですね？」

「もちろんだ。せいぜい俺の有能さに恐れ慄くがいい！」

アレンがそれに哄笑を返し、かくして同盟関係が結成された。

「うおお……親分、頑張ってください！」

「俺らも全力で応援します！」

沸き立つ舎弟たち。

だがしかし、そこで彼らの背後から涼やかな声が響いた。

「こらこら、貴殿らは何を他人事のように見ておられるのですかな」

「へ」

そこで振り返った彼らが見たものは、顔に大きな傷を持つ絶世の美女に化けたゴウセツである。先日のドレス姿から一転、今日はどこで手に入れたのかモノトーンの軍服を着込み、分厚いコートを羽織っていた。

竹刀を手でぽんぽんしながら微笑む姿は、どこからどう見ても鬼教官そのもので……。

「ナタリアどのが敵に目をつけられたそもそもの発端は、貴殿らの力が足りぬせいでしょう。己の露払いすらできぬ臣下など、足手まといでしかない。よって……」

ゴウセツは舎弟たちに竹刀を突きつけて、ゾッとするほどの笑みを浮かべて告げる。

「多少は使い物になるように、儂が貴殿らを鍛えてご覧に入れましょう。礼などけっこう。これもひいては我が主のためですからな」

『「『……どちら様ですか？』」』

「おう、そちらは任せた！　ただし、くれぐれも死なすなよ！」

「くっくっく……承知いたしましたとも。いやはや若者の指導など何百年ぶりか。これは腕が鳴りますなあ」

『ルゥもルゥも！　おもしろそーだし、おてつだいするー！』

ルゥもおおはしゃぎで、鬼教官コンビのしごきが始まることとなった。


そうして数日後。

晴れ渡った夕焼け空に、切羽詰まった少年の声が響き渡った。

「くそ……！　次こそは僕が勝つ！　覚えてろよ！」

いつもの捨て台詞を残し、クリスが手下どもを引き連れて走り去っていく。

「たぶん今日の夜には忘れますね」

その背中を、ナタリアは雑に手を振りながら見送った。

そんなナタリアの背後には、地下へと延びる長い階段があった。立て看板には『学院鍛錬用ダンジョン（※使用の際は必ず事務局にご連絡ください！）』という注意書きが記されている。

魔物が放し飼いにされているダンジョンで、生徒が力試しに利用する修練場だ。

その出入り口の前で、エルーカがバインダーを脇に挟んで拍手を送る。

「ダンジョン攻略タイムアタック勝負、勝者はナタリアちゃんー。いやー、圧倒的な勝負だったねえ。まさか三十分以上も差をつけるとは。クリスくんも優秀だけど、ナタリアちゃんは格が違うねー」

「お褒めいただき光栄です、審査員さん。ところでこのダンジョン、まだ奥があるようでしたが……どうして通行止めなんですか？」

「あー、あの奥にいるダンジョンボスがちょうど今産卵期で気が立ってるんだよ。もっとしっかり封印しちゃった方がいいかもねー」

そんなことをつぶやきながら、エルーカは手際良くバインダーにメモをしていく。

アレン同様、エルーカもこの学校をとうに卒業しているものの、たまにバイトとして校内の雑務を担っている。今回は学校ダンジョンの監視員として、ナタリアとクリスの勝負を見届けてくれたのだった。

そんななか、シャーロットがタオルとボトルを持ってやってくる。

「お疲れ様です、ナタリアさん。ハーブティーをいれたんですけど……どうですか？」

「ありがとうございます。いただきます」

ナタリアはボトルを受け取って、ゆっくりとお茶を飲む。

そこにアレンもゆったりとした足取りで歩み寄り、労い(ねぎら)の言葉をかけた。

「よし、今回は三時間を切ったな。自己ベスト更新じゃないか、ナタリア」

「ふふん、当然です。それにしても……」

ナタリアは渋い顔をして、懐から一枚の紙を取り出してみせる。

そこにはずらっと名前が羅列してあったが、クリスを除いてすべてにバツ印が書かれていた。

ナタリアはクリスが去った方をジト目で睨む。

「クリスはしつこいですね。もう残るは彼だけですよ、私にケンカを売る馬鹿は」

「まあ、最後の砦というのは落としにくいものと相場が決まっているからなあ。気長に行こうじゃないか」

「……大魔王がそう言うのなら」

ナタリアは不服そうにしながらも渋々うなずく。出会ったばかりの頃の警戒心はもうすっかり薄れてしまっていた。バツ印の並ぶ紙を広げて、感慨深そうにため息をこぼす。

「しかし本当に天下取りが目前になりましたね……まさかたった五日程度でクリス以外のすべての勢力を下してしまうとは、わたし自身も不思議な気分です」

「ふっ、俺の言ったとおりだっただろう？」

アレンはくつくつと笑う。

ここ数日、ナタリアのコーチとして勢力争いに付き合った結果がこれだ。

「何も集団を丸ごと相手取る必要はない。頭だけを各個撃破していけばいいんだ。そしてそのリーダー格の得意分野で、あえて勝負を挑む。それで勝てば、もう格の違いは明確だろう」

「シンプルですが、上下関係を叩き込むにはわかりやすい手でしたね」

魔物使いの生徒には、魔物の捕獲勝負を。

魔法薬学を専攻する生徒にはポーション調合対決を。

そして戦闘を得意とする生徒には、シンプルな決闘を。

とはいえ、アレンが伝授した喧嘩はそれだけではない。

「ふっ……しかし大魔王の奇策には感心しました。まさか一騎討ちだけでなく、敵の身内を落として戦闘を回避するやり方があるとは……」

「だろう？　戦わずして勝利する喧嘩も乙なものだぞ」

敵チームのボスに溺愛する妹がいるとわかれば、その妹と仲良くなって。

お婆ちゃんっ子だと判明すれば、ご老人に人気の健康補助食品をプレゼントして。

勝負事以外でもそうした工作を重ねた結果、クリス以外の者たちは白旗を上げ、一切絡んでくることがなくなったのだ。

ナタリアの肩をぽんっと叩き、アレンは爽やかな笑顔で告げる。

「今回は学生相手ゆえ穏便な手だけ伝授するが、おまえが望むのならギリギリ法に引っかからないレベルの裏工作も教えてやろうじゃないか。洗脳に脅迫、賄賂(わいろ)……うまく使えばこれほど楽しい武器もないからな」

「くっくっくっ……面白いじゃないですか。是非ともよろしくお願いしますよ」

「ふっふっふっ……おまえなら上手く使いこなせると期待しているぞ」

「な、ナタリアさんがどんどんイケナイ子になっている気がします……！」

シャーロットは青い顔をしながらも、アレンを止めようとはしなかった。

この一週間すぐそばで見守った結果、危ないことは一切教えていないとわかったからだろう。

実際これまで多くの勝負をしてきたが、ナタリアは毎回きちんと怪我を回避している。

アレンの教えの賜物だった。

「おやぶーん！　お疲れ様です！」

そんな話をしていると、満面の笑みで駆け寄ってくる者たちがいた。

ナタリアの舎弟——そのうちの三人だ。いつぞやコロッケパンを買ってきてぶっ飛ばされた竜人族も交じっている。ナタリアは彼らを出迎え、笑いかける。

「こちらは終わりましたが……おまえたちはどうでしたか？」

「もうバッチリですよ！」

竜人族が食い気味に言う。

あとのふたりも興奮冷めやらぬ様子で、三人がギラギラした目で言うことには——。

「前に俺をパシリに使ってたやつをボコ……話し合って、仲良くなってきたんです！」

「俺も本家の生意気なボンボンを……いろいろあって謝罪させてやりましたよ！」

「オレは彼女を寝取りやがったクソ野郎を海に……海で一緒に遊んできました！」

すぐそばにいるシャーロットに気を使ったようで、かなり婉曲的(えんきょくてき)に復讐の報告をする三人だった。そんな舎弟たちの報告を噛みしめるように聞いて、ナタリアは満足げに笑う。

「よくやりましたね。それでこそわたしの手下です」

「ううっ……ありがとうございます、親分……！」

「それもこれも全部、先生のおかげです……！」

三人はナタリアにすがりつき、ボロボロと泣き崩れる。

先生、とは呼ぶものの、もちろんそれはアレンのことではない。手下たちをよしよしとなだめながら、ナタリアはすぐ後ろの空き地に目を向ける。

「まったくゴウセツ先生には感謝の言葉もありません。これまでにもわたしが稽古をつけたりしましたが……あそこまで見事な飴と鞭の使い分けには感服です。さぞや名のある、地獄カピバラとお見受けします」

「いえいえ、とんでもございません。儂などただの年寄りですよ」

空き地にいたゴウセツは恭(うやうや)しく頭を下げる。軍服を着込んで乗馬鞭を持ったその後ろでは、残りの舎弟たちが死屍累々と転がっていた。アレンがナタリアを指導する傍ら、ゴウセツもまた舎弟たちをビシバシしごいたのだ。

報復を済ませた三名を見やって、ゴウセツは目を細めて笑う。

「貴殿らが目的を成し遂げたのは、真面目に鍛錬を積んだ成果でございます。儂はただ手を貸しただけ。その誇りを胸に、さらなる精進を積むといいでしょう」

「はい！　本当にありがとうございました！」

「ルゥ姐さんにもお世話になりました！」

『ふふん。追いかけっこと取っ組み合いなら、いつでも練習相手になってやろーじゃん』

倒れた舎弟を踏んで遊んでいたルゥが得意げに笑う。

ズタボロになって地面を這いつくばるほかの舎弟たちは、必死の形相で起き上がる。

「く、くそぅ……まだだ、まだやれます……！　引き続き稽古のほど、お願いします！」

「俺らも仕返しは済んだけど、もっと強くなりたいです！　先生！」

「ほう、その胆力や良し。それでは……」

ゴウセツはひとつ小さく咳払いをして――鞭を振るって怒声を轟かす。

「さあ、休憩時間は終いだ！　ウジ虫どもにグズグズしている暇はないぞ！　今すぐ島一周の走り込み！　それが終わったら儂との組み手だ！　泣いたり笑ったりできなくなるまで痛めつけてやる故、覚悟するがいい!!」

「「サーッ！　イエッサー！」」

『わーいわーい！　追っかけっこだ！　走るのおくれたら、ルゥがかじるからよろしくねー！』

「よろしくお願いいたします、ゴウセツ先生。ルゥさん」

ナタリアは深々と頭を下げて、走り去っていくその狂気の一団を見送った。

シャーロットもどこかほのぼのした微笑みを浮かべる。

「ゴウセツさんが変身できるのには驚きましたけど、ふたりとも素敵な先生ですね」

「あいつらの場合は完全に趣味だろ」

アレンはかぶりを振りつつ、渋い顔をナタリアに向ける。

「なあ、ゴウセツが先生なのに、俺は大魔王のままなのか？　アレン先生とか呼んでくれてもかまわないんだぞ」

「あなたは先生というキャラクターではないでしょう。大魔王は大魔王。自惚れないでください」

アレンににべもなくジト目を返し、ナタリアはうーんと伸びをする。

「それより勝利を祝して食堂に参りましょう。もうお腹ペコペコです」

「そうですねえ。でも、ちゃんとお野菜も食べなきゃダメですよ」

「さ、最近は食べるようにしてるじゃないですか。シャロさんが勧めるから」

「ふふ、偉いですねえ。さすがはナタリアさんです！」

口ごもる妹に、シャーロットはにこにこと笑いかける。

そんななか、遠巻きに見守っていたエルーカがアレンのそばまで近付いてきて、そっと耳打ちした。

「ふたりともいい感じだねえ。もう完全に仲良し姉妹じゃん」

「それが本当になればいいんだがな……」

「ありゃ、まだナタリアちゃんに聞けてないわけ？　お姉さんのことをどう思っているのか」

「その話はあいつにとって相当な地雷のようだからな。もうちょっと腹を割って話せるようにならないと」

アレンはため息をこぼすしかない。

先日食堂で姉の名前を出したときに見せた、あの怒りは本物だ。

仲睦まじく見える姉妹たちを横目に、こそこそと小声で続ける。

「今は信頼関係を築いている最中だ。下手は打てない。もうすこし時間をかけて、じっくりやっていくしかないだろうな」

「ふうん。さすがのおにいも、好きな子の妹相手には慎重にもなるか」

エルーカはニヤリと笑って、アレンの背中をばしばしと叩く。

「まあひとまず学院抗争もある程度落ち着いたし、パパは満足してるよ。あとはナタリアちゃん本人の問題だけ。あたしも最後まで見守るから、せいぜい頑張りなよね」

「すまないなあ……ところでおまえ、これが終わったらどうするんだ？　まだシャーロットの家のことを調査してくれるのか？」

「うーん、パパも手伝ってくれたしあらかた調べはついたんだけど……」

エルーカはちらりと姉妹の様子を見やる。

そうしてすこし硬い面持ちで告げた。

「今は話せない。もうちょっと落ち着いてから、改めて話すよ」

「……わかった」

アレンはそれに重々しくうなずいた。

エルーカの口ぶりからして、ろくな話ではないのだろう。正直言って気にはなったが、今は別の問題を抱えた状態だ。だからひとまず保留にしておく。

そんなアレンの反応にエルーカはにかっと笑う。

「ま、おにいとシャーロットちゃんなら大丈夫だよ。とりあえずナタリアちゃんの件が終わったら一旦あたしもあの街に帰ろうかな。ジルくんにも会いたいしね」

「ああ、あいつならこの前会ったぞ」

先日のデートで訪れた魔法道具屋、そこで店員をしている車椅子の青年である。

「何か改めて挨拶したいだのなんだの。何かあったのか？」

「ああ、付き合ってるからね、あたしたち」

「はー、なるほど………はあ⁉」

軽い調子で告げられた真実にギョッとすると同時、歩き始めていたシャーロットとナタリアがこちらを振り返る。

「アレンさーん。置いていっちゃいますよー」

「早く来なさい、大魔王！　次の作戦会議をしますよ！」

「わ、わかったわかった……おい、エルーカ！　あとで詳しい話を聞かせろよ！」

「おっ、珍しいじゃーん。おにいがそんなに食いつくなんて。妹の恋バナが気になる感じー？」

「それは心底どうでもいい！」

「はあ……？」

エルーカの肩をがしっと掴み、アレンは真剣な顔で詰め寄る。

「あいつは魔法に造詣が深くて、なにより真面目だし……見事に叔父上の跡継ぎにぴったりじゃないか！　おまえとあいつが無事にくっつけば、俺にお鉢が回ってこなくなる！　なんとしてでも逃がすなよ！」

「完っっっ全に打算じゃんそれ!?　可愛い妹に手を出しやがって的なのはない……って、こら待て、おにい！」

「待ってくれシャーロ……シャロ！　今行くぞ！」

言うだけ言ってエルーカの怒声も無視し、アレンはシャーロットたちを追いかけたという。


その日の夜。

すっかり日も暮れた頃合いに、アレンたちはナタリアの寮を訪れていた。

「おーい、ナタリア。着いたぞー」

「むにゅ……う」

アレンの背中で、ナタリアは返事とも寝言ともつかない声を上げる。

食堂で作戦会議をしているとゴウセツや舎弟たちが遅れて合流し、そのまま宴会が開かれた。

さすがに学舎の食堂であるためアルコール類は提供されていなかったが、ジュースと菓子での宴はナタリアが寝落ちする夜中まで続いたのだった。

七歳にしてすでに覇者のオーラをまとっているものの、さすがに夜更かしは厳しいらしい。

安らかなナタリアの寝顔を見て、シャーロットが顔をほころばせる。

「ふふ、今日はずいぶんはしゃぎましたもんね」

「悪いなあ、大魔王。俺は親分を背負うと、鱗で怪我させちまいそうだから……」

「気にするな。それより早くドアを開けてくれ」

「へいへい」

付き添いで来てくれた竜人族の舎弟が、ナタリアから預かった鍵を使って私室の扉を開く。

中はそこそこの広さがあって、テーブルには教科書が山積みになっていた。

壁には魔法の術式や数式の書かれたメモが大量に貼られており、アレンは思わず足を止め、それに見入ってしまう。

「ほう……？　これはまた熱心な……」

「すごく勉強してるんですねえ。私にはやっぱりよくわかりませんけど……」

シャーロットもそれを見上げて、感嘆のため息をこぼしてみせた。

どんな魔法の研究をしているかはわからないだろうが、その熱心さは読み取れたらしい。

そちらはひとまず置いておいて、アレンは窓際のベッドへ向かう。

「ほら、ナタリア。ちゃんとベッドで……おや？」

ナタリアを下ろそうとして、そこでふと目に留まるものがあった。

枕元に置かれてあった、ひと抱えほどの四角い旅行鞄だ。

革製の上等なもので、数多くの鍵が取り付けられていた。

「ぎゅう……すう……」

ナタリアはその旅行鞄に手を伸ばし、ぎゅっとしがみつくようにして抱きしめる。抱き枕としては寝心地が悪そうにしか見えないが、そのまますやすやと本格的な眠りに落ちていった。

そこで竜人族が慌てて声をかけてくる。

「おっと、その鞄には触るなよ。俺たちでも容赦なくボコボコにされるからな」

「なにか大事なものなんでしょうか……？」

「そのようだな。魔法がかけられている」

覗き込んできたシャーロットに、アレンは事もなげに答える。

外側の錠前だけでなく、魔法による封印がかけられていることが一目でわかった。

「生体認証式だし、無理やり開けようとした場合にはトラップが発動するし……やけに厳重だな。いったい何が入ってるんだ？」

「さあ。親分、あんまり自分のことは話そうとしないからなあ……」

竜人族の青年は首をひねりつつ、ちらっと壁の時計を見やる。

「おっ、もうこんな時間だ。じゃあ俺はこの辺で……うわっ！」

「どうした？」

ドアを開けて廊下に出たところで彼がすっとんきょうな悲鳴を上げる。見てみれば廊下に小さな影が立っていた。くしゃっと手紙を握りしめているのは、ナタリアのライバルの少年だ。

「おお、なんだクリスか。またナタリアに果たし状か？」

「う、うるさい！」

アレンが声をかけると、クリスは手紙を握りしめたまま慌てたように逃げてしまった。

それを見送って、竜人族は呆れたようにかぶりを振る。

「まったくあいつも懲りないなあ。そんじゃ、俺はバイトがあるんで！　失礼しますよ、親分！」

「うみゅー……」

「おう、気を付けてな」

竜人族を見送れば、部屋はすっかり静かになった。

すやすや眠るナタリアの顔を覗き込み、アレンは苦笑する。

「まったく、こうしていると普通の子供だな」

「はい。昔を思い出します」

シャーロットもふんわりと笑う。どこか懐かしむように目を細めて続けることには――。

「もっとナタリアが小さかった頃に、何度か絵本を読んであげたことがあるんです。この子ったら、いつも本の真ん中くらいで寝ちゃってたんですよ」

そこでシャーロットは言葉を切って部屋を見回す。

あちこちに積まれた専門書を見て、苦笑を浮かべてみせた。

「でも……もうこんなに難しい本が読めるんですから、絵本なんて読んであげられませんね。ほんとに大きくなりました」

誇らしげなような、置いていかれた子供のような表情で、シャーロットは続ける。

「やっぱり私は……このまま、名乗らない方がいいのかもしれません」

「……どうしてそう思うんだ？」

アレンが静かに尋ねると、シャーロットはゆっくりとかぶりを振った。

ナタリアの寝顔を見つめるだけで、頭を撫でることもない。妹に触れることをぐっと堪えているようだった。

「この島に来て、ナタリアとはいろんな話ができました。でも……全然、家のことを話そうとしないんです。きっと、それが答えなんだと思います」

シャーロットは寂しげな笑顔を浮かべて、自分に言い聞かせるようにして言う。

「悪い思い出でしかない私のことなんて……忘れてしまった方がいいんですよ」

『……なんでそんな悲しいこと言うの？』

シャーロットにすり寄って、ルゥが不安そうに鳴く。

『ママとナタリアはなかよしじゃん。なのに忘れてほしいの……？　へんなのー』

「それは私じゃなくて『アレンさんの助手のシャロ』だからですよ」

『でもママはママだし、ナタリアはナタリアじゃん。ふたりがなかよしじゃないと、ルゥいやだよ？』

「ルゥちゃん……」

ルゥの頭を撫でながら、シャーロットは苦しげに顔を歪めてみせた。

重苦しい空気が漂う中、アレンはわざと明るく言う。

「まあまあ、結論を急ぐ必要はないんだ。ゆっくり考えるといいさ」

「その通りでございますよ。シャーロット様」

ゴウセツもまたシャーロットのそばに歩み寄り、そっと肩を抱き寄せて笑う。

「この手の話は時間が解決するものです。ナタリアどののことも、長い目で見守っていけばよろしいのですよ」

「さすが最年長。こういうときのセリフは重みが違うな」

「かっかっかっ、儂もいろいろとありましたからなあ。その昔、うっかり寝ぼけて東国の火山帯を不毛の更地に変えてしまったことがありますが、今ではそこも立派に緑生い茂る平原に変わっております。時間はあらゆる物事への万能薬ということですな」

「ちょっと規模がおかしいし……おまえそれ、原因不明の天災として有名な話では……？」

いまだに議論が紛糾している大災害の真実が、ぽろっと判明してしまった。

ジト目でゴウセツを睨んでいると、シャーロットはくすりと笑う。

「そうですね……皆さんの言う通りです。もうすこし、考えてみますね」

「うむ。俺はいくらでも付き合うからな」

アレンは鷹揚にうなずいたものの――その次の日、事態が大きく進展するなんて、このときはまだ思いもしなかった。

ナタリアが忽然と姿を消してしまったのだ。

◇

次の日、朝日がすっかり高く昇った頃。

いつもの庭園で、アレンは腕を組んで難しい顔をしていた。

「それで……起こしに行ったときには、もう姿がなかったと」

「そ、そうなんだよ」

うろたえながらもうなずくのは、竜人族の舎弟である。

姿形が人間と大きく異なる種族の場合、表情の変化が読みにくいことが多い。

それでも彼が相当参ってしまっていることは、アレンの目にも明らかだった。

「親分、朝がすっげー苦手なんだ。だから俺らのうちの誰かが毎朝起こしに行くんだけど……今日はもう部屋にいなくて」

「それで、あの大事にしていた鞄も、一緒になくなっていたんだな？」

「そうなんだよ。これまで一度も持ち出したことなんてないのに……」

「ふーむ……」

アレンは顎を撫でて唸る。

ほかの舎弟たちも不安そうに顔を見合わせるばかりだった。

ナタリアが姿を消したとわかってから、彼らは全員で方々を手分けして探したのだという。それでも足取りすらわからずいよいよ本格的にまずいとなって、アレンに助けを求めたらしい。

「ルゥはどうだ？」

『うーん。あいつ匂いを消して行ったみたい。わかんないや』

くんくん鼻を鳴らしていたルゥだが、目をすがめてかぶりを振る。

それでもまだ探す手がないわけでもないのだが、シャーロットは真っ青な顔で呻くように言う。

「ひょっとして、昨日の話を聞いていたんじゃ……」

「ぐっすりお休みだと思っておりましたが……可能性はあるでしょうなあ」

それに美女姿のままゴウセツが渋面で首肯してみせる。

シャーロットが姉だと気付き、出奔した。

状況だけ見れば、あり得ない話ではないだろう。

だがしかし、アレンはかぶりを振ってそれを否定する。

「いや、それはないだろう。おそらく別の理由があったんだ」

「ふむ。貴殿がそう断言されるならよほど確信がおありのようで。ですが、いかがなされます。どのみち放ってはおけませんぞ」

「そうだなあ……ひとまず俺が――」

「あっ、いた！」

探しに行こう、と続けかけたそのときだ。切羽詰まった声とともに、数名の生徒が駆け寄ってくる。全員見覚えのある連中で、そろってナタリアの舎弟たち以上の青い顔をしていた。

「なんだ、クリスのところの取り巻きじゃないか。悪いが今は取り込み中だ」

「頼む！　助けてくれ！」

アレンが追い払おうとするのにもかまわず、彼らは必死にすがりついてくる。

食堂でボコボコにされて以来、アレンのことを目の敵にしていたくせに今日は様子がおかしかった。訝しんでいると、彼らはひどく取り乱しながら口を開き、驚くべき内容を口にした。

「うちの坊ちゃんが……封印されたダンジョンの奥まで、ナタリアを無理やり呼び出しちまったんだよ！」

「しかもあいつの大事なものまで盗んで……！」

「……詳しく話せ」

ざわりと揺れるその場の面々たち。

アレンが静かに先を促せば、手下たちはつっかえながらも事情を打ち明けた。

近頃のクリスは相当思い悩んでいたらしい。

アレンの読み通り、ナタリアが来るまでは学院内で神童として名を馳せ、肩で風を切る勢いだった。

それがナタリアに全戦全敗。プライドをズタズタにされて追い詰められ、どんな手を使ってでも勝利しなければと口にするほどになっていたという。

そんな折、昨夜果たし状を持って行った際、偶然にもナタリアが大事にしている鞄の存在を知ってしまう。クリスはそれを盗み出し、相打ち覚悟の決闘に誘い出したのだ。

「俺たちもさすがにそれはマズいと思って止めたんだが、坊ちゃんひとりで飛び出して行っちまって……」

「あのダンジョンの奥、今は教員も滅多に近付かないっていうのによ……！　絶対まずいって！」

「なるほどなあ」

アレンはため息交じりに唸るしかない。

家出の可能性は完全に潰えたが、どのみちマズい事態であることに変わりはなかった。

昨日の夜、クリスの姿を見かけたが……あのとき鞄のことを知ったのだろう。

そこまで思い詰めているとは予想だにしなかった。

(いや、予想しておくべきだった。俺もシャーロットのことですこし視野が狭くなっていたようだな……)

猛省しつつもアレンは左手を伸ばし、駆け出そうとしていたシャーロットの肩をガシッと掴んだ。

「おまえはおまえで、どこへ行く気だ」

「き、決まってるじゃないですか！ 助けに行くんですよ！」

シャーロットは悲痛な声で叫ぶ。妹の危機にいても立ってもいられないらしい。

だがしかし、アレンは冷静に首を横に振るだけだった。

「ダメだ。おまえは多少魔法を使えるといっても素人だろう。俺がそばにいたとしても危険すぎる」

「では、儂がご同行いたしましょうか」

ゴウセツが前に出るが、それにもアレンは渋い顔をする。

「それもマズい。あそこにいる魔物は産卵で今の時期気が立っているんだ。ほかの魔物が近付いては火に油を注ぐだけだろう。俺ひとりで行く」

『ほんとにアレンひとりでだいじょーぶ？』

「なに。さくっと行って、クソガキにゲンコツ食らわせて帰ってくるとも」

心配そうなルゥにニヤリと笑いかけるついで、アレンはゴウセツにそっと耳打ちする。

（だが、ひとまず叔父上たちに連絡しておいてくれ。何が起きるかわからないからな）

（……承知いたしました）

ゴウセツはひとつうなずいて、さっとその場から姿を消す。

アレンはシャーロットの顔を覗き込み、何でもないことのように笑って告げる。

「そういうわけだ。おまえはここで待っていてくれるな？」

「……わかりました」

シャーロットは硬い面持ちでうなずいた。

その顔は血の気が引いたまま。だがしかし確固たる信頼が読み取れた。

強い光を宿した瞳で、シャーロットは真っ直ぐアレンを見つめて懇願する。

「アレンさん……！　ナタリアのこと、お願いします！」

「任せておけ。おまえたちもここで待機だ！　シャロのことを頼んだぞ！」

「りょ、了解！」

舎弟たちに見送られ、アレンは一目散に駆け出した。学院で教鞭を執っていた頃、よく潜ったダンジョンへと。

この世界で言うところのダンジョンというものには、さまざまな種類が存在する。

はるか昔からその地方にあるもの。魔物が住み着いた結果ダンジョン化したもの。

成り立ちは多種多様だが、中でも珍しいのは人工的に作られたダンジョンだろう。広大な空間に魔物を放し飼いにして、ある程度人の手で管理されるビオトープのような場所だ。

研究や鍛錬のために作られることが多く、どれだけの規模の人工ダンジョンを所有しているかが、学校の力を示す指標のひとつになっているくらいだ。

このアテナ魔法学院もいくつかのダンジョンを所有している。

なかでも難易度が高いのは先日、ナタリアとクリスが対決した洞窟型のひとつだろう。

ゴツゴツした岩肌の迷宮が地下深くまで続いている。あちこちに灯された魔法の光が闇を払うものの、魔物の鳴き声や、何かが這いずり回る音などが四方から響いて侵入者を脅かす。もちろんトラップも満載だ。

それゆえ、入る場合には学院の許可を得て監視員を付けてもらう必要がある。

だがしかしそんな決まりなど今はガン無視だ。

立ち入り禁止の看板を通り過ぎ、しばらく進んだ先の開けた場所で、アレンは無事に目標を発見できた。巨大なキマイラが、今にも岩陰に飛びかかろうとしていて——。

「見つけた！」

「っ……！」

「ギャウッ⁉」

叫ぶと同時に、魔法の火球をぶちかます。

火の玉は狙いを違わず魔物の横っ腹を直撃して、巨体が勢いよく吹っ飛んだ。キマイラはよろよろと起き上がると、そのまま洞窟の奥へと逃げていった。

この階層に棲まう一匹である。そこそこの驚異として有名だが、ボスはほかにいる。

まあ、それはともかくとして——。

「だ、大魔王……どうしてここに」

岩陰の隅。うずくまっていた影が、ぽかんと目を丸くしてこちらを見ていた。

ナタリアだ。

あの鍵付きの旅行鞄をぎゅっと胸に抱きしめており、そのすぐそばには気を失ったクリスが倒れていた。どちらにも一目でわかる怪我はない。血の臭いもしないが、ひとまずアレンはナタリアの前にしゃがみ込み、その顔を覗き込む。

「まずは俺の質問からだ。怪我はないか」

「え、えっと、足をくじいてしまって……」

ナタリアは腰を落としたまま、自分の右足首を見やる。

擦り傷だらけで赤く腫れてはいるものの、大事はなさそうだ。だがシャーロットが見れば悲鳴を上げていたことだろう。そのままクリスを忌々しげに睨みつける。

「そっちのバカは転んで頭を打ちましたけど……命に別状はなさそうです」

「なら両方とも俺が治療してやる。だが、その前に……」

「へ、な、なんですか」

アレンはナタリアの目の前に手をかざす。

無事がわかった子供にするべきことなど、ひとつだけだ。

「てりゃっ」

「ぴゃっ⁉」

かなり加減して、デコピンを食らわせてやった。

子猫のような悲鳴を上げてナタリアはうずくまる。そのまま目の端に涙を溜めて、きゃんきゃんと吠え猛(たけ)った。

「な、何をするのです！」

「それはこっちのセリフだ、大馬鹿者め」

アレンはてきぱきと治療魔法をかけてやりつつジト目を向ける。

足の赤みは瞬く間に引いていった。

「おおまかな事情はクリスのところの奴らから聞いている。ずいぶんな無茶をしたじゃないか。産卵期の魔物の巣に突っ込むことがどれだけ危険か、おまえもわかっているだろうに」

「うぐっ……で、でも、そもそもはクリスが……」

「それにしたって、一言くらい俺に相談しろ」

言葉を詰まらせるナタリアの頭を乱暴にがしがしと撫で回す。

「俺はそんなに頼りない教師だったか？　シャロも舎弟たちも、みんな心配していたぞ」

「……すみません」

ナタリアはうなだれて、震えた小声を絞り出した。

ぎゅっと鞄を抱きしめながら続けることには――。

「でも、これだけは……これだけは、自分の力で取り戻さなければいけなかったんです」

「……なるほどなあ」

アレンは目を細めて、ため息をこぼす。

そこまで思い詰めるほどの品が入っているのだろうと窺い知れた。

思い当たるものはひとつしかない。

「中身を当ててやろうか」

「へ」

「おまえの姉……シャーロットに関するものだろう？」

「っ……」

ナタリアははっと息を呑み、アレンのことを見上げる。

その顔は今にも泣き出しそうなほどに歪んでいた。ナタリアは鞄を抱きしめながら、かすれた声をこぼす。

「あなたは……エヴァンズ家に起きた事件を知っているんですよね」

「まあ、おおまかにな」

アレンは肩をすくめ、わざと飄々と言うのだが——。

「おまえの姉がさんざんな悪事を働いて——」

「それは違う！」

洞窟内にこだまするほどの大声で、ナタリアは叫ぶ。とうとうその瞳から大粒の涙がこぼれ落ちた。嗚咽で声を震わせながら、ナタリアは悲痛な声を轟かせる。

「虫も殺せないようなねえさまが、そんな大それたことをするものですか……！　あのど腐れ王子が、ねえさまを陥れるために仕組んだことに決まっています！　それなのに、エヴァンズ家ときたら……汚名をそそぐ労力よりも、ねえさまを切り捨てる道を選んで……！」

「やはり、そうか」

アレンはその頭をそっと撫でる。

薄々わかっていたことだった。それが昨日、ナタリアの部屋に足を踏み入れて確信に変わっていた。

ナタリアの部屋に大量に貼られていたメモ。

あれはすべて失せ物探しや、失踪人捜索のための魔法……その研究の形跡だった。

「おまえは、姉のことを憎んでなどいなかったんだな」

「わたしがねえさまを憎む……？　バカを言わないでほしいですね」

目尻を乱暴に拭って、ナタリアは重いため息をこぼす。

「わたしが許せなかったのはエヴァンズ家と……ねえさまを助けられなかった、わたし自身です」

それからナタリアは、姉のことをぽつぽつと語った。

腹違いだが、生まれたときからずっとナタリアに優しくしてくれたこと。

それがいつの頃からか、家で奴隷同然の扱いを受けていたこと。

そんな姉の現状をなんとかしたくて、自分にできる限りの手助けをしていたこと。

しかし家の者の目を盗んで、傷みかけた果物をそっと渡すくらいのことしかできなくて、ずっと悔しい思いをしていたこと。

アレンはただ静かに耳を傾け続けた。

その声は震えていて、深い後悔が滲(にじ)んでいた。

しゃくり上げながら、腹の中のすべてをぶちまけるようにして、ナタリアは続ける。

「わたしは、大きくなったらねえさまを助けるんだって、ずっとずっと、思っていました。でも……それが間違いだった」

姉がいなくなって、この学院に送られて。

そこでナタリアは自分に眠る魔法の才能に気付いて……絶望したという。

「あの頃すぐに立ち上がっていたら、わたしはねえさまを救えたんです。なのに子供だからと言い訳して、わたしは何もしなかった。だからねえさまは国を追われる羽目になったんです」

「……おまえのせいではないだろう。そもそもその、陥れた王子とやらが悪いんだ」

「ですが……わたしに罪がないとは言えません」

ナタリアは力なく首を振る。

ただの無力な子供であったのなら、ここまで後悔に苛まれることもなかっただろう。なまじ才能に恵まれてしまったからこそ、姉を救えたはずだという確信が彼女の心を苛み続ける。

「あの一件があって、ねえさまの私物は家からすべて処分されてしまったんです。これだけが……わたしがずっと預かっていたこれだけが、唯一残されたものでした」

ナタリアは指先が白くなるほどに件のカバンを抱きしめる。

「これがあるおかげで、今もねえさまがどこかで生きていることだけはわかるんです。誰の手にだって、触れさせるわけにはいきません」

「失せ物探しの魔法か……私物の痕跡を頼りにサーチをかけたな？」

「ええ。でも、居場所まではまだ……」

「……そうか」

物に残った思念を辿り、持ち主の居場所を探る魔法というものがある。

しかし、これがかなりの難易度を誇るのだ。

物に残された思念が古い物であれば追跡困難だし、たとえ思念が新しくてもその方角にダンジョンなどの何か大きな力があれば阻害されて辿れなくなる。

ナタリアの部屋に残されていたメモからは、かなりの試行を重ねたことがうかがえた。

（姉に会いたい一心で……藁にもすがる思いだっただろうに）

そのことに、アレンは胸がいっぱいになるのだが――。

「まったくもって忌々しい……どこの誰か知りませんが、ねえさまを捕らえている不届き者を早くこの手で八つ裂きにしてやりたいですよ」

「…………うん？」

ナタリアが舌打ちして、さっと肝が冷えた。

シャーロットを捕らえる不届き者……とは？

「えーっと……どうして姉が囚われの身だと思うんだ？」

「毎度毎度、何か強い力のせいで追跡が阻害されるんです。最近じゃ、ねえさまはわたしのすぐ近くにいるなんてふざけた反応を示すし……わたしが探していることに気付いて、邪魔しているに違いないんです」

「はあ……」

「まったく、どこのどいつがねえさまを……絶対に見つけ出して、この手で始末してやります。必ず、この手で」

ナタリアは鬼気迫る形相で、ぐっと拳を握ってみせた。

どうやらアレンがすぐそばにいたせいで、追跡魔法の邪魔になっていたらしい。

（俺……八つ裂きにされるのかー……）

無実とも言い切れないので、大人しく運命を受け入れるしかない。

遠い目をしていると、ナタリアが拳を解いて、件の旅行鞄をそっと撫でる。

「邪魔者はいますが……わたしはいつかねえさまを探し出します。憎まれていても、恨まれていてもかまいません。これを返して……ねえさまに、ちゃんと謝るんです」

絞り出す声はとても固く、相当な覚悟がうかがえた。ナタリアはボロボロと涙をこぼしながら、最後の決意を口にする。

「だから、そのためにも、わたしはもっと、もっと強くならなきゃいけないんです……！」

「……おまえの気持ちはわかった」

アレンはその肩をぽんっと叩いた。

姉に会って謝りたい。その思いは本物だろうし、尊重すべきものだ。

「だが、あまり無茶はするな。おまえに何かあれば、姉だって悲しむに違いない」

「ふん……陳腐なセリフですね。あなたに、ねえさまの何が分かるというんですか」

「わかるとも」

不満げなナタリアの涙を拭ってやりながら、アレンはさっぱりとした笑みを返す。

ナタリアが口にした覚悟は、奇しくもシャーロットが先日妹へ向き合う決意を固めたときと、よく似通ったものだった。

だから――この姉妹なら大丈夫だと、心からそう思えた。

「断言しよう。おまえたち姉妹は、昔よりずっと自然に笑い合えるようになる」

「……まさか」

「信じられないか？　なら、その目で確かめさせてやろうじゃないか」

「まるで、ねえさまと会わせてやるとでも言いたげな口ぶりですね……」

ナタリアは渋い顔でアレンを見つめる。その真意をはかりあぐねているようだった。

「どうしてそこまでするんですか。あなたとわたしは、つい先日会ったばかりの他人なのに」

「なに、簡単な話だ」

大事な人の妹だから。

それももちろんあるが、この一週間でアレンにとってナタリアはまた違った特別な存在に昇華していた。頭をぐしゃぐしゃと撫で回し、ニヤリと笑う。

「おまえは俺の生徒だからな。生徒のために身を粉にするのが教師というものだろう」

「……アレン先生」

ナタリアはぽつりとこぼし、鼻をすすった。

いつもの憎まれ口はすっかりなりを潜めてしまって、そこにはたしかな信頼が感じられた。

「よし、それじゃあ帰ろう。その前に軽くクソガキを診て……うわっ」

そこでアレンはぎょっとして声を上げてしまう。

いつの間にやらクリスが起き上がっていたのだ。それだけならまだしも、彼は滂沱の涙を流していた。体中の水分が抜けるのではないかと心配になるほどの号泣ぶりである。

それに気付いて、ナタリアもまたびくりと肩を跳ねさせた。

「ど、どうしたのですか、クリス。どこか痛むのですか」

「違う……！　痛むとしたら……僕の良心だ……！」

「はあ……？」

怪訝な顔をするナタリアに、クリスはがばっと頭を下げる。

「すまない……目が覚めて、聞いてしまったんだ……！　僕は、僕はなんて愚かなことをしてしまったんだろう……！　本当にすまなかった、ナタリアくん……！」

「いや、別にもういいですけど……なんですか、急に」

「……僕にも姉様がいるんだ」

クリスは肩を落とし、ぽつぽつと打ち明けた。

聞けば彼もまた良家の出身で、最近姉と貴族の婚約が決まったという。

だがしかしその結婚は借金のかたに売り払われるも同然で、おまけに彼女には昔から密かに将来を誓い合った幼馴染みの青年がいて……思い悩む手紙が何通も届き、クリスは苦悩していたらしい。

「いくら神童と言われたって、僕はまだ子供だ。家のことには何も口出しできないし、姉様に何もしてあげられない。それが悔しくて……きみにそのモヤモヤをぶつけていたんだ。

本当に、すまなかった」

「……ふうん、なるほど」

ナタリアはうんうんとうなずいて、うなだれるクリスの肩を叩いてにこやかに笑った。

「いいですか、クリス。あなたはまだ間に合います」

「えっ……」

「あなたはそのお姉様に……何を望むのですか」

「そ、そんなの決まってる！　幸せになってもらいたい！　それだけだ！」

「いい返答です。ならば子供とかそんなの関係なく、やるべきことは決まっています」

そこでナタリアは笑みを深め、悪魔のようにクリスの耳元に囁きかける。

「ちょうど暇していたところです。来月にでも、あなたの生家のあたりに遊びに行きましょう。そこでまあ、不審な事故なり人攫いなりにあって、あなたの姉様とその幼馴染みとやらが姿を消すかもしれませんが……まあ、世の中そんなこともありますよね。うんうん」

「ナタリアくん……！」

パッと顔を輝かせるクリスだった。

少年少女が手を取り合う光景は友情を感じさせたが、どちらも目はギラギラと鈍い光を帯びていた。アレンは額を押さえてうめくしかない。

「堂々と悪巧みを持ちかけるなよ……」

「なんです、文句があるんですか。これも立派な人助けではないですか」

「それは全然問題ない。好きなだけやれ」

さぞかしいい経験になるだろう。ただし、大人の監視は必要だった。

「好きなだけやってもいいが……計画ができたらまず俺に見せろ。完全犯罪には入念な準備が必要だからな。ついでにその婚約者の家とやらは俺が徹底的に調べてやる。金貸しなんぞやってる貴族だ、どうせ埃が出てくるだろう。黙らせるカードは多い方がいいからな」

「大魔王……！　ありがとうございます！」

「わたしが言うのも何ですが、あなたも相当にお人好しですよね」

ナタリアが苦笑し、和やかな空気が生まれた――そのときだ。

ドォオオオオオン!!

「ひゃっ⁉」

洞窟全体を揺るがすほどの振動が、轟音とともに襲いかかった。

その後も断続的に地響きが続き、しかもそれが明らかにこちらへ近付いてくる。

ナタリアとクリスが物陰からこっそり顔を出し、ひっと短い悲鳴を上げた。

アレンも続いて様子をうかがって、感嘆の声を上げる。

「おお、やっぱりあいつか」

のし、のし、と歩いてくるのは見上げんばかりに巨大な赤竜だ。

体型はボールのようにまん丸で、大きな口の隙間からはチロチロと炎が漏れ出ている。

見上げんばかりの巨体を見て、子供たちは真っ青な顔で震え上がった。

「ぼ、ボスのサラマンダーだ……！」

「くっ、さすがはここの主……通常個体の倍はあるじゃないですか」

サラマンダー、いわゆる火炎龍である。数千度の炎を吐き出し、鱗と分厚い脂肪で守られた体には生半可な攻撃では傷をつけることすらかなわない。

竜の中でも特に凶暴な種族として有名だ。

おまけにちょうど今の時期は産卵期。寝ぼけたような顔だが、目はやけにギラついている。同種以外の者を敵とみなし、一瞬で炭へと変えてしまうことだろう。

さすがのナタリアやクリスも、サラマンダーを相手取ったことはないらしい。

うろたえながらも、アレンの顔をまっすぐに見上げてくる。

「どうします。アレン先生。サラマンダーについては一応授業で学びましたが……共同戦線ですか」

「ぼ、僕も囮(おとり)でもなんでもやります！　言ってください！」

「ああもう、落ち着け」

意気込むふたりを抱え込み、岩陰へとぐいっと押しやった。

「いいか、あいつの倒し方は簡単だ。そこでおとなしく見ていろ」

「ちょ、アレン先生⁉」

ナタリアが慌てるのにもかまわず、そのままアレンはその場からばっと飛び出した。

突然現れた人影に、サラマンダーがぴたりと足を止める。

しかし、あっという間にその体が紅蓮色の光を帯び始めた。外敵への威嚇色だ。

そのままサラマンダーは勢いよく地を蹴って、アレンへ突進してくる。生身で食らえばひとたまりもないが——アレンは声の限りに叫んだ。

「ポチ！　おすわり！」

「グルル……ルァアアア!!」

どーーーん！

サラマンダーがアレンへと突っ込んで、今日一番の地響きがダンジョン全体を揺るがした。

あたり一帯は砂塵で覆われ、ナタリアは慌てて岩陰から飛び出すのだが——。

「あ、アレン先生！　……先生？」

ナタリアはぽかんと口を開けて固まってしまう。こわごわとのぞいたクリスも同様だった。

ふたりが見たのはぺしゃんこになったアレンでも、返り討ちにされたサラマンダーでもなかったからだ。

「ぐるぐるぅ～♪」

「ええい、くそ！　おすわりだと言っただろうがバカ！」

サラマンダーにのしかかられながら、アレンは怒声を上げる。

押し返そうとするものの岩のような巨体はびくともせず、撫でられたと勘違いしたのか、かえってご機嫌になって喉を鳴らす始末だった。威嚇色は完全に消え去って、リラックスしていることがひと目でわかる。

「あら～？」

そこでおっとりとした声が洞窟内に響く。

奥から歩いてくるのは、大きなバケツを抱えたジャージ姿のアレンの養母、リーゼロッテだ。

「ダメよ～。ここは今、生徒は立ち入り禁止なんですからねえ。入っていいのは、魔物学教師の私だけよ～」

「す、すみません、リズ先生。実はいろいろあって……でもあの、サラマンダーの様子が変なんですけど……」

「あらあら、まあまあ～」

リーゼロッテは頬に手を当てて、今にも圧殺されそうな息子を微笑ましそうに見やる。

「ポチちゃんったら、アレンちゃんの顔を覚えていたのねえ。卵から育ててくれたパパですものね～」

「躾はできないままだがな……」

「ガウ！」

幼少の頃に養母の手伝いで孵（かえ）したサラマンダーは、なぜか誇らしげに返事をしてみせた。

昔から躾の類いは不得意で、甘やかしまくっていた結果がこのざまである。今もあまりやることは変わらないなあ、とアレンは巨龍に潰されながらひとりごちた。

こうしてふたりを連れてダンジョンの外へ出ると、一同が揃い踏みしていた。

シャーロットたちに、ナタリアの舎弟、クリスの配下……それにアレンの養父、ハーヴェイの姿もあった。みな不安そうに顔を見合わせていたが、アレンたちの姿を見てあちこちからホッとしたようなため息が聞こえてくる。

「ナタリア……！」

そんな中から、シャーロットが弾かれたようにして駆け出してきた。

青い顔でナタリアの前にしゃがみ込み、その肩や頬をぺたぺた触って確かめる。

「大丈夫ですか⁉　怪我は……どこも怪我はありませんか⁉」

「え、えっと、大丈夫です……けど」

ナタリアはすこし目を丸くしながら答えてみせた。

シャーロットの狼狽ぶりが予想以上だったからだろう。

そんな中、一緒に出てきたクリスがハーヴェイの前まで歩み出て、深々と頭を下げてみせる。

「申し訳ありませんでした、学長。すべては僕の責任です。どんな罰でもお受けします！」

「ふむ、きみも一皮剝けたようですね」

それにハーヴェイは目を細めて笑った。手下たちもクリスの突然の変化に戸惑っている様子だったが……無事で安堵したようだった。ナタリアの舎弟たちも似たような反応だ。

柔らかな空気が満ちても、シャーロットは青い顔のままだった。

ついには目の端に涙を溜めて、嗚咽をこぼし始める。

「よかった……ほんとうに……あなたに何かあったら、私……私……」

「すみませんでした、シャロさん。ご心配をおかけしたようで……でも、本当に大丈夫ですから」

ナタリアはオロオロとそれを慰める。

微笑ましい光景である。そこで、アレンはシャーロットの肩をぽんっと叩いた。

「そうだぞ。すこし落ち着け、シャーロット」

「で、でもアレンさ………………えっ」

「……シャーロット？」

シャーロットが凍り付き、ナタリアは怪訝そうに眉をひそめる。

対照的な姉妹の反応にアレンはニヤリと笑って――。

「そら、感動のご対面だ」

「なっ……！」

「っ……!?」

シャーロットがかけていた魔法の眼鏡を素早く取り上げた。

姉妹はどちらも同時に息を呑む。

眼鏡を取ったことで、認識阻害の魔法は解けた。ナタリアの目には、姉が――ずっと後悔の念とともに追いかけ続けてきた姉が、突然目の前に現れたように映ったことだろう。

見守っていた舎弟たちもざわめき始める。ゴウセツやルゥも目を丸くしていたが、そちらは静観を選んだらしい。

息を止めて固まるナタリアの前で、シャーロットはさらに顔を青くさせてうろたえる。

「あ、アレンさん⁉　突然何をするんですか……！」

ずりずりと後ずさりして、妹から離れようとするが――。

「大丈夫。ほら」

アレンはその手を引っ張って、もう一度妹の前に立たせてやった。

緊張で強張る肩を叩き、耳元で囁く。

「今なら妹に、おまえの言葉は必ず届く。俺が保証するから……勇気を出せ」

「アレンさん……」

シャーロットはアレンとナタリアの顔をこわごわと見比べて、ごくりと喉を鳴らしてみせた。

自分の意思で一歩前に進み、妹に真正面から向き合う。

「あ、あの……ナタリア。その……」

ぐっと拳を握り、シャーロットは妹から目をそらさないまま続ける。

「私のせいで、あなたにたくさん迷惑をかけたと思います。だから、ずっと、謝りたくて――」

「本当に……！」

シャーロットの言葉を遮って、ナタリアはその腕に縋り付いた。

限界いっぱいまで開かれた目で姉を見上げながら、声を震わせる。

「ほんとに、本物のねえさま、なんですか……！　アレン先生の幻術……なん、じゃ」

「おまえなら見ればわかるだろ」

アレンはそれに柔らかな笑みを向けてやる。

「それでも疑うなら、姉しか知らないことを聞いてみるがいい。俺が操る幻術なら返答は不可能だ」

「そ、それじゃ……あの、昔、よく読んでくれた絵本の内容は……」

「えっと、動物園のお話ですよね？」

「っ……！」

雷に打たれたように、ナタリアの肩が大きく跳ねる。シャーロットは苦笑しながら、ゆっくりと答えた。

「子供たちが動物園に行く絵本。お母さんが生きていた頃、よく読んでくれて……それで公爵家にも持って行ったんですけど、いつの間にかなくなってしまって。きっと捨てられたんだと……な、ナタリア？」

「あ、あ、ああああ……！」

ナタリアはボロボロと泣き崩れた。顔を覆うことも、涙を拭うこともしない。

震える指先を懸命に動かして、足元に置いてあった旅行鞄の鍵を開く。

中には上等な布で何重にも包まれた何かがあった。

その布を、ナタリアはもどかしそうな手つきでほどいていく。

「こ、これ……ねえさま、これ……！」

「それは……！」

はらりと布が落ちたあと、そこに現れたのは一冊の色あせた絵本だった。

背表紙や小口に細かな傷があるものの、ほかには目立った破損もなく、とても大事に扱われていたことがうかがえる。表紙に描かれているのはデフォルメされた魔物たちと遊ぶ、何人もの子供たち。

ナタリアはその絵本を、シャーロットにおずおずと差し出した。

「捨てられそうになってたのを、わたしが拾って、隠しておいたんです……ねえさまのかあさまとの、大切な思い出の品だって、知ってたから……」

ナタリアは泣きながら、つっかえながら、くしゃりと顔を歪ませながら、必死になって思いを吐き出す。

「ずっと、ずっとこれをねえさまに、返したくて……！　それで、もう一度……もう一度だけでいいから、ねえさまに、これを、この絵本を、読んでもらいたくって……！」

「ナタリア……！」

シャーロットは絵本ごと妹をぎゅっと抱きしめた。姉の胸に顔を埋めて、ナタリアは目を丸くする。そうして次の瞬間、姉の体にしがみついて、一番の大声で叫んだ。

「ごめんなさい、ねえさま……！　ずっとたすけてあげられなくて……！　ごめんなさい！」

「私も、私の方こそ……ひとりにして、ごめんなさい……！」

そのままふたりは抱きしめ合いながら、わんわんと声を上げて泣いた。

アレンはふたりの肩にそっと手を置き、静かにそれを見守るだけだ。

「なんかよくわかんねーけど……これって感動の再会ってやつ？」

「よかったなあ、ナタリアくん……！」

「いやあ、大団円ですねえ」

舎弟一同とクリスが雰囲気に呑まれて涙を流す。ハーヴェイも微笑ましげに目を細めてみせた。

やがて泣き止んだナタリアが、涙に濡れた顔を上げる。

「でも、どうしてねえさまがここに……？」

「実は……」

それからシャーロットは経緯を説明すると、ナタリアが目を丸くしてアレンを見やった。

「ほ、本当ですか、アレン先生……先生が、ねえさまを助けてくれたんですか」

「なに、そんな大層なものじゃないさ」

アレンが肩をすくめると、ナタリアはしばしぽかんとして――改めて深々と頭を下げてみせた。

「ありがとうございます、アレン先生。あなたは……わたしたちの恩人です」

「……姉を監禁しているやつを八つ裂きにするんじゃなかったのか」

「まさか。ねえさまを見れば、あなたがどれだけねえさまを大切にしてくれたのかわかります。会わせてもいいのか、わたしを試していたのでしょう？」

ナタリアは苦笑してかぶりを振って、柔らかな笑顔を向けてみせた。

「あなたに会えてよかった。本当に、ありがとうございます」

「ナタリア……」

その真っ直ぐな言葉と笑顔に、アレンもまた柄にもなく胸を打たれて言葉を詰まらせてしまう。

姉妹が無事に再会できて、本当によかった。

じーんと感慨に浸るアレンだが……それも長くは続かなかった。

そこでシャーロットがハッとしたような顔をして、涙を拭ってみせる。

「そうだ。ナタリアにも、ちゃんとアレンさんを紹介しなきゃいけませんね」

アレンのことを示し、そのままにこやかに告げるのは――処刑宣言にも等しいものだった。

「こちらがアレンさんといって、私の恩人で……今は大切な人なんです」

「………は？」

一瞬にして、ナタリアの顔からすべての感情が消え失せる。

その完全なる『無』の表情を見て、アレンの心臓はひゅっと縮み上がった。

（あっ。これはまずい。絶対にまずい）

確実な死の気配がすぐそばまで迫っていた。

アレンは慌ててシャーロットの言葉を遮ろうとするのだが――。

「しゃ、シャーロット。その話はまた今度の機会に……」

「いえ、聞かせていただきましょう。ねえさま、それはどういう意味ですか」

「えっ……それは、その……いろいろ、ありまして……」

シャーロットはぽっと頬を染めて、もじもじする。

かわいい。すごくかわいい。

しかしアレンは恋人のかわいさを存分に堪能することができなかった。シャーロットがもじもじしながら続けた言葉が、開戦ののろしとなったからだ。

「実は私……アレンさんと今、お付き合いをさせていただいていて――」

「貴様アアアアアアアアアア‼」

「へっ」

「うわっ⁉」

ドゴォォオオオンッッ!!

怒声と轟音は、ほぼ同時だった。

ナタリアが鬼のような形相でアレンに飛びかかり、攻撃魔法を同時に展開した。

魔力で編み上げた剣と槍を両手に構え、全身に強化魔法の光をまとって容赦なく振り下ろす。

その音速にも等しい斬撃を、アレンは瞬時に編み上げた魔法障壁をもってして間一髪で受け止めた。冷や汗が背中を伝うのを感じながら、アレンは遠い目をして心中でぼやく。

(やっぱりこうなったかー……)

姉を一途に慕う妹。またの名を超ド級のシスコン。

そんな相手に『きみのお姉さんとお付き合いさせてもらっています』と挨拶してどうなるか、火を見るよりも明らかだった。おまけに事情が事情なので、完全に下心で拾ったと見えてもおかしくない。そのせいか、殺気が予想より何十倍もすさまじかった。

「貴様ぁ……わたしのねえさまに何してくれとんじゃゴルァァアアアア!? 最初からそれが目的で近付いたな!? 不潔! 変態! クズ野郎!!」

障壁を挟んだ向こうで、ナタリアは目をつり上げ、地の底から響くような声を上げる。

「待て待て待て誤解だ! 話せばわかる! 自分で言うのもなんだが、シャーロットとは相当清い交際をしていて――」

「つべこべ言うな! 貴様だけはこの場で殺す! 八つ裂きなど生温い! 肉片のひとつ

に至るまで殺して、殺して……殺し尽くしてくれるわぁあああああ!!」

「くそっ……！　こうなったら俺も腹をくくろう！　おまえを倒して……シャーロットとの交際を認めさせてやろうではないか！」

「上等じゃあこの腐れ陰険魔法使い！　貴様なんぞに大事なねえさまを渡せるか!!」

そのままふたりは衝突し、すさまじい剣戟の音と爆音があたり一帯に響き渡った。

「え……えええええ!?　あ、アレンさん!?　ナタリア!?　どうしてですか!?　誰か!?　誰か止めてください！」

うろたえるシャーロットだが、その他の面々は渋い顔を見合わせる。

やがてハーヴェイが半笑いで口火を切った。

「いやあ……あれは好きなだけやらせた方がいいやつですよ」

「同感ですな。それよりシャーロット様は儂らと美味いものでも食べに行きましょうぞ」

「あはは、ゴウセツさんは話がわかりますねえ。では私の行きつけのレストランでもどうですか？　魚介類が絶品でして。リズちゃんやエルーカも呼んで、家族水入らずといきましょう」

『わーい！　たまにはお魚もいいよねー』

「えっ、えっ……ほっといていいんですか!?　ほんとに!?」

慌てふためくシャーロットを横目に、ナタリアの舎弟たちも半笑いで相談を始める。

「俺らはどうする……？」

「巻き込まれちゃかなわねーし……食堂で駄弁ろうぜ。クリスたちもどうだ?」

「うむ。迷惑をかけたお詫びに、ごちそうしようじゃないか」

死闘を繰り広げるふたりを放って、一同はなあなあの感じで解散となった。


かくして勃発した義兄妹喧嘩は、その日の夜ナタリアが眠くなるまで続き、ナタリアがシャーロットと一緒のベッドでぐっすり眠った次の日に、朝ご飯を食べてからまた再開となって……そんな感じでのべ三日ほど泥沼の戦いが続き、学院の伝説がまたひとつ増えたという。

ノベルス版　番外編　小さな勇者、魔王打倒に燃えること

その日、ヘンリー少年は決意した。

必ずやあの、邪知暴虐を極めし魔王を討たねばならぬ、と。

「よし！　準備万端だ！」

街外れの森の中、ヘンリーは棒を高々と掲げてみせた。

厳選して拾った棒きれは太さも長さも申し分ない。それと家から持ち出した真っ赤なスカーフを首元に巻き付ければ、れっきとした勇者の誕生だ。

ヘンリーは意気揚々と仲間たちへと呼びかける。

「覚悟はいいな、フラット！　カリム！」

「お、おう……」

「うーん……」

しかし返ってきたのは気のない相づちで。

いつも一緒に遊ぶふたりは、闘志に燃えるヘンリーとは対照的に渋面を浮かべて棒立ちになるだけだった。一応言われたとおり、家からパチンコや子供用バットといった武器を

持ってきてはいるものの、まるでやる気を感じられない。

ヘンリーは頼りない仲間たちを睨め付ける。

「なんだよおまえら、今さら怖じ気づいたのか？　俺たちで魔王を討つって決めただろ！」

そう言って彼が指し示すのは、木立の向こうに佇む一軒の屋敷だ。

それこそが悪しき魔王の城塞であり、ヘンリーたちの目指す場所。

彼らの使命はたったひとつだった。

「魔王を倒して……俺たちの手で、あのお姫様を救い出すんだ！」

ヘンリーがお姫様に出会ったのは三日前のこと。

森の中で遊んでいるときに転んでケガをし、ふたりの肩を借りて街へ帰ろうとしたところ、偶然にもあのお姫様が通りかかった。

長い金髪に、きらめくほどの美貌、気品溢れるたたずまい。

どこからどう見てもお姫様なそのお姉さんはシャーロットと名乗り、持っていた魔法薬を惜しげもなく使ってヘンリーのケガを治してくれた。

『よかったら今度お屋敷に遊びに来てくださいね』

ふんわり微笑んで彼女が指さしたのは、街でも有名な変わり者の魔法使い――《魔王》アレンの住まう屋敷だった。どうやら彼女もあそこで暮らしているらしく……ヘンリーはぐっと拳を突き出して叫ぶ。

「お姫様はきっとどこかのお城から、魔王にさらわれてきたんだ！　助け出さなきゃいけないに決まってるだろ！」

「でもさあ、さらったお姫様を、なんであんなふうに自由に出歩かせてるのさ」

「えっ、ええっとその……あたりの見張りをさせてる、とか？」

「魔王なんだし、ほかに手下とかいるんじゃないの」

「わざわざさらったお姫様に雑用なんてさせるかなあ」

フラットとカリムのどちらも、ヘンリーの意見に懐疑的だ。

そのままふたりは顔を見合わせてぼやく。

「そもそもあの魔王、実はけっこういい奴みたいだしねえ。この前だって、僕の家の飼い猫を保護してくれたし」

「うちのケーキ屋にもよく来るからお得意様なんだよ。窯をタダで直してくれたって、パパがよろこんでたよ」

「そんなの魔王の策略に決まってるだろ！　騙されるな！」

ヘンリーは地団駄を踏む。

かく言う彼の家も雑貨屋を営んでおり、魔王が気前よくいろいろなものを買ってくれるというのでとくに母親の機嫌がいい。『あんた、森に遊びに行くのはいいけど魔王さんに迷惑かけないようにね』というのが最近の口癖だ。

すこし前まで好奇の視線を向けていた街の人々も、今ではみんな魔王に好意的である。

だがしかし、ヘンリーの目は誤魔化せなかった。理由はただひとつ。

「あんな凶悪な顔したやつが、いい人なわけないじゃないか！」

「まあ、たしかに……ほんっと人相は悪いよな」

「言動も不審者全開だしな……」

魔王の擁護に回ったはずのふたりだが、しみじみと首肯する。

ヘンリーは我が意を得たりとばかりに鼻息を荒くした。

「だろ！　だから俺たちで魔王を倒すんだ！　勇者になれるチャンスだぞ！」

「でもどうやって？　魔王ってかなり強いって噂だろ」

「そこはこう、後ろから不意打ちでガツンとやればなんとかなるだろ」

「不意打ち……勇者っぽくないなあ」

「ほぼほぼノープランに等しいじゃん。ほんとに上手くいくかなあ」

「成功するに決まってるだろ。正義は必ず勝つんだ！」

こうしてヘンリーは意気揚々と、あとのふたりは不承不承といった様子で魔王の屋敷へと向かった。目指すは正面玄関ではなく、裏手に広がる大きな庭だ。

そこから屋敷へ忍び込んで魔王を討つ。

そういう完璧な作戦だったのだが――一行は早々と障害に出くわすこととなった。

「なにあれ……」

「さあ……？」

茂みから顔を出して庭をうかがい、ヘンリーは首をかしげる。フラットもまったく同じ反応だった。

まっすぐ庭を突っ切った先に、屋敷の裏口がある。

そしてその扉の前に、不可思議な生き物がひなたぼっこしていたのだ。

一言で言い表すとするならば、大きな茶鼠。ちょうどヘンリーたちくらいのサイズのそれが、枯れ草で作ったベッドの上で気持ちよさそうに寝返りを打っている。

番犬でもいるかもしれないと思っていたが、巨大ネズミは予想外だった。何しろネズミときたらどこからどう見ても間抜けそうな顔立ちで、緊張感がまるでなかったのだ。

意気込んでいたヘンリーも、謎の生き物を前にして闘志がゆるむ。

だがしかし、そのネズミを目にした瞬間。仲間のひとり、カリムの様子がおかしくなる。

彼は顔をさあっと青ざめさせて、よろよろと後ずさる。

「あっ、あれはまさか……地獄カピバラ⁉」

「知ってるのかよ、カリム」

「前に本で読んだんだ！　すっごく強くて、怒らせるとヤバい魔物なんだって！」

「そ、そんなバカな。あんな気の抜けた顔のネズミが強いわけないだろ」

「でもたった一匹で大きな国を滅ぼしたこともあるとかいうし……！」

ヘンリーは半信半疑だが、カリムの怯(おび)えようは本物だった。

そのせいでフラットもまた顔を引きつらせてヘンリーの袖を引く。

「な、なあ。やめとこうぜ。そんなヤバい魔物、俺たちじゃどうしようもないって」

「っ……だからって諦められるか！」

「なっ、ヘンリー！　待てって！」

仲間たちの制止の声も聞かず、ヘンリーは茂みから飛び出した。

そのまままっすぐに、地獄カピバラという魔物のもとへと駆けていく。

「でやあああ！」

枝を大きく振りかぶり、バツ印の古傷が刻まれた額めがけて振り下ろす。

見事に一撃がヒットして、地獄カピバラは昏倒(こんとう)――しなかった。

「へっ、いだ⁉」

枝が額を打ち据える寸前、突如として地獄カピバラの姿がかき消えてしまい、ヘンリーは勢い余ってその場に転んでしまう。

「いたたたた……あ、あれ⁉　ぶ、武器がない……！」

握りしめていたはずの枝が消えていた。しかしその行方はすぐに判明する。背後でフラットたちが騒ぎ始めて、何の気なしに振り返った先。

「ぴー……？」

「ひっ……⁉」

地獄カピバラがいつの間にか彼のすぐ後ろに立っていた。その前足にはヘンリーの枝が握られており、それを軽く振るうと――。

ドゴォオオオオオン！

「っ……⁉」

とっさに身を伏せて正解だった。

枝先からすさまじい衝撃波が生じ、庭に生えていた大きな木が吹き飛んだ。

もうもうと立ちこめる砂煙。ヘンリーは唖然と口を開いて固まるしかない。

「かぴ？　かぴぴー……」

巨大ネズミは首をひねってから、ヘンリーらに向けて丸っこい頭を小さく下げた。

彼らが魔物言語を理解できれば『おっと、寝惚けて反撃してしまいました。小さなお客人様方、たいへん申し訳ございませぬ』という謝罪の言葉だと理解できたはずだが、そんなスキルをヘンリーたちが有しているはずもなく――。

「ひぎゃあああっ⁉」

三人はほとんど同時、その場から一目散に駆け出した。

魔王の屋敷のすぐ裏手には鬱蒼とした森が広がっている。とはいえ三人にとっては慣れ親しんだ遊び場で、最短距離を突っ切って街まで逃げることも容易いはずだった。

しかし災難は続くもの。すぐに彼らの行く手を遮る影が現れた。

「ぐるるるる……」

「ひっ……！　今度はオオカミ⁉」

躍り出たのは白銀の毛を持つオオカミだった。

低く唸る口元から覗くのは、鈍く光る牙である。大人はおろか、丸腰のヘンリーたちでは太刀打ちできずに嚙み殺されるのが火を見るより明らかだった。

三人は身を寄せ合って後ずさるしかない。

その背後からはのそのそと、地獄カピバラのものらしき足音が近づいてきていて――。

「こ、こんなヤバい魔物たちを手下にしてるなんて……！　やっぱり僕たちだけで魔王を倒そうなんて無謀だったんだよ！」

カリムが半泣きになりながら悲痛な声を上げる。

ヘンリーもまた後悔の念に苛まれていた。膝はガクガクと震えっぱなしだし、涙は今にも溢れそうだ。だがしかし、それでも彼の心は折れなかった。

「無謀だったとしても……！」

その辺に転がっていた細い枝を拾い、オオカミへとまっすぐ突きつける。

「それでも俺は諦めない！　俺たちが諦めたら……お姫様はどうなるんだよ！」

「っ……！」

お姫様はきっと魔王に囚われて、毎日辛い思いをしているはず。

それを救えるのはヘンリーたちしかいないのだ。

その台詞に、フラットとカリムがはっとする。ふたりはしばし逡巡してから、ヘンリーに倣って自分たちの武器を構えてみせた。

三人は目配せして、まっすぐオオカミに対峙する。

「いくぞ、魔王の手下たち！」

「がっううー」

オオカミが地を蹴り、ヘンリーたちもまたそれを迎え撃とうとして――。

「こら、何をやっている」

「きゃうん！」

「へ」

横手からすっと伸びた手が、オオカミの首根っこを押さえてみせた。

現れたのはヘンリーたちの討伐目標、魔王本人だ。

彼に軽くゲンコツをくらったオオカミは恨みがましい目を向けて魔王に吠える。

「がうわう。がう！」

「はあ？『ちょっと遊んであげただけじゃん』だと？　おまえは遊びのつもりでも、人間の子供からすると軽く命の危機だぞ。体格差を考えろ、体格差を」

魔王はジト目でそれを流すだけだった。

そのやりとりを、ヘンリーたちはぽかんと見つめるしかない。

「な、なんで魔王が俺たちを助けてくれたんだ……？」

「さあ……」

「アレンさーん。どうかしたんですかー？」

「あっ、お姫様だ！」

「はあ……？　お姫様だと？」

そこで遅れて、例のお姫様もやってきた。

彼女とヘンリーたちを見て、魔王は首をひねる。

「シャーロットもこいつらとは知り合いなのか？」

「はい。この前森で会ったんです。ケガをしていたので、アレンさんからいただいた魔法のお薬を使ってあげたんですよ」

「おまえはすぐそうやって見ず知らずの他人に恩を作るなあ」

「見ず知らずじゃありませんよ。よくお屋敷の近くで遊んでいるのを見かけていましたし！」

「そんなふうにして知り合いを増やすから、変なのに懐かれるんだぞ……」

魔王は彼女に苦笑を向ける。

そうすると凶悪な人相がすこしは柔らかくなった。口調もどこか弾んでいる。

それはどう見ても、お姫様を監禁する悪い魔王の姿ではなくて——ヘンリーたちはますます目を白黒させるしかなかった。

「なんか魔王とお姫様……仲良しじゃない？」

「だよな……」

「ひょっとして誘拐されたんじゃないのかも……」

そんなことをひそひそと話すうち、追いついた地獄カピバラが魔王の腰に頭突きして抗議らしき鳴き声を上げる。

「かぴっ、ぴかぴー」

「なに、『変なのとは儂のことですかな。貴殿よりかは十分まっとうな人格者であると自負しておりますが』だと？　鏡を見てから言え」

「がるぅ、ぅう！」

「『ルゥだっておまえよりは断然大人だぞ』だと？　どいつもこいつも生意気を言うな！」

オオカミにも甘噛みされて、魔王はぎゃーぎゃーと騒ぐ。

手下かと思いきや、特に慕われているというわけでもないらしい。

（こいつ、本当に悪い魔王なの……？）

そんな疑問が、あらためてヘンリーの脳裏をよぎる。

だから、微笑ましそうに魔王らのやりとりを眺めていたお姫様の袖をこっそりと引いてみた。

「ねえねえ、お姫様」

「へ？　お、お姫様って、ひょっとして私のことですか？」

「うん。お姫様は、どうして魔王と一緒に住んでるの？」

「えっ、えっとですね……」

お姫様は言葉を詰まらせてから、かすかな苦笑を浮かべてみせた。

「私、行くところがなくて。それでアレンさんのお屋敷でお世話になっていたんです」

「そうだったんだ……」

「でも、今は……」

「？」

お姫様はふんわりとはにかんで、声をひそめて告げる。

「私がアレンさんと一緒にいたいから、おそばにいるんです」

「……ひょっとして、お姫様……魔王のこと、好きなの？」

「ふふ……はい」

彼女は小さくうなずいて、くすくすと笑った。

それは囚われの姫君が浮かべるはずのない、幸せそうな表情で——なぜかそれを目にして、ヘンリーの胸がちくりと痛んだ。

魔物二匹を押さえつつ、魔王がごほんと咳払いをする。

「ともかく立ち話も何だし……おまえたち屋敷に来るか？　こいつらが脅かしてしまった詫びに茶でも出そう」

「わあ、お客様を招いてのお茶会ですね！　素敵です！」

「お茶会だって……どうする？」

「せっかくだし行く？　ねえねえ、このオオカミとか地獄カピバラ、噛んだりしない？」

「大丈夫ですよ。ふたりとも、とっても優しい魔物さんですから！」

「………」

フラットとカリムも、すっかり警戒を解いてはしゃぎ始める。

盛り上がる面々をよそに、ヘンリーの胸の痛みはなぜか増すばかりだった。

のちに彼はこのときの胸の痛みを、生まれて初めての失恋だったと気付くのだが――その頃になってもまだ、魔王とお姫様は仲睦まじくその屋敷で暮らしていたという。

文庫版　番外編　イケナイ変化

盛大な師弟喧嘩が一区切り付いた次の日。

浮かれた入園ゲートの前で、ナタリアが堂々と宣言した。

「今日一日、わたしがこの遊園地でねえさまにイケナイことをお教えします！」

「はい、よろしくお願いします！」

それにシャーロットは目を輝かせて応えてみせた。小さめのポシェットと白い帽子をしっかり装備して万全の行楽スタイルだ。

そんな姉妹の後ろで、アレンはパンフレットを手に唸るしかない。

「まさか、俺が出奔してから島にこんなスポットができているとはなあ……」

ゲートの向こうに広がるのは、大小さまざまなアトラクションだ。回る巨大ティーカップ、急勾配コースを疾走するカート、空飛ぶ箒の体験コーナーなどなど。

それらの足元でクマの着ぐるみが風船を配り、クマ耳カチューシャを付けた子供たちが屋台のドーナツを頬張る。あちこちで笑い声が響き合う、夢のような空間だ。

それがアテナ魔法学院の島内にでんっと居を構えているのだから、なかなかシュールなものだった。

「一応ここも学院の敷地なんだが、よく作ったもんだな」

「学院長の肝煎りで建設された施設なんですよ。学生だけでなく観光客にも人気で、かなりの利益が出ているとか」

「ま、息抜きには悪くないか」

本土から遠く離れたこの地では、ホームシックにかかる生徒も多い。ガス抜きとして娯楽を提供するのも学園の仕事というわけだ。

アレンは納得しつつパンフレットを読み込んでいくのだが――。

（いや……叔父上め、母上とデートしたい一心で作ったな？）

パンフレットには『恋人を連れて行くならココ！』だの『アダルトな雰囲気満点！』だのという謳い文句が散見され、カップル＆夫婦向けのデートスポットが多くて察してしまった。

気付かなかったふりをしてパンフレットをそっと懐にしまう。両親のデート姿など想像してはいけない。

そんなアレンに、ナタリアはびしっと人差し指を向ける。

「ゴウセツ先生から聞きましたよ、大魔王。イケナイことと称して、ねえさまに自堕落な楽しみを享受させているとかなんとか」

「ぐっ……あいつめ、余計なことをぺらぺらと。だが、それがどうかしたのか？」

「ええ、着眼点は悪くないかと。ねえさまはこれまでご苦労なさった分、いろんな楽しいことを知るべきです。そこは同意いたします」

「『そこは』……だと?」

その口ぶりに含みを感じ、アレンは眉をひそめる。

ナタリアは胸を張って居丈高に続けた。

「わたしの方が、ずっと上手にねえさまにイケナイことを教えることができます。今日はそのことを大魔王に知らしめようと思いましてね」

「だからシャーロットだけでなく俺も誘ったのか……」

自分の方がシャーロットを喜ばせることができる。

その手練手管を見せつけて、アレンを牽制しようという魂胆なのだ。

しかめ面のアレンに、ナタリアはあくどい笑みで続ける。

「ふふふ……先日の死闘は決着が付かず終いでしたし、こういう形で雌雄を決するのも悪くはないでしょう。安心して役目を譲ってくださいね、アレン先生?」

「くくく……あの戦いで手加減されていたとも知らず、ずいぶんと吠えるじゃないか。シャーロットにイケナイことを教えるのは誰が何と言おうと俺の仕事だ」

アレンも全力でその喧嘩を買ってメンチを切って、ふたりの間にバチバチと苛烈な火花が散る。その一角だけ楽しい遊園地ムードが死んで葬儀場のような空気が漂った。

「はわわ……遊園地だなんて初めてです」

その一方で、シャーロットはパンフレットを開いて平和にドキドキしていた。

「ど、どこから行けばいいんでしょう。迷っちゃいますね」

「大丈夫ですよ、ねえさま。わたしが効率的に回れるプランを立てておりますので」

そう言ってナタリアは懐から付箋とメモだらけのパンフレットを取り出してみせる。

「手下たちと何度か遊びに来たことがあるので、下調べは万全です。どうかお任せください」

「すごいです！　ナタリアは頼りになりますねえ」

「ふふふ、これくらい当然です」

姉から褒められてナタリアは得意げだ。ちらっとアレンを見やってドヤ顔を見せる。

（ぐっ……先手を取られたか。しかしどうする。どう考えてもナタリアの方が有利だぞ）

なにしろ実の妹だ。シャーロットの好みも性格も熟知しているはずで、喜ばせることなんて簡単だろう。

（これはかつてないほどに俺が不利な戦いなのでは……？）

アレンがそんな危機感を抱いている間にも、姉妹は仲良くプランを相談する。

「それじゃ、まずはどこから行きましょう」

「最初はメリーゴーランド。そこからコーヒーカップや大迷路などを順に回っていきましょう」

「どれも素敵な響きです……！　どんなアトラクションなのか楽しみにしていますね」

シャーロットはますます目を輝かせ、ふと前方を指し示す。

「あ、ナタリア。あれはいつ行くんですか？」

「あれ、って……あんなのにねえさまを連れて行けませんよ！」

ナタリアはギョッとして叫ぶ。

シャーロットが言う『あれ』とは園内でもっとも目立つ凶悪なアトラクションだった。

敷地内をぐるりと一周するほど長いコースは高低差が大きく、ところどころで一回転するような激しいもの。そして、そこを走るコースターの速度は凄まじく――。

「あれはドラゴンコースター！　最高高低差百メートル以上のコースを猛スピードで駆け抜ける拷問コースターなんです！　なんでもドラゴンの飛翔を参考にしたとかで……乗るときに『何があっても訴えません』って誓約書を書かされるんですからね⁉」

「そ、そうなんですね。ナタリアは乗ったことがあるんですか？」

「舎弟たちと前に一度……わたしはまだ耐えられましたが、みんな気絶したり乗り物酔いしたりで散々でした」

ナタリアはげんなりして言う。

ドラゴンコースターの餌食となった手下らの介抱にずいぶん難儀したようだ。

実際、アトラクションの降り口にはうずくまった客たちが数多く見えるし、コース上を疾駆するコースターからはこの世のものとは思えない悲鳴とか細い命乞いがいくつも聞こえてくる。それに怯えて、並んだ列を離れる者もちらほらいる。

「ともかく、あんな危険なアトラクションは今日のプランには含まれておりません。どうぞご安心くださいませ」

「えっ、そ、そうですか。今日は乗らないんですね……」

「ねえさま？　どうかしましたか」

にこやかなナタリアと対照的に、シャーロットはすこしばかりしゅんとする。

そんな様子をじーっと見つめて、アレンはズバッと指摘する。

「シャーロット。おまえ、本当はあのジェットコースターに乗ってみたいんだろ」

「ぎくっ」

「はあ!?」

ナタリアがすっとんきょうな声を上げて姉の顔を凝視する。

シャーロットはコースターとナタリアを見比べてから、両手の指をすり合わせてごにょごにょと言う。

「はい……実はずっと気になっていたんです」

「ど、どうしてですか!?　見るからにヤバめのアトラクションだってわかりますよね!?」

「たしかに怖そうですが……」

シャーロットはコースターをじっと見つめてから、不安を振り払うように力強く拳を握る。

「ルゥちゃんやゴウセツさんには乗せてもらったことがあっても、ドラゴンさんには乗ったことがないんです。ドラゴンさんの乗り心地が体験できるのなら、ぜひとも乗ってみたいんです！」

「いやいやいや、絶対やめた方がいいですって！　ほんとに生きた心地がしないんですから！」

「だが、乗ったくらいで死にはせん」

必死に引き止めるナタリアを制し、アレンはぐっと親指を立ててみせる。

「スリルに身を任せ、普段出さないような大声を上げる。これもまたイケナイことのひとつと言えよう。俺はシャーロットの挑戦に付き合うぞ」

「アレンさん……ありがとうございます！」

シャーロットはホッとしたように顔を綻ばせる。

「あ、ドラゴンコースターが嫌ならナタリアは待っていてくださいね。あとでアレンさんとふたりで乗って——」

「いいえ！　わたしも行きます！　ねえさまだけを死地に送るわけにはいきません！」

ナタリアが慌てて宣言したので、まずは三人そろって列に並ぶこととなり——。

「きゃあああああ⁉」

「うぎゃあああああ⁉」

「ふむ、なるほど。たしかにこの急降下の角度はドラゴンに近いな」

三人仲良く、ジェットコースターの洗礼を受けた。

のべ三分ほどの空の旅を終えたあと、シャーロットは近くのベンチにぐったりともたれかかる。

「あうう……まだ目が回ってます」

「だから言ったんですよ、やめた方がいいって」

ナタリアは眉をひそめつつ、姉の顔に浮かぶ汗を拭う。当人もすこし顔が青白く、どっと疲れた様子だ。

その一方で、シャーロットは興奮気味に言う。

「でも、ドラゴンさんはやっぱりすごいスピードでした。貴重な体験ができてよかったです」

「おまえ、それをルゥたちの前で言うなよ？　あいつら『それならドラゴンにも負けないスピードを出してみせる！』だのと意気込みかねんからな」

「あうう……たまにならいいんですけどねえ」

「頻度次第ではあれを許容されるのですか……？」

ナタリアは信じられないものでも見るような目でシャーロットを凝視した。

ともかくその後もシャーロットは遊園地を満喫した。ナタリアが目を付けていた高級レストランが満員で、急遽別の店で昼食を取ることになるハプニングもあったが――。

「すみません、ねえさま……ジャンクフードなどねえさまのお口に合うはずがありませんよね」

「そんなことありません！　このハンバーガー、チーズと目玉焼きが入っているんですよ。半熟トロトロで美味しいです！」

「なっ、ねえさまがハンバーガーを丸齧りしているですって……!?」

「おまえだって焼きそばパンとか食ってただろうに」

三人、特にシャーロットは遊園地をこれでもかと楽しみ尽くした。

ほとんどのアトラクションを制覇し、チュロスやドーナツといったスイーツも堪能。閉園間近の夕暮れどきには、土産物屋にて熱心に考え込んでいた。

「えーっと、お土産はいくつ必要でしょうか。ミアハさんと、ジルさんと、あとメーガスさんやグローさんたちと……」

カゴいっぱいに土産物を詰め込んでも、まだその買い物は終わる気配を見せない。

そんなシャーロットのことを、ナタリアはすこし離れた場所から見守っていた。その横顔はどこか遠くを見るようで、やがてその小さな唇からかすかな吐息とともに言葉がこぼれる。

「……あんなにたくさん、お土産を渡す相手がいるんですね」

「後半は渡す必要のない奴らだがな」

隣でアレンは肩をすくめる。

とはいえシャーロットを慕うあの連中なら、お土産なんてもらった日には泣いて喜ぶことだろう。

想像すると面白くなくてムスッとしてしまうが、ナタリアもナタリアで忸怩たる思いを抱えているようだった。付箋とメモだらけのパンフレットを取り出して、深いため息をこぼす。

「わたしの知っているねえさまは、もっと控えめな人でした。それがあんなふうにジェットコースターに挑戦したり、ハンバーガーを丸齧りしたりするなんて……」

「ふむ、シャーロットが変わったのが嫌か？」

「そんなことはありません。今のねえさまの方がキラキラしていて好きです。でも……」

ナタリアはそこで言葉を切ってアレンのことをちらりと睨む。

「そういうふうに変えたのが大魔王だと思うとムシャクシャします」

「ふはは、素直でいい返答だな」

アレンはふっと口の端に笑みを浮かべる。たしかにシャーロットは変わった。公爵家にいた頃と比べれば別人のように映ることだろう。

ナタリアはうつむいたまま、声を震わせる。

「ねえさまは変わりました。だったらもう、わたしにできることなんて……何もないのかもしれません」

「ふっ、ようやく理解したか。と言いたいところだが……それは過言と言えような」

「へ……？」

ナタリアが顔を上げたそのとき。

「ナタリア、どうぞ！」

シャーロットがその目の前に、手のひら大の包みを差し出した。土産物屋での会計を終えて戻ってきたのだ。ナタリアはそれをおずおずと受け取って中を検める。

「ペン……ですか？」

「はい。今日のお礼です。学校でのお勉強に使ってください」

シャーロットは満面の笑みで、渡したプレゼントごとナタリアの手を握る。

「今日は誘っていただけて、本当に嬉しかったんです。だからナタリアがよければ、また一緒にこうして遊んでくださいね」

「ねえさま……」

瞳を潤ませるナタリアに、アレンはニヤリと笑って言う。

「たしかにシャーロットは変わった。だが、その隣に寄り添うのは俺だけじゃダメだ。おまえだってシャーロットにとっての特別な相手なんだからな」

「……ふん、大魔王に言われるまでもありません」

ナタリアは目元をゴシゴシとこすってから、シャーロットの手を力強く握り返した。

「もちろん、どこにだってお付き合いいたします！　次はもっとねえさまのお気に召すようなプランを立ててきますね」

「そんなに気負わなくてもいいんですよ？　一緒にいるだけでも楽しいんですから」

「そういうわけにはいきません。大魔王にだけは負けたくないので」

ナタリアは気丈に鼻を鳴らしてから、アレンのことを見やる。

どこか照れたようなぶっきら棒な口調で言うことには。

「今しばらくは大魔王にねえさまを任せます。ですがくれぐれも、変なことは教えないようにね」

「うむ、心得た」

「その言葉、忘れないように」

アレンが鷹揚にうなずくと、ナタリアはにんまりと年相応の笑みを浮かべる。

しかしふとハッとして東の方を仰ぎ見た。

藍色に染まりかけた空のもと、その方向には軽快な音楽と七色の明かりが満ちていて
――。

「そうだ、そろそろパレードが始まる時間でした！　急ぎましょう、ねえさま。よく見える特等席があるんです。案内します！」

「わわっ、待ってくださいナタリア。アレンさんも早く！」

「こら。暗くなってきたんだし、走ると転ぶぞ」

仲良し姉妹の背中を見守りつつ、アレンも眩いばかりの光に満ちるその方向へと足を向けた。

ノベルス版　あとがき

このたびは『婚約破棄された令嬢を拾った俺が、イケナイことを教え込む』（略して『イケナイ教』）二巻をお手にとっていただきまして、まことにありがとうございます。

今回もさまざまな方のご尽力により、二巻を出すことができました。

二巻はアレンとシャーロットの仲が進展したり、シャーロットが前に進む決意をしたり、カバーにも堂々といる謎のカピバラが大活躍したり（？）とドタバタほのぼののラブコメらしい内容になっております。

地獄カピバラ、ゴウセツは一巻の動物園回のみの登場予定でしたが、WEB連載をしているときに読者様方から『なんだよこのカピバラｗｗ』という戸惑いのお声を多数いただいた結果、レギュラー化することになったという経緯があります。

このネズミがなんなのかは作者のさめにもわかりませんが、みわべ先生のイラストを拝見して「出して良かった！」となりました。表紙にフェンリルのルゥと合わせて魅惑のもふもふが並んでおります。

そして今回はもふもふだけでなく、ラブコメも盛りだくさんです。

さめはイチャイチャを書くのが好きなので、このあたりは大変楽しかった記憶があります。

アレンが思いを自覚してから告白までもうすこし悩ませるか、とも考えたのですが「こいつは直球で行くな」と思ったので、こんな展開となりました。

さらに見所としてはシャーロットの妹、ナタリア登場です。

一巻でちらっと顔見せだけはしておりましたが、ようやく出すことができました。

カバー裏にみわべ先生がミニキャラを描いてくださっているので必見です。どんな妹なのかはどうぞ本編でお楽しみください。書いていてたいへん楽しいキャラクターです。

それでは残りページも少なくなってきましたのでまとめて謝辞を。

担当のＫ様。イラストのみわべさくら先生。コミカライズ作画の桂イチホ先生。ならびに本作を読んでくださっている読者の皆様方。いつも本当にありがとうございます。

皆様のおかげで二巻を出すことができました。すこしでも楽しんでいただければ幸いです。

最後に宣伝ですが、この二巻と同時にコミカライズ単行本一巻も発売となっています。

漫画家の桂イチホ先生が、原作にはなかった細かい仕草や表情を補完して丁寧に仕上げてくださっています。アレンのアホさが留まるところを知らず、シャーロットは天井知らずに可愛い！

是非ともコミカライズの方もよろしくお願いいたします。

それではまたお目にかかれる日があるよう、精進いたします。さめでした。

文庫版　あとがき

どうもこんにちは。ふか田さめたろうと申します。

陸に上がって肺呼吸をマスターしたサメです。何卒よろしくお願いします。

一巻に引き続き、本作は以前刊行された大判書籍の文庫版になります。

以前の大判の方をご購入いただいた読者様にも楽しんでいただけるよう、誤字など修正して書き下ろしを加えました。お気に召していただけると嬉しいです！

二巻ではアレンとシャーロットの関係性も大きく変化し、新規登場人物も盛りだくさんとなっております。

中でもさめのお気に入りはナタリアです。もともと大人しい子の予定でしたが、シャーロットと被るためテコ入れを加えた結果ああなりました。正解だったと思います。

さめはみわべ先生の描かれたコロッケパンを手に激昂するイラストが好きすぎるので、まだ本文を読まれていない方はどうぞお楽しみに。改めて文字にすると謎のシーンだな。

魔法学院編自体もお気に入りのエピソードなので、書いていてとても楽しかったです。

ちなみにここで出てきた生意気少年のクリスですが、WEB版や大判書籍ではニールという名前でした。シャーロットたちの母国と名前がやや被りしていることに後で気付き、この機会に修正しました。

コミカライズもクリスで進めていただく予定で、みわべ先生にキャラクターデザインをしていただいております。さめは一足先にデザインを拝見しておりますが、最高に可愛い生意気ショタなのでどうぞお楽しみに！

ひょっとするとこの二巻が出る頃にはもうコミカライズの方に出ているかもしれません。要チェックです。また本編でも出したいお気に入りキャラです。

そういうわけで原作だけでなく、コミカライズやアニメもお楽しみいただければ嬉しいです。アニメは小ザメと見るのを今から楽しみにしています。

それでは次巻もどうぞよろしくお願いいたします。次巻で一部完！

ふか田さめたろう

PASH!文庫

さぁ、悪役令嬢のお仕事を始めましょう

元庶民の私が挑む頭脳戦

［著］緋色の雨　［イラスト］みすみ

すべてをハッピーエンドに導くための
傷だらけ悪役令嬢奮闘記

余命わずかな妹を持つ庶民の少女・澪。しかし、ある取り引きから澪の人生は一変する。

「わたくしの代わりに悪役令嬢になりなさい。そうしたら貴女の妹を助けてあげる」

財閥御用達の学園に入学し、良心と葛藤しながらも悪役令嬢を演じて破滅を目指す澪。

ところが、自分を断罪するはずのクラスメイト達には、なぜか澪の素性がバレているようで……!?

すべてはみんなの幸せのため。泥臭く走り回る澪に、破滅の日は訪れる……のか?

PASH!文庫

本嫌いの俺が、図書室の魔女に恋をした 1

［著］青季ふゆ　［イラスト］sune

正反対の二人が「本」を通じて心の距離を縮めていく

高校デビューを果たし、自他共に認める陽キャとなった清水奏太。友人との会話のネタになるのはほとんどがスマホから。開けば面白くて刺激的で、ラクに楽しめるコンテンツが盛りだくさんだ。

逆にいえば、情報過多な昨今で、疲れるし時間もかかる、エンタメ摂取のコスパが圧倒的に悪い読書を好む人たちの気持ちが、奏太には一ミリも理解出来なかった。

高校一年の秋、彼女と出会うまでは――。

本書を読んでのご意見・ご感想・ファンレターをお待ちしております。
〒104-8357 東京都中央区京橋 3-5-7
主婦と生活社 PASH! 文庫編集部
「ふか田さめたろう先生」係

PASH!文庫
本書は2020年11月に小社より単行本として刊行されたものを文庫化したものです。

婚約破棄された令嬢を拾った俺が、イケナイことを教え込む

～美味しいものを食べさせておしゃれをさせて、世界一幸せな少女にプロデュース!～ 2

2023年11月12日 1刷発行

著　者　ふか田さめたろう
イラスト　みわべさくら
編集人　山口純平
発行人　倉次辰男
発行所　株式会社主婦と生活社
〒104-8357 東京都中央区京橋 3-5-7
[TEL] 03-3563-5315（編集） 03-3563-5121（販売）
03-3563-5125（生産）
[ホームページ]https://www.shufu.co.jp
製版所　株式会社二葉企画
印刷所　大日本印刷株式会社
製本所　小泉製本株式会社
デザイン　文字モジ男
フォーマットデザイン　ナルティス（原口恵理）
編　集　黒田可菜

 Printed in JAPAN ISBN 978-4-391-16062-8